华北抗日根据地及解放区文艺大系

陈晋 郑恩兵 主编

《晋察冀日报》文艺文献全编

文艺史料

第七卷

向回 梁晓晓 编

河北出版传媒集团

河北教育出版社

图书在版编目（CIP）数据

《晋察冀日报》文艺文献全编．文艺史料．第七卷 / 向回，梁晓晓编．－－石家庄：河北教育出版社，2023.12

（华北抗日根据地及解放区文艺大系 / 陈晋，郑恩兵主编）

ISBN 978-7-5545-7656-4

Ⅰ．①晋… Ⅱ．①向… ②梁… Ⅲ．①文艺－作品综合集－世界－现代②晋察冀抗日根据地－文学史－史料③晋察冀抗日根据地－艺术史－史料 Ⅳ．① I11 ② I209.92

中国国家版本馆 CIP 数据核字 (2023) 第 064052 号

书　　名	《晋察冀日报》文艺文献全编・文艺史料・第七卷
	JINCHAJI RIBAO WENYI WENXIAN QUANBIAN WENYI SHILIAO DI-QI JUAN
编　　者	向　回　梁晓晓
责任编辑	赵莉薇
装帧设计	郝　旭
出　　版	河北出版传媒集团
	河北教育出版社　http://www.hbep.com
	（石家庄市联盟路705号，050061）
印　　制	石家庄众旺彩印有限公司
开　　本	787毫米×1092毫米　1/16
印　　张	17.5
字　　数	227千字
版　　次	2023年12月第1版
印　　次	2023年12月第1次印刷
书　　号	ISBN 978-7-5545-7656-4
定　　价	98.00元

版权所有，侵权必究

丛书编委会

顾　问
陈平原　刘跃进　王长华　李　扬

编委会主任
吕新斌

编委会副主任
彭建强　孟庆凯　刘　月

主　编
陈　晋　郑恩兵

副主编
董素山　向　回　汪雅瑛

编　委（按姓氏笔画排序）
马春香　王少军　田浩军　包来军　吉　喆　刘书芳　刘贵廷
关小彬　杨　程　杨春生　宋少净　张　辉　张川平　赵　华
高露洋　郭义强　阎晓宏　梁晓晓

编纂说明

在中国共产党百年发展历程中,文艺始终是党领导人民开展进步事业的有机组成部分,是党在各个历史时期的中心工作的实时反映和重要推动力量。"华北抗日根据地及解放区文艺大系",是一部全面展示抗日战争和解放战争时期华北地区党的历史创造、奋斗风采和形象建构的大型革命历史文艺文献丛书,对于深入研究华北地区革命文艺史、红色新闻史,弘扬伟大建党精神、梳理中国共产党人精神谱系,是必不可少的第一手资料,是我们在新时代坚定树立文化自信的重要思想资源。

一、编纂缘起

抗日战争及解放战争时期,华北地处各方政治与文化力量激烈博弈的前沿,这种特殊政治、军事、文化、地理环境中产生的革命文艺,具有鲜明的地域性特征,是五四新文化运动以来的革命文艺发展史上的突出标识。

但一直以来,由于史料文献整理不足,对华北抗日根据地及解放区文艺的研究,始终未能深入,其独特的地域性实践价值和蕴含的文化创新意义被严重遮蔽。这些史料文献主要以党报党刊的形式呈现，梳理汇编这些党报党刊中的革命文艺史料，借之以探索华北革命文艺的发展路径、发展方向、创造机制和创新经验，是深入贯彻习近平总书记关于"把红色资源利用好、把红色传统发扬好、把红色基因传承好""用好红色资源、赓续红色血脉"等系列重要讲话精神的有力举措，也是新时代文艺研究者不可推卸的责任。

2017年6月左右，我们去中国社科院文学所拜访时任所长刘跃进先生，协商合作研究事宜，寻求中国社科院文学所的帮助。请教过程中，刘先生建议我们结合地方特色，做好地方红色文艺文献的搜集整理与编纂出版工作。经过一段时间筹备，2017年底，我们以"河北红色经典系列丛书"为名，正式申报"2018年度河北省省级宣传文化发展专项资金"项目并成功立项，旨在通过选定刊行河北红色经典作品、梳理汇编河北红色经典研究资料、系统阐述河北红色经典发展历史等基础性工作，打造一个集大成式的河北红色经典文献资料库。

项目最初设计共二十四卷，包括六大板块：《河北红色经典史》一卷、《河北红色文艺作品选》六卷、《河北红色经典作家作品索引》三卷、《河北红色经典研究资料汇编》四卷、《〈晋察冀日报〉副刊文学作品全编》六卷、《晋冀鲁豫抗日根据地文艺作品及〈新华日报〉太行版文艺作品汇编》四卷。但在项目实施过程中，我们充分吸收专家意见，认为网络时代和大数据背景下的科研活动有了很大变化，《河北红色经典作家作品索引》与《河北红色经典研究资料汇编》的编纂工作，在当前学术生态中价值不大，并予以取消。同时，在项目实施过程中我们发现，《晋察冀日报》《人民日报》等党报除刊发大量文艺作品外，还有大量记录边区文艺工作者行迹，反映边区戏剧、音乐、文学、美术、舞蹈、曲艺活动与报刊书籍出版发行等各方面情况的文艺史料,以及体现我党文艺方向、方针变化的政策文件与重要领导讲话,是华北地域党和人民对敌作战的重要宣传武器,更是飘扬在华北地区军民心中一面旗帜。这些史料是华北地域革命文艺发生、发展与壮大的真实记录,对我们正确认识革命文艺的特点与历史地位有重要的决定性作用。

为此,我们精心整理了《〈晋察冀日报〉文艺文献全编》《晋冀鲁豫〈人民日报〉文艺文献全编》《〈晋察冀画报〉文艺文献全编》《晋察冀日报社人物志》(共五十一卷),同时收入全国抗战时期和解放战争时期与河北地域相关且被广大群众所喜爱并广泛传唱的红色文艺作品,结集为《河北红色文艺作品选》(共六卷),至此形成丛书目前的五大板块,而且将名称由"河北红色经典系列丛书"改为"华北抗日根据地及解放区文艺大系",方便以后在此基础上做进一步拓展。

二、地域范围及文艺特质

华北抗日根据地包括当时山东、河北、山西、察哈尔、绥远、热河全部及豫北、苏北、皖北部分地区,分晋绥、晋察冀、晋冀豫、冀鲁豫、山东五大块。1941年,冀鲁豫合并到晋冀豫,称晋冀鲁豫。其中晋察冀抗日根据地作为开辟最早、地域最大、人口最众的模范抗日根据地,是华北抗日根据地的坚强堡垒,牵制和抗击了三分之一以上的华北日军和二分之一的伪军。

在河北及其邻省周边地区开辟与创建华北抗日根据地,是红军长征到达陕北之后党中央迅速做出的重大战略决策。这些根据地地处对日武装斗争最前线,不仅打开了抗战的新局面,成为华北敌后抗战的主战场，而且进行了新民主主义社会的实践探索，对解放战争的历史进程产生了巨大影响，成为我党开辟东北解放区的前进基地和逐鹿中原的战略后方。随着抗日根据地的开辟，延安文艺工作团、西北战地服务团、东北促进纵队干部队、八路军总政治部前线记者团等大批文艺工作者，随同党政干部一道陆续抵达华北，东北、平津的青年学生也纷纷冒着生命危险来到边区。他们一手拿枪，一手拿笔，深入农村与抗战前线，切身体会工农兵的生活，深刻了解工农兵的需求，从而根本上克服了艺术至上主义思想倾向。所以，华北抗日根据地及解放区文艺，既响应了伟大的民族抗战对文学艺术提出的时代要求，亦充分兼顾到广大人民群众的接受习惯和欣赏水平，真实地反映了华北人民火热的战斗与生产生活。很多作者本身就是农民、战士或基层工作者，他们把自己的经历和熟悉的人和事，通过小说、戏剧、诗歌、报告文学、歌曲、绘画、舞蹈等文艺样式记录下来，语言通俗平实，富有生活气息。由于产生于特定时代、特定区域而又适应特定需要，故而无论是题材、语言还是风格，在体现革命大众文艺共性的同时，又具有强烈的华北地域特性。

华北抗日根据地及解放区文艺的繁荣发展，是专业文艺工作者与工农兵群众共同创造的结果。人民群众不仅是革命文艺运动的主导主体、推进主体、受益主体，还是一切成败得失的评判主体。华北抗日根据地及解放区文艺，归根结底，是"以人民为中心"的文艺。

三、学术价值

今天的河北在抗日战争、解放战争时期是晋察冀、晋冀鲁豫两大根据地的中心区域，有着悠久的革命历史传统和丰厚的红色文化底蕴。据不完全统计，抗日战争和解放战争期间，仅晋察冀边区专区以上就办有报刊四百余种,编印图书五百余万册。如果将这种统计扩大到环绕河北的整个华北抗日根据地及解放区,时间扩展至从中国共产党成立到中华人民共和国成立,数据更为可观。这些红色图书、报刊的出版发行,团结了一大批来自全国各地的著名革命文艺家和专业文艺工作者,其中有大量文艺相关信息,是研究近现代中国革命文艺的重要史料。但因受当时物质条件及复杂局势影响,它们传播范围有限,保存困难,如今已普遍出现老化或损毁现象,面临着消失、断层的危险。

长期以来,由于对抢救、整理和利用红色文艺文献的意义认识不足,现行的科研评价、出版机制亦难以有效刺激科研工作者积极从事老旧报刊等红色文艺文献的系统整理,大量有待整理的红色文艺文献尚未进入学界的视野。特别是华北抗日根据地及解放区的文艺文献,有很多甚至还是学术盲区。如《冀中导报》《救国报》《边政导报》《冀南日报》《团结报》《前进报》《新察哈尔报》《冀热察导报》等各类党报,以及《冀热辽画报》《冀中画报》《北方文化》《五十年代》《新长城》《新群众》《诗建设》《诗战线》等期刊,虽有部分学者对其办报(刊)历程、思想以及传播等方面予以研究,但均无系统的文艺文献整理本。"华北抗日根据地及解放区文艺大系"整理的《晋察冀日报》、晋冀鲁豫《人民日报》、《晋察冀画报》,是当时华北抗日根据地及解放区党报党刊的典型代表,是党的理论和实践同文艺结合的主要媒介和载体,是华北革命文艺重要的传播平台。这些报刊,既客观记录了华北革命文艺的传播与发展,也完整展现了华北革命文艺的特殊使命与风格特征,具有极其重要的史料价值。在此基础上,我们还会将视角延伸到《晋绥日报》《新华日报·太行版》《新华日报·太岳版》等党报,不断地充实这套大型文献史料丛书,以此来系统建构华北抗日根据地及解放区的"文艺史料学"。

四、丛书特色

这套丛书的编纂,主要以抗日战争及解放战争期间华北境内各根据地、解放区出版、发行、制作之图书、期刊、报纸等红色文献中的文艺资料为内容。编纂特色主要包括:

(一)抢救珍贵历史文献,弘扬伟大建党精神。

华北抗日根据地及解放区的红色文献发行于条件艰苦的战争年代,数量少,印制质量粗糙,历经岁月的洗礼,留存下来的品相完好者已经很少,有些到今天已成孤本。这些文献作为特定历史时期和区域的产物,见证了中国共产党领导华北人民争取民族独立和人民解放的伟大历程,反映了华北近代社会的巨大变化,蕴含着珍贵的史料价值和鉴往知来的现实意义,是中国共产党领导的文艺事业、新闻出版事业与意识形态建设发展的历史见证。它们诠释了党的初心和使命,蕴含着坚定的理想信念与崇高的革命精神,到今天仍然具有强大的感染力与说服力,是陶冶情操、磨炼意志,走好新时代长征路的有效精神资源。抢救性搜集、整理与研究这些珍贵历史文献,有利于增强党政干部政治信仰,弘扬伟大建党精神和践行社会主义核心价值观。

(二)文艺与党史密切融合,拓展革命文艺与党史研究的新视野。

革命文艺作品的创作、发表和传播,和党的历史任务和奋斗实践是分不开的。在艰苦卓绝的革命岁月,奋斗前行的中国共产党始终强调,既要拿"枪杆子",也要拿"笔杆子"。革命的文艺工作者,一手拿枪,一手拿笔,深入农村与抗战前线,以人民大众易于接受和欣赏的形式,宣传党的政策,推行党的方针,为中国共产党顺利完成不

同历史阶段的中心任务和伟大使命发挥了独特而重要的作用。本套丛书收入的文献史料,主要是抗日战争与解放战争时期党报党刊中的文艺作品与文艺史料,它们鲜明生动地体现了党的历史,党领导人民争取民族独立、人民解放的奋斗历程和精神面貌,从而为学界从文艺角度研究党史和从党史角度研究文艺提供了有力支撑。

(三)作品汇编与史料梳理并行,还原革命文艺的历史场域。

"华北抗日根据地及解放区文艺大系"的编纂,全面辑录华北抗日根据地及解放区党报党刊上刊登的诗歌、小说、戏剧、报告文学、散文、歌曲、版画等文艺作品,并系统梳理当时文艺发生、发展、传播以及社会各界文艺活动的各类消息和报导,同时选编了大量的河北红色文艺作品作为补充。这种文艺史料与文艺作品的配合整理,还原了革命文艺的历史场域,有利于构建对革命文艺的科学认识。

五、丛书内容

(一)《〈晋察冀日报〉文艺文献全编》共三十八卷:

诗歌三卷

戏剧一卷

小说二卷

文艺评论三卷

文艺史料九卷

外国文艺二卷

散文报告文学十七卷

歌曲版画一卷

(二)《晋冀鲁豫〈人民日报〉文艺文献全编》共十一卷:

诗歌一卷

戏剧、小说、文艺评论一卷

散文报告文学五卷

文艺史料四卷

（三）《〈晋察冀画报〉文艺文献全编》一卷

（四）《晋察冀日报社人物志》一卷

（五）《河北红色文艺作品选》共六卷：

诗歌一卷

戏剧一卷

散文一卷

小说三卷

六、编纂体例

（一）整套丛书题材丰富、门类众多，在体裁上不做强行统一。

（二）丛书中所录作品均为当年报刊发表的原文。为确保丛书的文献性、学术性、专业性和资料性，丛书编辑加工的总原则为保持文献原貌，内容上不做改动。

（三）文字的使用

1. 丛书中文字的使用以2013年教育部、国家语言文字工作委员会公布的《通用规范汉字表》为准。

2. 丛书中的古体字、通假字、俗体字，以及所涉及姓名字号、职官地理等专用字，均予保留。

3. 丛书原文字迹模糊残损，但仍可辨认或可依上下文校正，以字外加方框"□"表示；原文缺字或无法辨识，且无法校补，每字以一个方框"□"表示；如无法统计所缺字数，则以"☐"表示。

4. 丛书中数字的使用，保持原貌。

（四）标点符号及其他符号的使用

1. 丛书在不改变原文意义的情况下，将旧式标点改作现行标点符号。

2. 丛书原文中出现代表文字的符号，如"×""△""○""▲"等，保持原貌。

3. 丛书原文中的着重号、专名号等不再保留。

（五）其他

1. 丛书原文中的注释，保持原貌；编者亦出部分注释，供读者参考。

2. 因为原始文献本身产生于战争年代，保存不易，漫漶不清处较多，丛书疏误之处在所难免，希望专家读者批评指正。

七、鸣谢

本套丛书得以顺利面世，要特别感谢中共河北省委宣传部、河北省社会科学院、河北教育出版社的资金支持，以及北京大学陈平原教授、中国社科院文学所刘跃进研究员、南开大学文学院李扬教授、河北师范大学文学院王长华教授等，为丛书编纂提供了多方面的学术支撑；晋察冀日报社老报人及报史研究会诸位老师，中国社科院文学所现代室、中国丁玲研究会、中国现代文学馆各位专家，也在丛书编纂过程中提出了许多建设性意见；院内外的数十位年轻科研工作者，在原文录入和校对方面付出了艰辛劳动，确保了项目的顺利进行。在此一并致谢。

把艺术交给大众（代序）
——祝贺"华北抗日根据地及解放区文艺大系"结集问世

中国社会科学院　刘跃进

由河北省社会科学院文学研究所编纂、河北教育出版社出版的"华北抗日根据地及解放区文艺大系"结集问世，值得庆贺。

文艺是时代前进的号角。1937年7月7日，卢沟桥事变爆发，全面抗战由此而起。广大的爱国知识分子和青年学生，表现出同仇敌忾的民族气节，走出书斋，走出校园，用知识，用智慧，用不屈的精神力量唤醒民众，用实际行动担负起抗日救亡的历史重任。在此后的岁月里，延安文艺和华北抗日根据地及解放区文艺，是中国共产党领导下的两大主体，双峰并峙，展示着那个时代的风貌，引领了那个时代的风气。

随着抗日根据地的开辟，延安文艺工作团、西北战地服务团、东北促进纵队干部队、八路军总政治部前线记者团等大批文艺工作者，随同党政干部一道陆续抵达华北，东北、平津的青年学生也纷纷冒着生命危险来到边区。他们一方面积极创作大量街头剧、活报剧、街头诗、墙头小说、木刻版画、歌曲、舞蹈等革命文艺，开展抗日救亡宣传运动；一方面也通过开办文艺干训班，开展各行业、各阶层甚至全民的文艺创作与评选活动，吸引工农兵群众加入文艺队伍，掀起了"晋察冀一周""冀中一日"等具有深化性质的群众写作运动，以及"创造模范村剧团""穷人乐"等群众戏剧运动，为晋察冀文艺史添上了浓墨重彩的一笔。

说到这里，我想起2009年参加《北平学生移动剧团团体日记》捐赠仪式的一段往事。从1937年到1938年，在中国抗战史上唯一以大学生组成的"北平学生移动剧团"在长达一年半的时间里，历尽艰难，转辗于国民党第五战区的各个战场，演出话剧，创办报纸，宣传抗日，鼓舞斗志，谱写出响彻云霄的时代赞歌。移动剧团的成员每人一周轮流记述，用日记形式记录了那段不平凡的岁月，《北平学生移动剧团团体日记》就是这部历史的记录。它不是写给个人看的私密记录，也不是为将来面世扬名。作者完全出于一种历史责任，真实客观地记录了那段鲜为人知的历史，体现出强烈的史家意识。日记封面上有这样一段题记，"北平学生移动剧团·愿我永恒·中华民国二十七年二月二十三日始·璧华"。孤立地看这部日记，也许没有什么轰轰烈烈的战斗业绩，也没有什么感人肺腑的情感纠结。客观、平实是它的本色，正是这种本色，为那个历史年代留下一段真实。"北平学生移动剧团"的抗日活动，是文艺工作者投身抗日洪流中的一个历史缩影。

随着抗战的胜利，察哈尔省会张家口解放，晋察冀文协、晋察冀剧协、晋察冀音协、晋察冀美协、晋察冀通讯社、晋察冀边区剧社、晋察冀日报社、晋察冀画报社等文化团体随中共晋察冀中央局和军区领导先后开赴华北根据地，一大批文艺工作者也随之来到华北，开展丰富多彩的文艺活动。他们坚持毛泽东《在延安文艺座谈会上的讲话》中指出的方向，一手拿枪，一手拿笔，深入农村与抗战前线，既为切身体会工农兵的生活，也为深刻了解工农兵的需求，从而在根本上克服了自身相当普遍和严重的艺术至上主义思想倾向，为工农兵而创作，为工农兵所利用，以人民大众易于接受和欣赏的形式，普遍写人民大众的生产战斗故事。譬如左翼作家邵子南，于1938年10月随西战团到晋察冀，主持战地社日常工作，主编《诗建设》；1943年整风运动后，他到阜平任小学教员，在反"扫荡"中与群众、民兵一起转移、战斗，还直接在五丈湾跟随李勇的游击组对日寇展开地雷战；1944年5月随团回延安，在鲁艺任教，后调陕甘宁文协搞专业创作，开始大量创作反映晋察冀边区生活的小说。他以亲身体验为基础创作的短篇小说《李勇大摆地雷阵》（后改为《地雷阵》），运用阜平农民群众的语言，以口语化方式讲述了爆炸英雄李勇的抗日故事，明显吸取了民间说唱文学的优点，特别是在白话叙述中还插入不少快板式的韵白，更适合群众的喜好，因而在当时广为流传，家喻户晓，起到了很大的宣传鼓动作用。其他作品，如《荷花淀》《太阳照在桑干河上》《漳河水》《赶车传》《王九诉苦》《孟祥英翻身》《新儿女英雄传》《白求恩大夫》《我的两家房东》《穷人乐》《李殿冰》《戎冠秀》《没有共产党就没有中国》《团结就是力量》《没有土地的人们》《白毛女》等，都是成功的文艺典范，在现代中国文学史上占据比较重要的位置。

在华北抗日根据地及解放区的文艺创作成果中，还有数以万计的文艺作品和极具研究价值的文艺史料刊发在根据地及解放区所办的报刊上。很多作者，本身就是农民、战士或基层工作者。他们把自己的经历和熟悉的人和事，通过小说、戏剧、诗歌、报告文学、歌曲、绘画、舞蹈等文艺样式记录下来，语言通俗，富有生活气息。人民既是历史的创造者，也是历史的见证者；既是历史的"剧中人"，也是历史的"剧作者"。让故事中的人物自己编词、自己表演的创作方式，很好地反映出人民的心声，并让人民群众从生动活泼的艺术作品中得到教育，这确实是一个成功的尝试。

　　配合党的中心工作，"把艺术交给大众"，通过文艺唤醒大众，这已成为华北文艺工作者的自觉意识。他们积极响应伟大的民族抗战对文学艺术提出的时代要求，充分兼顾到广大人民群众的接受习惯和欣赏水平，创作了大量的作品，真实地反映了燕赵儿女火热的战斗与生产生活，起到了良好的宣传教育与鼓动激励效果。刘萧无编排新闻报道剧《李殿冰》，编剧与演员一起住到李殿冰家里，以便于熟悉主人公的生活，搜集真实生动的群众语言，还模仿他们的动作，理解他们的心理，甚至还让主人公李殿冰等直接参与剧本的修改和编排。描写群众的生活，邀请群众参与创作，这是当时文艺工作者走群众路线的生动体现。该剧演出后获得当地老百姓的极大赞赏，鲁中实验剧团还专门学习该剧的创作方法，创编了三幕五场话剧《过关》。艾思奇《前方文艺运动的新范例》更是誉其开创了前方文艺的新范例。抗敌剧社的《王老三减租小唱》、冀中火线剧社的话剧《我们的母亲》，也都具有这种特色。

　　这些文艺作品，可能略显仓促，有的甚至急就于战火中，所以在素材提炼、人物形象塑造以及语言的使用、细节的刻画等方面还有很多不足。但是，这不是一般意义上的创作，而是燕赵大地为争取民族独立、人民解放的集体记忆和行动号角，是中国革命事业的重要组成部分。华北抗日根据地及解放区的文艺，有很多这样未经沉淀的纪实作品，不管其艺术性如何，但在发动群众、组织群众、铸就抗击日寇和国民党反动派铜墙铁壁方面，发挥了无可替代的作用。20世纪五六十年代，河北地区涌现出大量的红色经典，便是华北抗日根据地及解放区文艺的传承和发展。

　　2017年6月，河北省社科院文学所郑恩兵所长来京与我们协商合作研究事宜。我根据所了解的信息，建议他们结合地方特色，做好地方红色文艺文献的搜集整理与编纂出版工作。"华北抗日根据地及解放区文艺大系"就是那次商讨的成果。全书由五个部分组成：第一部分为《晋察冀日报》文艺文献全编，第二部分为晋冀鲁豫《人民日报》文艺文献全编，第三部分为《晋察冀画报》文艺文献全编，第四部分为晋察冀日报社人物志，第五部分为河北红色文艺作品选。全书收录各种文体的作品六千余种，包括小说、诗歌、文艺评论、戏剧、报告文学、散文、文艺通讯、美术、书法和音乐、文艺史料，还有文艺信息、文艺广告，基本涵盖了华北抗日根据地及解放区的文艺创作情况，具有很高的研究价值。

时值中华人民共和国成立七十五周年之际，我们有机会阅读这部皇皇五十余册的"华北抗日根据地及解放区文艺大系"，更加深切地感受到新中国的建立真是来之不易，她是无数条战线的可歌可泣的人们不懈奋斗的结果。在这样一个特殊的日子里，我们感念当年那些有名无名的作者，感谢参与整理工作的学者，当然，更要感激我们这个伟大的时代。

目 录

论北平《解放》报事件并警告反动派 ……………… 1
北平特务怎样摧残《解放》报 …………………… 3
重庆的音乐 ……………………………………… 8
冀东的文化建设 ………………………………… 11
北平《解放》报、新华分社为遭受非法查封告全国
　　同业及各界同胞书 ………………………… 13
各解放区新闻、文化界通电抗议北平《解放》报事件 … 16
"六六"教师节张市将隆重纪念 …………………… 17
北平市出版业联合会紧急抗议"七七事件" ……… 18
全国人民实在受不住了，内战必须无条件停止！ …… 20
为北平《解放》报事件中共已向政府抗议 ………… 22
用实际行动来抗议 ……………………………… 23
冀东军区文工团深入病房慰问伤病员 …………… 26
各解放区新闻、文化界通电声援北平被禁同业 …… 26
南城子村剧团走与生产结合的道路　团员很快扩大了四倍 … 28
张市电影业 ……………………………………… 29
张市文化界召开座谈会欢迎费正清夫妇 ………… 30
各剧影院六号义演 ……………………………… 31
雁北改变了旧面貌　文教建设有新发展 ………… 32
宣化人民剧院有些戏太不像话 …………………… 34
拒绝"艺员登记" ………………………………… 35
边区暨张市全体教师昨隆重纪念教师节 ………… 36

各解放区新闻、文化界同声抗议"七七事件" …………… 37

涿鹿剧运 ……………………………………………… 38

联欢 …………………………………………………… 40

平津寂然无声 ………………………………………… 42

晋绥剧运发达　各种剧团近百个 …………………… 44

阳原召开通讯会议　深刻检讨办报思想 …………… 44

保卫新文化事业 ……………………………………… 45

俞珊女士访问记 ……………………………………… 47

援平文协义演　收入边币八十万 …………………… 48

七区召开宣传会议　要全力办好黑板报 …………… 49

反攻记 ………………………………………………… 50

从锦州回来 …………………………………………… 53

本报征稿启事 ………………………………………… 56

冀东开展大众文艺运动　成立通俗读物编刊社 …… 56

新解放区的群众教育工作 …………………………… 57

上海《正言报》、良友图书杂志公司特派员席正平先生抵张 …… 62

冀中各地热烈响应抗战八年写作运动 ……………… 63

关于高尔基 …………………………………………… 63

《冀中导报》复刊周年　发行额达二万二千份 …… 64

中共热河省委号召开展通讯工作 …………………… 65

怀来通讯工作渐趋普遍活跃 ………………………… 65

冀晋文教会议典型报告、小组讨论完毕 …………… 66

联大文工团将赴东线开展剧运 ……………………… 66

内蒙古文工团拟月底出发东蒙宣传 ………………… 67

兴和庙会时事宣传活跃　漫画街头剧收效最大 …… 67

沪文化界、实业界一六四人联名分函各方呼吁停战 …… 68

为庆祝七月节各剧院赶排新戏 …… 70
苏联科学、文化零讯 …… 70
南京中共代表团函复沪文化、实业界 …… 71
宣化市学联成立 …… 72
冀晋文教会议闭幕 …… 72
一个文化村——柴庄 …… 74
张北四区通讯小组写稿经常报道及时 …… 82
冀中模范村剧团——王落村剧团 …… 83
渝文化界人士指责反动派内战阴谋 …… 87
延安新华电台播送音乐节目 …… 87
二区召开七月节筹备会 …… 88
陕甘宁绥德分区加强通讯工作 …… 89
张家口文化界电慰马叙伦等代表　呼吁严惩惨案凶手 …… 90
丁玲等致电美文化界　反对美政府助蒋内战 …… 91
张市万余商户通电全国商胞　呼吁力争和平民主
　剧影界号召全国同行反内战 …… 92
庆祝七月节张市各商号承搭彩牌楼 …… 93
张家口广播电台组织七月节广播 …… 94
七区各街黑板报反映本街新闻效果好 …… 94
七区办黑板报的几个经验 …… 95
张家口新华广播电台七月节广播要目预告 …… 97
热河新闻界电慰南京被殴记者 …… 98
张市各界今日开始热烈纪念七月节 …… 98
文娱活动 …… 100
冀中文艺界通电拥护周恩来同志声明 …… 101
张垣七月节联大、医大秧歌活跃 …… 101

《抗战日报》改名《晋绥日报》……102

女中七月节秧歌队昨日积极出动宣传……103

冀中创办《平原杂志》……103

我国数学家华罗庚先生在苏联……103

晋冀鲁豫解放区交通、文教建设概况……104

承德新华广播电台开始试播中波……106

内蒙古文工团将赴多伦演出……106

编者的话（《副刊》第四十五期）……107

苏联的大学教育……108

李公朴氏遭国特暗杀……111

徐水各村剧团偏向很多 好演大戏开支繁重……113

沪文化界二百六十人发表反内战宣言……114

英国的报纸杂志……115

俞珊女士领衔组织张家口实验平剧团……118

渝文教经济界反对蒋介石卖国……118

零讯……119

本刊启事……119

蒋家特务又一滔天大罪 名教授闻一多惨遭暗杀……120

张家口全市十七万人民电唁闻一多教授家属……121

北平文化界名流一四八人联名通电反对内战……123

边区及张市文化界筹备追悼闻李二氏……124

宣化市解放后十个月文教事业突飞猛进……125

陕甘宁边区参议会、政府唁电……127

陕甘宁边区文化协会、中国全国文协延安分会唁电……127

留张清华同学唁电……128

闻一多氏遗体火葬……128

梁漱溟氏谈话要求取消特务 129
沪《文汇报》揭露警政黑幕被罚停刊一周 130
察省及宣市文化界集会　痛斥蒋家杀害闻李二氏 130
纪念聂耳逝世十一周年　本市音乐界举行座谈会 132
实验平剧团赶排《逼上梁山》 133
联大美术系欢送同学下乡 134
文艺零讯 134
留延燕大学生致电司徒雷登 135
边区群众剧社深入工业区演出　文艺学院同学准备下乡 135
察省召开通讯会议 136
杨成文的歌 138
京民主人士要求政协代表赴昆彻查李闻两案 139
致全国同胞电 140
文艺月刊《长城》出版 141
聂耳逝世十一周年延音乐界集会纪念 142
边区暨张市各界反内战、反特务、追悼李闻诸烈士
　大会筹委会启事 142
解放区四学者周扬等赴美讲学 143
沪文化界名流饯别费正清博士 143
上海中外文化界人士发起羊枣纪念基金 143
边区暨张市各界筹开反内战、反特务大会　追悼李闻
　诸烈士 144
民盟负责人之一陶行知病逝 144
李闻被刺案民盟发表宣言 145
闻一多先生二子控诉杀父凶手 145
沪文化界名流联衔致电美哥伦比亚历史学院 146

全国文艺协会电唁 … 146
燕大学生会唁电 … 146
冀晋区成立宣教联席会 … 147
实验平剧团成立 《逼上梁山》博得好评 … 148
延安新华广播电台征求听众意见 … 148
陶行知先生略历 … 150
河间、新保安、阳高各界纷纷抗议李闻被刺 宣化
　　掀起签名运动 … 151
阳高召开首次文教大会 … 152
张市人民的喉舌《张垣晚报》即将出版 全市决
　　加强通讯工作 … 152
边区张垣各界悲愤集会 痛悼李闻陶诸烈士 … 153
闻一多氏最后遗言 … 156
在蒋五十万大军围攻下苏皖边区万人集会 … 157
渝举行李闻追悼会 … 158
营城子黑板报怎样办好的？ … 159
中苏文协滇分会横遭国民党查封 … 159
张家口市卫戍政治部新华剧社招收社员广告 … 160
揭露国防部内战实质 长沙《力报》遭停刊处分 … 161
联大东西线文工队分途出发巡回公演 … 161
致李闻陶家属唁电 … 162
全国舆论压迫下蒋派顾祝同赴昆处理李闻暗杀案 … 163
宣化县小学剧团出演受群众欢迎 … 164
文化圈内 … 164
苏联文讯 … 165
临沂生活教育社痛悼陶行知先生 … 166

陶行知遗体入殓 ··· 167

延安筹备追悼陶行知先生 ······································ 167

沪《文汇报》复刊 ·· 168

关于许广平先生的片段 ·· 169

"鲁迅学会"的过去、现在与将来 ······························· 170

冀西第四师范成立 ·· 171

华北联大近讯 ·· 172

伊朗文讯 ·· 172

内蒙古文工团抵察盟沿途演出备受欢迎 ·························· 173

庆祝"八一五" 民生公司职工准备节目 ·························· 174

联大实习队在天镇演《清算》 ·································· 174

四区已成立七个通讯组 ·· 174

沪文化界名流函联合国人权委员会 ······························ 175

中华文协港粤分会重申与反民主势力斗争 ························ 175

《白毛女》将编为影戏 ·· 176

日本艺术史创举 日共设艺术学校 ······························ 176

延安各界建议出版陶行知全集 ·································· 177

三区改进黑板报 ·· 177

淮安石塘区鹅钱乡反奸清算运动中的口号歌谣 ···················· 178

延安各界代表集会追悼陶行知先生 ······························ 180

陶行知先生追悼会上陆定一同志演辞全文 ························ 182

联大文工团下乡工作紧张 ······································ 184

纪念"九一"记者节 冀中选拔模范通讯员 ······················ 185

苏联文讯 ·· 186

冀中演出白毛女 《一坛血》已改为话剧 ························ 187

加强在职干部文化学习 冀晋成立业余公学 ······················ 187

旧剧界零讯…………………………………………………… 188
邹韬奋灵柩葬沪………………………………………………… 189
陶行知先生最后的一封信……………………………………… 189
昆明蒋家勒令四十七种刊物停刊……………………………… 190
英名作家威尔斯逝世…………………………………………… 190
全市剧影院决义卖一天劳军…………………………………… 191
教育阵地社编印《行知教育论文选粹》……………………… 191
沪出版业、书报业联合举行座谈会…………………………… 192
于力、林子明等函司徒要求美军立即离华…………………… 192
《新张家口报》筹备就绪即将创刊…………………………… 193
《新张家口报》启事…………………………………………… 194
《解放日报》筹备纪念"九一"记者节……………………… 194
群众剧社在涿鹿演出《斗争白眼狼》………………………… 195
解放区学者应邀访美　蒋政府又拒给护照…………………… 196
周扬致美文化界人士函………………………………………… 196
上海文化界人士悲愤饯别周扬同志…………………………… 197
延安广播改波　邯郸电台"九一"正式播音………………… 198
上海文化圈……………………………………………………… 199
内蒙古文工团努力演出　颇受蒙胞欢迎……………………… 201
四万人学文化　三县有民教馆………………………………… 201
沈钧儒、郭沫若等致电巴黎和会……………………………… 202
张市剧影界义演收入一九九万全部劳军……………………… 203
三千万"行知奖金"…………………………………………… 204
文艺界座谈当前任务…………………………………………… 204
滦州影…………………………………………………………… 205
渝蒋特横行　聚众捣毁国民公报……………………………… 207

山东省黎玉主席撰文纪念"九一"记者节 …………………… 207
山东青记学会纪念"九一"节电贺各区新闻工作者 ………… 208
哈市报纸发达　现有中外报纸十一家 ……………………… 209
茅盾拟访苏联 ………………………………………………… 209
编者的话（《副刊》第九十三期） …………………………… 210
边区新闻界昨纪念"九一"记者节 …………………………… 211
平绥铁路裕民运输公司业余剧团演戏两天劳军 …………… 212
国民党区新闻界所受的迫害 ………………………………… 213
记者到自卫前线去！ ………………………………………… 215
我怎样和工友们联系 ………………………………………… 216
国民党法西斯统治下新闻事业和报人的厄运 ……………… 218
各解放区主要报纸 …………………………………………… 221
张北八月份通讯工作 ………………………………………… 223
抗敌剧社在连队 ……………………………………………… 225
高等法院重视新闻报道 ……………………………………… 229
宣化建设起新文化　广大市民都能学习 …………………… 229
联大新闻系同学分赴各报社实习 …………………………… 230
抗议蒋府摧残新闻事业　南京各报停刊一天 ……………… 231
宣市各界献金　剧院义卖公演 ……………………………… 231
边府改进通讯工作　程秘书长亲任组长 …………………… 232
书讯 …………………………………………………………… 233
名画家陈淑琴女士纺织所得捐献劳军 ……………………… 234
新华出版社成立　向各地广泛征集作品 …………………… 234
张市文教零讯 ………………………………………………… 235
沪杂志界联谊会抗议《周报》被迫停刊 …………………… 236
河间剧院上演《逼上梁山》 ………………………………… 236

李济琛感慨赋诗 …………………………………………………………… 236
山东文化出版事业近半年来大力发展 …………………………………… 237
编后记（《鲁迅学刊》第四期） ………………………………………… 238
晋察冀解放区与蒋家统治区学校教育对比 ……………………………… 239
生活教育社设武训学校 …………………………………………………… 243
《纽约时报》记者写作周恩来传 ………………………………………… 243
开展冬学运动　办一座活的社会大学 …………………………………… 244
炮火中的文化兵 …………………………………………………………… 248
察省创刊《战斗日报》 …………………………………………………… 248
李敷仁先生任延大校长 …………………………………………………… 249

论北平《解放》报事件并警告反动派

解放日报

【新华社延安三十一日电】国民党当局于五月二十九日竟将北平《解放》报及新华分社非法封闭。国民党内反动派这种倒行逆施，不仅是对全国言论界和人民自由权利的疯狂进攻，而且也是扩大内战的具体步骤。

自政协会以后，国民党当局即不断破坏协定、违背四项诺言、摧残言论自由，全国各地代表人民意志、主张和平民主、反对内战独裁的公正言论机关和正义人士，即不断地遭受着暴力的侵凌。从破坏发行、捣毁报馆、殴打报贩、暗害新闻记者，直到最近西安《秦风·工商日报》的被迫停刊，李敷仁、王任两先生的遇害，前后达百数十件。《解放》报和新华分社是这些公正的言论机关中表现最坚决英勇的。北平《解放》报从出版的第二天起，即不屈不挠地与国民党当局的特务破坏和非法暴行进行战斗。国民党当局以指使特务殴打报贩、恐吓读者、威胁印刷所、停止邮寄、破坏发行，甚至直接逮捕工作人员，以及一切其他无耻手段，来打击这一个人民的言论机关。但国民党当局的这一切暴行都不能达到绞杀北平《解放》报的目的。在广大人民群众的拥护之下，北平《解放》报冲破了一切封锁压迫的限制，销数日益高涨。四月三日，国民党当局逮捕《解放》报及新华分社工作人员之后，销数反而激增至四万几千份，打破了平津一切报纸销售的最高纪录。在出版以来，仅三四个月的短短时期中，北平《解放》报已不但在平津一带为广大人民群众所争购爱读，而且在全国甚至海外各地也声望日高，成为国民党统治区里最明亮的和平民主灯塔之一。这就愈更遭受到国民党当局的嫉恨，使它竟不惜撕毁一切假面具,在全国人民及民主人士的众目昭彰之下,将北平《解放》报和新华分社封闭。北平《解放》报和西安《秦风·工商日报》等被摧残的事实,证明国民党当局的法西斯政策:谁主张和平民主,谁就在被封闭之列。

　　如果我们看一看当前严重的时局,更值得全国人民大大地警惕!北平《解放》报与新华分社的被封闭,适在北平国民党十一战区司令长官部下机密命令大举进攻冀东解放区之时,适在国民党当局在东北坚持武力接收东北,继续扩大东北内战,和在关内各地对解放区加紧封锁和武装侵犯、焚烧、抢掠,积极破坏解放区和平建设之时。尤其值得注意的,这一事件适值蒋介石仆仆风尘,往返于北平、沈阳、长春之间,亲自指挥东北反人民内战与布置华北内战之时。封闭和平民主的灯塔——北平《解放》报和新华分社,正是为了把人民的眼睛和耳朵蒙蔽起来,以便肆无忌惮地扩大内战,难道这还不够明白吗?这一事件不仅是对于全国正义言论界和人民自由权利的疯狂进攻,而且也是和国民党当局扩大内战的行动分不开的,难道这也还不够明白吗?

　　国民党内反动统治集团加紧绞杀人民言论机关和摧残人民自由(如最近在上海等地施行法西斯的"警管区")的事实,说明这一向来以荼毒人民为能事,对于抗战丝毫没有功劳的反动集团,在抗战胜利以后对于自己的法西斯独裁是怎样锲而不舍,对于抗战中牺牲无数头颅鲜血和今天迫切要求和平民主的中国人民是怎样仇视痛恨!对于政协会议决议所规定的起码民主改革是怎样蔑视蹂躏,一项也不愿意实行!国民党内反动派的胡作妄为,并不表示它的力量强大,相反地恰恰表示它的统治的极端腐朽,它在全中国人民要求和平民主的怒潮之前,不得不乞灵于最野蛮的法西斯手段,以维持和巩固法西斯独裁统治;甚至于妄想在外国的援助之下扩大内战,一鼓而完成其"为抗战所中断的消灭共产党与民主运动"的卑污打算。然而我们要再次警告你们这些老爷们：你们的主观愿望是决不能实现的！中国人民的空前强大力量是无法消灭的，全中国和全世界的民主潮流是无法抗拒的，历史的车轮是无法扭转的！你们如果一意孤行，坚持独裁内战的方针，不惜进一步作孤注一掷的冒险行动，那么对于你们自己是极端危险的。你们的冒险行动的后果，将完完全全和你们的主观愿望相反。

北平《解放》报被封闭事件及今天中国的严重局势，将唤起中国人民更加警惕团结起来，再接再厉为粉碎国民党内反动派的独裁内战政策而奋斗，为实现被反动派破坏的三大协定而奋斗，为争取人民言论及各项自由而奋斗。中国人民在抗战中表现了无比的英勇和伟大的力量，击败了日寇，取得了抗战的胜利。今天中国人民有充分的信心粉碎法西斯反动派的阴谋，保卫抗战果实，争取和平民主的胜利。

(《晋察冀日报》1946年6月2日)

北平特务怎样摧残《解放》报

程业

《解放》三日刊自二月二十日在北平出版后，国民党法西斯特务分子就以种种卑鄙无耻的方法对他们进行了各种摧残与破坏。

用"活埋""枪毙"威胁报贩

首先是普遍地以横暴无理的态度对报贩报童施以种种威胁与恐吓。举例来说，四月十二日上午十二时在东单一个警察恐吓报童张振山说："你为什么卖《解放》报？明天不许再卖。不然，我用皮带抽你!"在太平仓西口一个九十二军的军官没收了报童李黑子报六份,还威胁他道:"你们卖《解放》,我就把你们杀了!"在石驸马大街文昌胡同内一个便衣特务拿着手枪对十二岁的报童吴凤有横暴地斥责:"你再卖《解放》,我就枪毙你!"又四月十七日上午十一时在中央电影院门旁,两个宪兵,一个骑自行车,一个步行,共同合力抢夺了报童王小五的报,还瞪着四个大眼狠狠地骂他:"妈的,小共产党,跟我□,我毙了你!"同日下午一时在白塔寺前□一个穿西服的特务抢去吴凤有的报十一份。吴凤有向他哭着哀求,他就命令旁边驻着的一辆汽车上的宪兵和特务说:"把这小子弄到汽车上去,带着他走!这小子真混蛋!"又同日上午十一时左右,在中山公园门口,一个军人打了一个报童几个耳光,然后向他说:"小孩!你懂吗?再卖就活埋了你!"此外,在四月二十二日于新街口宪兵没收了五个孩子的报纸后,还让小孩子们直挺挺地跪在大街上。孩子们号啕大哭,激起行路群众的莫大愤恨。法西斯特务分子,天天说北平是文化古城,天天说他们要建设故都的文明。在这里,他们就是天天用"枪毙""活埋""带走""毒打"等种种威胁与恐吓向几千个穷苦的小报贩搞他们的"文明"与"建设"。

撕报队横抢硬撕

威胁恐吓,无济于事,"《解放》报!《解放》报!"的呼声仍然响在大街小巷,响在各个角落。法西斯分子便又改变了方式,组织"骑车队""撕报队",或骑车,或步行,或巡视,三三五五,互相配合,见到报贩,伸手就夺就撕。仅在四月二十六日一天,就在三十处地方发生撕报事件,撕报的人中十二处是三民主义青年团,十一处是便衣特务,五处是宪兵,二处是警察,共撕毁《解放》报千余份。假如报贩报童不让他撕,他们就从腰包掏出不知从哪里弄来的那么多钱，财大气粗地掷给报贩："我给你钱，报是我买的，就许我撕。"《解放》三日刊出版这天，他们很早就三五成群地在发行处周围安置巡游，见到报童就连骂带打，抢报撕报。有一次报童和撕报的吴姓特务打起来，这个特务见大街上广大群众都包围了他，他就假装喝醉，说他是四存中学的教员，很有身份，决不做这类下等事。但及至报童说要到四存中学去打听有无此人的时候，他就又说："唔！我现在不当教员了！"

鱼目混珠

四月二十九日，报市上忽然发现一种报纸，名字叫《解放区》，篇幅与《解放》三日刊一般大，报头"解放"二字也完全模仿《解放》三日刊的"解放"二字，排列编辑、定价与各种形式与《解放》三日刊一模一样。在东城灯市口报市去了一个便衣特务，让报贩给他批发《解放区》，报贩问他批价若干，他说："发吧！不要钱。"闹得报贩莫名其妙。打开《解放区》一看，上面完全是对共产党、八路军、新四军与解放区的造谣污蔑，不是说解放区共产共妻，便是说解放区暗无天日。凡黑暗、野蛮、腐败、淫乱，各种丑恶的名辞，都加之于解放区。但报夫与广大群众对他们《解放区》的反应如何呢？请看事实：

一群报童围在一起纷纷乱讲："被窝里的汉子，既是敢出报，为什么不登出报地点，下三烂！"一个不识字的报童脸红脖子粗，向批发《解放区》的人争吵："你欺负我不识字，退报，退！我要的是《解放》！谁要这个《解放区》！"

一个铁路工人说："没有真事净是胡诌八扯！这是假《解放》！"

一个被骗贩卖《解放区》的小孩子，在宣内大街这样吆喝："《解放区》！《解放区》！看看国民党的《解放区》！"旁边有两个行路的青年男女,女的说:"呵!国民党的《解放区》!咱买一份吧。"男的将眉头一皱:"哼!狗嘴里还能吐出象牙来!快走!"

各时期有各时期的破坏重点

国民党特务分子摧残与破坏《解放》三日刊,从出版到现在是一贯的。但各时期有其不同的重点。首先,在《解放》三日刊尚未登记时进行政策压迫,如三月三日北平社会局曾发出通告:"自即日起,凡未经核准之新闻纸杂志及通讯社,应即自行停止发行发稿。"表面上是说凡未经核准之新闻纸杂志通讯社,实际上是专指《解放》三日刊和新华社。其次,组织印刷业公会召集各印刷所印刷厂开会,强令各印刷所拒印《解放》三日刊,如有承印者即予以各种威胁或拘捕。第三,以检查户口漏报户口为名,非法逮捕报社人员,就是无法无天轰动全国的"四三"事件。第四,以什么什么长官司令的名义通令各商店铺家,禁止一切纸张、印刷器材等物品的自由买卖。不经过长官部批准即行买卖者,经查出后即严行惩处,同时特务分子还指令警察局斟酌情形进行查封。第五是四月二十九日成立报夫工会,指使各报房报摊停发《解放》报。此外,特务分子们更常以维护社会秩序为名,经常拘押沿街叫卖的小报贩。如三月二十日在前门大栅栏,骑车队和警察宪兵等一次抓捕了石小三等十个人,拘押了他们一夜,每个人罚大洋二十元。北平市警察局法字第一三六号的裁决书,对他们所宣布的罪状是:"深夜大声叫卖,妨害公众安息,依第五十六条九款每人处罚二十元。"但拘捕他们的时间是九点多,各戏园影场正在锣鼓喧天,汽车电车也叮叮当当。一切这些对公众安息毫无关系,几个穷孩子吆喝了几声《解放》报便妨害了"公众安息",便拘押一夜,而每人还罚洋二十元。

几百个报童的控诉

五月三日,《解放》报收到一封几百个报童的控诉书,原文是:

陶先生惠鉴：

前者阁下莅临，这数百个报童把先生你给围起来了，你看他们对于你的亲爱，已达到极点了。这都是你们的光明换来你们的无上光荣，你当时看见了吧？许多的对先生你诉冤的报童，有的谓"我的数十份《解放》报被抢去了，还打了我几十个耳光"；有的谓"把我的报撕完了还打了我三拳，踢了我两脚，我的胸脯到现在还疼得很难受"；有的谓"我的腿受伤了，你先验验我的伤"；有的谓"把我押了一天一夜"。有一个老太婆带了他的儿子（寡母孤儿）把九张报丢了，她着急就哭了，一个路人看到很难过，给了她六千联币还给她救急药吃了。这群无依无靠、衣不蔽体、食不一饱、贫苦的报童，如今一些不三不四的人把报给他扯了，岂不活活要他的命！把他借来的阎王账（借一还十，崩崩利，没有钱把命拿，命还债）给他扯光了，他全家只好挨饿。朱门酒肉臭，也不管穷人难受不难受。唉，叫他们好吧！反正穷报贩只好等着死吧。

我们起初见了你，不敢和你谈话，因为我们是一群没有人理的下等人。你老人家也不分贵贱，和我们一群露着屁股的臭乞丐大大方方的，拉拉这个手，摸摸那个报童的头。我们大家看到你满面春风，再看看那些打骂我们踢我们的饭碗的那些狠心家伙们，真有天地之别。我们数百个报童全都祝你老身体健康！

东城数百个报童谨启

五月三日

小土堤拦不住民主洪流！

西郊的一个读者来信这样写道：

《解放》报各位同志：

《解放》三日刊出版后，言论真的得到解放，我们可以看到真实的消息、公正的论调，所以从第一期就订阅，但是四月九日第十六期未能如期送到，使我们怅然！我们想或许被迫停了刊，因为这正是"检查户口"事件发生以后的第二期，我们这样想是有理由的。后来据送报人称，彼行至西直门被检查的宪兵将《解放》报全部撕毁，并敬以耳光两个，听闻之下我不胜惊异与愤怒！蒋主席的四项诺言第一项就是言论出版等的自由，为什么一个小小宪兵，竟敢如此斗胆，撕毁《解放》报就等于撕毁蒋主席诺言；这诺言太不值钱了，这大大减少了人民对政府及委员长的威信。望请贵刊据理力争，城门不得做此无理故意检查！如果国民党当局授意如此做，我们就要问：难道你们有什么怕人民知道的事吗？要知道纸里是包不住火的，况且现在的人民趋向民主已像洪流一样，不坚固的小土堤是遮拦不住的了。我们是西郊的读者，希望以后能按期收到《解放》报。

五月十三日于北平

(《晋察冀日报》1946年6月2日)

重庆的音乐

李霆

因为政府当局的积极镇压政策，许多抱着很大希望跑到重庆去的作曲家、音乐家，一个一个地都失望地离开了重庆。在那里，我们很少有欣赏音乐的机会，连一个普通的歌咏团的演唱都不容易听到。重庆各大学学生在对政治协商会议示威的"一二五"游行时，所唱的歌曲只是"枪口对外，齐步前进"（唱时"枪口对外"改成了"枪杆放下"），"起来！不愿做奴隶的人们"与"打倒列强"等抗战老调。从这里，可以看出重庆在音乐的进展上，是个多么荒芜的沙漠区！

我们平常所能接触到的音乐只有从留声机唱片、广播电台与电影院里听到的那些英美资本主义国家的靡靡之音。所谓"靡靡",就是表示这种音乐听了令人懒散消沉、昏昏欲睡的意思。它与我们隔得那么辽远:时间上一隔一二个世纪,地理上不是离开一个欧亚大陆,就是隔开一个太平洋。

虽然如此,我们仍旧还有欣赏到一点真正的音乐的机会。育才学校是唯一能够供给大家一点音乐粮食的地方。他们曾到沙磁文化区(渝西北三十里处,中大、重大、中工、南开都在那里)去表演过三次,受到一般青年人的高度欢迎。

育才师生创作的《新疆舞歌》与《王大娘补缸》唱遍了沙磁区的各大、中学校。这是两支最受欢迎、流传得最广的歌曲。另外还有一支《重庆小调》,虽然未经公开演唱过,但在重庆流传也相当普遍。

《新疆舞歌》歌词简短,能表示出青年人的一些心理,配合舞蹈表演出来时,节奏轻松活泼,因此受到一般学生的欢迎。

《王大娘补缸》是一个讽刺现实的短歌舞剧。歌词的前半段描写乡下保长的威权和虐待抗属的情形;后半段以家比喻中国,叙述国民党发动内战以致国内人民受苦、国际地位降落的事实。这个歌舞剧在北碚、重庆都遭受到禁演的处分。结果,在沙坪坝演出了,得到了观众极度的欢迎。然而,后段"因为又在打内仗,内仗千万打不得"两句却改成了"因为所以就要涨,物价千万涨不得"。

《重庆小调》把大后方一般人民的生活描写得非常详尽逼真。从这里,我们可以看出一般人民如何生活在特务威胁之下,惴惴自危,只有闷头睡觉的情形。然而人民的眼睛是雪亮的,对于这种特务恐怖政策,普遍地感到愤慨与憎恨。我记得在报上公布《戴笠坠机身死》的消息后,知道的人没有不觉得高兴的。怒气蓄积得太多了,迟早总有一天会爆炸开来的。

这是大后方人民的呼声：

"倒不如干脆，大家痛痛快快地谈清楚，把那些压迫我们、剥削我们、不让我们自由讲话的混蛋，从根除掉！"

附：《王大娘补缸》词

担子一挑响叮当，叮当一响狗汪汪。急急忙忙往前闯，一心要到王家庄。王家庄上有个王木匠，去年当了王保长。一当保长有办法，不到半年盖瓦房。今年又娶了个新太太，太太的名字叫王大娘。说起王大娘命真苦，她本来名叫李大娘。还有个丈夫叫李靖芳，年又轻来力又壮。结婚不到五六天，丈夫拉去把壮丁当。一去六年无音讯，如今死活无下场。李大娘穷苦无办法，有一天去请求王保长。保长一见就动了心，一心要她当二房。李大娘一听心里慌，立刻请人把办法想。拿言语、塞包袱都不行，捆捆绑绑来拜堂。究竟保长势力强，李大娘就变成王大娘。王大娘本来就生得好，不太瘦来不太胖。不太轻来不太重，不太短来不太长。两个眼睛分两旁，一个鼻子在中央。人人都说她漂亮，连我老汉也在心上。一步一步往前走，不觉来到王家庄。担担放在大门上，大喊三声叫补缸。

娘在房中缝衣裳，忽听门外叫补缸。昨夜梦中被警醒，只听人们闹嚷嚷。起初不知为什么，出来一看心吓慌。咱老大不知为了啥，向咱弟弟动刀枪。拼拼碰碰打得凶，打破了老娘的大粪缸。粪缸一破全家臭，家臭外扬不像样。左右隔壁都在骂，一直骂到大天亮。咱老大真是太混账，把老娘的脸皮都丢光。拿起粪缸往外走，一出门来把鬼闯。把粪缸交给你补缸匠，这股臭气真难当。把纸团塞在鼻眼上，闭起嘴巴来补缸。粪缸补好还给你，补得和新的一模样。但愿你半夜肚子胀，一屙屙到一大缸。请问补缸你要多少钱？只要两百块大洋。价钱为什么这么贵？要知道物价又在涨。物价为什么又要涨？因为又在打内仗。内仗千万不得打，老百姓又要遭灾殃。闲话少说钱拿去，谢谢你好心王大娘。一半拿来自家藏，一半送给我王大娘。拿起粪缸回家转，拿起担子回家转。我坐飞机我坐船，二次再来大补缸。

《重庆小调》

晚风吹来天气燥呵，东街的茶馆真热闹。楼上楼下客满座呵，茶房开水叫声高。杯子碟儿叮叮当当，叮叮当当叮叮当当响呵；瓜子壳儿噼嘞啪啦，噼嘞啪啦满地抛呵！有的谈天有的噪呵，有的苦恼有的笑呵；有的谈国事呵，有的就发牢骚。

只有那茶馆的老板胆子小，走上前来，细声细语说得妙：诸位先生生意承关照，国事的意见千万少发表。谈起了国事容易发牢骚呵，惹起麻烦你我都糟糕。说不定，一个命令，你的差事就撤掉，我这小小的茶馆贴上大封条。撤掉你的差来不要紧哟，还要请你坐监牢。最好是呀，今天天气哈哈哈哈，喝完了茶来回家去睡一个闷头觉。

哈哈哈，哈哈哈，满座大笑，老板说话太讥诮。闷头觉，睡够了，越睡越糊涂哟，越睡越苦恼哇！倒不如干脆，大家痛痛快快地谈清楚，把那些压迫我们、剥削我们、不让我们自由谈话的混蛋从根除掉了！

五月十七日

（《晋察冀日报》1946年6月2日，《副刊》第7期）

冀东的文化建设

魏伯

冀东千百个文化工作者，均以大力为冀东人民的文化建设奋斗不息。冀东报社创刊于一九四〇年一月一日，当时名为冀东《救国报》（七日刊）。先在丰润、玉田、遵化、卢龙各地，后迁到遵化鲁家峪，增出副刊《老百姓副刊》。四一年秋，与抗战文化社合出综合性刊物《国防最前线》。四二年敌人经常来鲁家峪搜索烧杀，报社工作人员将机器搬入火石洞内，忍饥挨饿，工作不息。四月末敌人"扫荡"鲁家峪，报社范捷民等四同志牺牲。四二年秋，报社转移口外，坚持工作，时敌人正用全力实行集家，围剿山沟，报社同志就在高山丛棘中伐树盖房，到几十里外搞吃食，遍山寻采野菜充饥。遇到敌情，就"坐云梯"，顺雪滑下，然后再从莽中爬上山，他们就日夜在荒山狼群中坚持工作，与敌人展开文化斗争。四三年夏，重新入口，因冀东解放区扩大，遂出版定期刊物《救国时报》和《新长城月刊》，并在各分区建立分社，出版地方小报。日本投降后，一部同志随军东进，缴获铅印机一部，于今年一月一日改出铅印，并更名为《冀热辽日报》。后因地区划分，改名《长城日报》，五月十五又更名为《冀东日报》。冀东报社在其七年的光荣斗争史中，据不完全统计，有十八个同志殉国。

新华通讯社冀热辽支社，在四五年五月敌伪残酷"扫荡"下，筹备七个月开始工作。日本投降时，该社开往前线，随同冀东军民大反攻，日夜紧张工作。后改为冀热辽分社，现为冀东分社，下设路南、滦东、燕南、滦西四个支社，拥有千名通讯员。

冀东军区政治部有铅印的《冀东子弟兵报》五日刊，内容为报道军事生产、反蚕食斗争及练兵等。

冀东军区文工团，有五十八人，团长为音乐家李劫夫，内分文艺、戏剧、音乐等队。该团创始于四三年八月，他们的传统是一面工作，一面战斗，在平时演戏，在战时拿枪。他们曾打死过敌人，缴获过枪支。曾有几个团员光荣殉国。现正在乡下演出《大家欢喜》《刘小眼翻身》等剧。

长城影社创始于四三年四月，以老百姓喜见乐闻的影戏形式来歌颂人民的斗争，颇受冀东群众欢迎，每演一剧，总是数千观众。社员全为过去的旧影员，经教育后，如今已全是为人民服务的艺术工作者了。他们改编过《血泪仇》《一腔血》《白毛女》等剧，现在四乡演映。社内经费已全部自给，在承德已成立了分社。长城影社几年来工作一贯积极，抗敌期间，在碉堡林中演出。十四、十六、十七、十八各分区均有影社活动。在教育方面，冀东现有中学十四个，完小五百八十八个，初小三千七百三十一个。其中以乐亭、顺义最发达。如乐亭中学有一千二百八十五个学生，完小八十五个，初小二百零五个。建国学院为冀东最高学府，学员百余人，成分为各级干部及中学以上程度的知识分子，分政治、文教等班，尚有研究组，受训期间一般为三月至五月。该校最近新设文工团，由李实同志负责。

（《晋察冀日报》1946年6月2日，《副刊》第7期）

北平《解放》报、新华分社为遭受非法查封告全国同业及各界同胞书

【新华社延安一日电】延安新华总社转全国各报馆、各通讯社及全国各界同胞公鉴：

当全国人民渴望和平团结，实行政治民主化，国民党当局高声宣称"新闻自由，宣传休战"的今天，我们北平《解放》报和新华通讯社北平分社，突于今日（五月二十九日）上午二时半深夜，被国民党当局在所谓"未经中央核准""于法不合"的无耻借口下勒令停刊，并于当天下午八时由北平市政府贴上布告和封条查封了。而在同

一天内，北平报纸杂志、通讯社，被勒令停刊者竟达七十七家之多。国民党当局在光天化日之下，在文化古都、军事调处执行部所在地的北平，竟干出如此无法无天、史无前例、摧残言论出版机关的暴行来，怎不令人发指眦裂！我们为此特向国民党当局提出严重抗议，并在全国同胞和全世界民主人士面前，控诉国民党反动派这一极端横暴与无耻的法西斯罪行。

国民党当局以所谓"未经中央核准""于法不合"的罪名来查封我们，这完全是反动派的无耻借口。政治协商会议早已决议废止和修正各项限制人民自由的法令。一月二十八日国民党最高国防委员会也已决定并明令公布修正了出版法及其施行细则（决议，丑项一则），可知旧出版法业已取消，新出版法迄未公布。试问"于法不合"究竟指的是什么法？退一万步说，即使按照旧出版法规定，报纸只需依法申请登记，不必批准即得发行（见该法第七条规定）。北平《解放》报和新华分社早在二月十九日及三月五日先后依法填表申请登记，按着旧出版法亦早已取得了完全的合法地位。因此所谓"于法不合"只是国民党当局摧残民主言论的一种借口，这还不明白吗？

国民党当局此次查禁本报本社和其他七十多家言论机关，充分暴露了他们一贯要推翻政协决议，全力阻难政治民主化的反动企图。他们为了要保持和巩固其法西斯独裁，就不惜违背其保证四大自由的"庄严"诺言，撕毁《和平建国纲领》，该项纲领所规定的人民所应享受的身体、思想、宗教信仰、言论、出版、集会、结社、居住、迁徙、通讯之自由。配合着他们在全国的大反动，他们在北平先后发生了无数次非法搜捕及其他侵犯人权的行动，而到今天竟发生这一旷古未有的摧残舆论的大暴行，希特勒、墨索里尼且望尘莫及。这就说明了中国反动派统治的法西斯本质是何等残忍和黑暗！

其次，国民党当局这一暴行又充分说明了他们所允许的所谓党派平等合作，完全是一句假话。谁都知道，北平《解放》报和新华分社是中国共产党在北平的机关报和机关通讯社，我们的宗旨是"全心全意为人民服务"，是"作为人民的喉舌，来和各界同胞共同勉励，以致力于和平民主团结建设新中国的神圣事业"。（《解放》报发刊词）国民党当局曾说对本报不予歧视，但自从本报创刊以后就没有一天不遭受军警宪特的非法迫害。他们殴打报贩，撕毁报纸，四月三日更非法拘捕。而最无耻的是他们可以容许十家二十家国民党自己的报纸、通讯社像雨后春笋一样"合法"地办出来，让他们对中共及其领袖毛泽东百般造谣污蔑，而对于中共的《解放》报及新华社虽早在三个多月前已申请登记，其间又经过多少次催询，而最后的答复则是"未经呈准登记"而勒令停刊和查封。但若干国民党报纸如《新生报》等申请登记和出版比《解放》报迟得多，但它们都很快获得了核准。还有几种他们自己办的专以反共反民主为职业的特务性刊物，如《政治向导》《解放区》《大同新闻》《天坛》等，就根本不经登记手续而仍准予出刊，并未列入被查禁的七十七家之内。难道这就叫作"各党派在法律前一律平等"？当"四三"事件之后，北平国民党当局一再宣称对中共机关报和中共人员决不歧视，如此作为难道就叫作并不歧视吗？

最后我们必须指出，国民党当局之在今天发动这一非法暴行，绝不是偶然的。当他们今天仍然在东北坚决扩大内战，在华北首先是平、津、保三角地带企图立即发动大规模内战的时候，他们就必须扼杀如同《解放》报和新华社一样的人民喉舌，使他们的阴谋不致被揭露，使人民的呼声无处可申诉。这样他们就可以肆无忌惮地镇压人民，放手进行内战。

今天我们是被非法查封了，我们坚决反对国民党当局这一完全非法无理的悖谬措施。我们希望全国同业和各界同胞，更加警觉起来和紧急动员起来，支援我们和北平今天被查禁的七十七家言论机关，坚决反对国民党当局这一滔天罪行，为制止内战、争取和平、确保人民权利而奋斗！我们坚决相信在全国人民不屈不挠的努力下，反动派坚持独裁内战的阴谋一定被粉碎，中国和平一定能胜利！作为和平民主的号角，我们北平《解放》报和新华分社是永远扑灭不了的！在全国人民的支援下，我们一定不久就会更加坚强和更加充实地与平津和全国广大读者见面！

中国人民的民主自由万岁！和平民主团结的新中国万岁！

(《晋察冀日报》1946年6月3日)

各解放区新闻、文化界通电抗议北平《解放》报事件

【新华社邯郸一日电】晋察冀鲁豫边区新闻记者联合会暨《人民日报》，新华社晋冀鲁豫总分社，《人民的军队》报，北方杂志社，人民画报社，太行、太岳、冀鲁豫、冀南各报纸通讯社，闻悉北平《解放》报、新华分社被国民党非法封闭，咸表无限愤慨。特通电全国各界抗议国民党此种倒行逆施行为。该电指出：这一事件是中国法西斯向中国人民的新进攻，是扩大内战的具体步骤，全国人民、全国言论界一致动员起来，粉碎国民党此种阴谋，把中国法西斯派的凶焰打下去，为保卫和平民主，保卫言论出版自由，保卫北方人民喉舌北平《解放》报和新华分社而奋斗到底。要求国民党当局立即恢复北平《解放》报、新华分社的出版发行自由，赔偿停刊所造成的损失，停止对全国新闻文化事业的摧残与压迫，实践蒋介石的四项诺言。

【新华社宣化店一日电】国民党当局于上月二十九日非法封闭北平《解放》报及新华社北平分社消息传出后，中原文化界新闻界极为震愤，

特通电抗议并慰问《解放》报、新华分社全体工作人员。该电略称："你们为和平民主奔走呼号，竟遭反动派摧残暗算，我们对于反动派此种蔑视人权的疯狂暴行，表示严重的抗议。我们相信，在全国人民的正义声援之下，必能克服这一困难，并誓为你们的后盾。"

【新华社宣化三十一日讯】北平《解放》报及新华分社横遭国民党封闭的消息传来后，此间各界人士愤慨万分。察省及宣市文化界顷向全国发出通电，内称："国民党连续破坏政协决议，摧残言论自由。'四三'事件甫告解决，北平《解放》报及新华分社又遭封闭，我察省文化界同人对国民党此种倒行逆施、摧残文化的行为，一致表示无限愤慨。兹特通电全国，向国民党提出严重抗议，并愿与全国新闻界、文化界及各界同胞团结一致，为实现言论自由及全国的和平民主而奋斗到底。"另电《解放》报及新华分社全体同志表示慰问。署名者有察哈尔省文联、新察哈尔报社、新华社察哈尔分社、战线剧社、长城剧社、宣化市文联、宣化市教联、宣化市戏剧界联合会。

(《晋察冀日报》1946年6月3日)

"六六"教师节张市将隆重纪念

【本市讯】抗战胜利后第一个"六六"教师节即将到来，全市教师欲以百倍愉快的心情与实际工作来迎接与纪念它。八年抗战中边区教师同志们，在极端困难的条件下为人民、为新民主主义教育事业，做出了极大的成绩，受到了学生、人民和政府的尊敬与爱戴。目前为制止国民党反动派发动内战的阴谋，迎接和平民主建设时期的到来，必须加强时事学习，提高政治认识，紧密团结，安心工作，发挥更大力量，进一步为人民、为新民主主义教育服务。为隆重纪念这个庄严的节日，边区政府市政府、边区青联市青联及联大等机关学校，于五月三十一日召开张家口"六六"教师节纪念会筹备会，决议：教师节放假一日，并定于六月六日上午十时假联大礼堂举行张家口教师节纪念大会，各校教职员全体参加，延请各界负责人员讲演（研讨目前时局与教育工作问题）并举行晚会，由边府与市府请教师看戏，并通知各校将教职员数目分别统计，于六月三日以前，分交边府（区级学校）与市府（市级学校）以便分发戏票。

（《晋察冀日报》1946年6月3日）

北平市出版业联合会紧急抗议"七七事件"

要求立即恢复被封报刊自由　保证今后不再发生同类事件

【本报北平航讯】北平市出版业联合会，顷为抗议北平七十七家言论出版机关被当局勒令停刊事，发出紧急呼吁全文如下：

五月二十九日，北平警察局突然声言奉中央命令勒令《商业日报》《光华日报》《解放》报等七十七家报纸、杂志、通讯社停刊，三十日并将数家查封，消息传来全国震动。

回忆北平自抗战胜利以来，出版界新闻界为主张公道，宣传和平、民主、团结、进步，曾多次遭受摧残压迫，查禁、扣押、拘捕等事曾连续不断发生。本年三月三日北平市社会局发出通告勒令各报纸、杂志、通讯社必须申请登记核准；三月五日该局并会同警察局召集本市印刷业同业公会，强迫命令不准排印未经登记核准之出版物，中宣部张明炜氏也曾数次声言凡报纸、杂志、通讯社未经登记核准即不准发行、发稿。各同业为反对此种反民主、自由之统制，曾一再要求收回成命，行营李主任为此曾告同业，补行登记手续，同业等为尊重政府意旨一再忍让，即纷纷补行登记手续。其中有早在二月间即行呈请登记者，但登记之后即无下文，核准与否未有指示。此后殴打报贩、撕毁报刊及逮捕新闻界工作人员事件更层出不穷。本会为维护言论出版自由与营业利益曾向全国各界呼吁，得到全国同业和正义人士广大的同情与声援。不意当局不顾民意，近又变本加厉摧残破坏言论出版和正当营业的自由权利，突然下令查禁各种言论出版机关竟达七十七家之多，第二日更擅将数家查封，如此大规模的非法摧残破坏言论出版自由之行为，实属骇人听闻。

当政治协商会议开幕之时，蒋主席曾郑重昭告国人，政府决定实施的事项"人民享有身体、信仰、言论、出版、集会、结社之自由，现行法令依此原则分别予以废止或修正"。一月二十八日最高国防委员会，议决废止和修正各种妨害人民自由的法令（出版法即为其中之一），诺言法令信誓旦旦、言犹在耳之际，政府当局竟一再自食其言，蔑视法令，违背蒋主席之诺言，请问此种非法举动，根据何种法令？

本会为维护言论出版自由，为维护同业之应享的权利，坚决主张实现下列要求：

（一）立即收回成命，恢复七十七家言论出版机关之自由。

（二）彻底实践蒋主席的诺言，严格执行政治协商会议的决议及《和平建国纲领》的规定。

（三）取消登记制度，彻底实现真正的言论出版自由。

（四）保证今后绝无任何摧残破坏文化事业组织（包括报社、杂志社、通讯社、印刷所、书店等）和危害文化界个人身体、自由的事件发生。

我们的要求完全是合理的合法的，希望政府当局全部接受，并望全国各界人士和各地文化界出版界竭力支援。

北平的文化界出版界，正遭受到空前大规模的摧残破坏，我们号召全北平的同业携起手来，不论遭受停刊还是未受停刊的同业，虽然我们之间各有不同的论调，各有不同的立场，但言论出版自由是我们全体同业的应享权利。为了维护我们的利益，团结起来，用我们的全力争取全部要求实现。

（《晋察冀日报》1946年6月4日）

全国人民实在受不住了，内战必须无条件停止！

北平文化界发出紧急呼吁

【本报北平特讯】北平文化界顷以"呼吁停止内战"为题发表宣言如下：

现在东北大规模的内战仍旧未曾停止下来，和平是不可分的，战火必然要延烧的。自一月十日停止冲突命令发布以来，经军调部多少辛苦努力所获致的关内初告安定的局面不但岌岌动摇，全国范围的战斗，也有为东北内战的余烬未熄而随时呈现一触即发之势。我们为此焦虑，为此忧惧，为此痛心。我们披肝沥胆，大声疾呼立刻停止内战！

理由是简单极了。眼前在炮火袭击下的东北人民第一先受不了，战火势必蔓延，结果将使全国各地所有人民亦都受不了。战事直接的损害已使千百万人死伤流离倾家破产，间接的影响则加重了人民精神上的苦闷、物质上的贫乏、生活上的艰窘，其痛苦深刻而普遍，这是当前的受不了。百孔千疮的国家，不能由安定而步入建设，反于破坏之余，再加破坏，必使生机尽绝，陷于万劫不复的境地，这是永久的受不了。现在湘粤各地已闹着严重的粮荒，甚至大都市的居民饿死者日以千计，经济总崩溃的危机业已迫在眉睫，全国人民都将陷在饥饿

线里，这是实实在在的受不了。老百姓是一百个受不了，而好战分子却固执地要逞兵黩武以自娱，这使我们愤怒；身经八年抗战备尝艰苦的中华健儿，现在都被迫着去与另一部分曾在敌后誓死抗日的同胞相砍相杀，彼此做可耻的牺牲，这使我们悲愤。现在没有外侮外患，当前不是外交问题，任何人或任何党派没有驱使人民自相残杀的道理，人民有反对一切内战的权利，这并且也是义务！

内战应该而且必须无条件地停止。所谓先要如何如何之后，才能谈停战协商，不过是为了一城一地之损失，一党一派的消长，说得堂皇些亦不过是为了顾全什么威信。这些说法纵然算有理由，在国家兴亡、人民生死的大前提下，亦不成为理由。国家糟到如此地步，人民面临生死关头，其严重已极迫切，决不容许讲利害、谈条件。譬如救火，尽可烟消烬灭之后要求报偿，却不容许在火场上从容讲价，所以说内战应该无条件停止。在战斗进行中，谈条件是难有结果的。一则因为敌对的情绪不容许作平心静气的协商，自难得合理的解决；二则因为既在战斗便有此出彼入互见胜负的情势，轩轾不分即条件难就，故主张有条件的停战，事实上即等于坚持以战斗决胜败，以胜败为解决，简言之，亦即等于坚持不停战。所以假如内战应该停止，即必须无条件停止。无条件停止内战只在当事者的一念之间，我们以国脉民命为理由，向好战的人们呼吁：发大善心，运大智慧，放下屠刀，挽回浩劫！

往事不论，我们对于国共双方均不愿作何谴责。我们曾看到政府、中共、美方三代表于三月二十七日在重庆所商获的协定，明白规定选组执行小组派往东北，赴国军及共军之冲突地点或两军密接之处，使其停战，并作必要而公平之调处。此一执行停战的原则既为国共双方所商订，又经美国代表之参加，我们现在就要求立刻实行，不容许假任何借口来拖延。在我们觉得一城一地的得失与人民因战争而受的损害，两相比较，自以后者为重要。政府的威信与政府所造福于人民是成正比例的。政府决不能在使人民受害的基础上建立威信。

我们愿向全国同胞号召：国家是我们大家的，生命是我们自己的，为我们国家，为我们自身，我们要团结起来，一致反对内战，制止内战，制裁那发动内战而又拒绝停战的人们。我们的口号是：

立刻停止全国各地的内战！

东北内战不许再继续下去！

和平万岁！民主万岁！

署名者：

王之相、王石冷、王余杞、方枢、石小川、江绍原、光未然、沈家彝、周鲸文、周叔迦、周萑人、胡海门、孟拱辰、林葆骆、金鼎忻、宿仲晖、姚退之、马彦祥、徐寿轩、徐盈、陈瑾昆、陈之骅、梁秋水、陆弦、符守瀓、孙中原、盛家伦、张东荪、张中行、张申府、曾昭抡、万仞千、彭子冈、叶心萊、杨达章、董秋水、熊炳琦、刘瑞林、刘武军、刘清扬、卢乃赓、卢香亭

中华民国三十五年五月二十八日

（《晋察冀日报》1946年6月4日）

为北平《解放》报事件中共已向政府抗议

陆定一同志宣布

【新华社延安二日电】据合众社南京讯：中共宣传部长陆定一宣布，共产党对北平新华社及《解放》报之被封，已向政府提出抗议。

（《晋察冀日报》1946年6月4日）

用实际行动来抗议

国民党反动派非法查封北平《解放》报和新华分社，这个严重事件发生之后，我晋察冀边区全体人民莫不极端愤慨。我们边区新闻界和文化界发出了急电，要求北平军调执行部和南京军事三人小组，迅速采取有效方法，制止国民党当局这个反动的法西斯的罪行。事件发生到现在已经一个星期了，而国民党当局还没有丝毫改正错误的表示，因此我们不能不再一次大声疾呼，如果国民党当局继续其反动措施，不知悔改，我们就要在舆论上动员广大人民起来，与国民党反动派作坚决的搏斗，来保卫人民已得的和平，争取民主的权利。

我们看得很清楚，国民党当局非法查封《解放》报与新华分社，是它们对和平民主的进攻，是企图造成全国内战的一个阴谋步骤，也是要准备发动全面内战的一个信号。目前不但东北内战在继续扩大，而且在华北各地，反动派内战的炮火也越来越猛了。国民党军向我冀中永定河以北地区大举进攻已经二十多天了，在天津以西对我胜芳市的围攻也已九天了，在冀东则对我香河地区正举行大规模的进攻，加上我解放区各个边沿地带，近来到处遭受国民党与伪军联合的蚕食进攻，烧杀劫掠，比日寇还要残暴，再加上国民党反动派在全国范围内反对民主、破坏和平的特务破坏的无数滔天暴行，这些都充分证明反动派企图从东北的内战扩大到全国内战的危险是严重存在的。如果说从一月十一号停战命令生效之后，直到五月中旬的四个月中，国内形势基本上受停战命令的约束，得到了虽然不巩固但毕竟是和平的局面，那么从五月中旬以来，由于国民党反动派的倒行逆施，似乎连这不巩固的和平局面都要被破坏了。政治协商会议的决议被摧残，蒋介石的四项诺言丝毫不兑现，法西斯特务制造的惨案到处发生，甚至于现在连马歇尔元帅的声明都有被抛弃的样子。蒋介石、白崇禧风尘仆仆，亲自进行从东北至全国扩大内战的部署，因此就造成了不但东北战火激烈，而且华北也战云密布。这样看来，全国性内战的危险确已严重地摆在我们的面前了。

　　但是，反动派最怕的是人民的力量，是中国和平民主的强大势力，因此，它们要布置全国内战，先要用尽一切方法，来镇压人民，镇压民主运动，堵塞人民的眼睛和耳朵，堵塞人民的喉舌，以便于它们发动全国内战而无所顾忌，北平《解放》报与新华分社就是在这种情形之下被查封的。因为北平《解放》报是中共的机关报之一，它是全心全意为人民服务的，最坚决的为巩固国内和平、实行民主改革，与法西斯反动派进行斗争的。从它在二月二十二日出版以来，不断遭受反动派的阴谋摧残，百般阻碍，并且经过"四三"事件之后，愈加获得广大人民的同情与拥护，因此它就成了国民党反动派法西斯分子的眼中钉，因此当国民党反动派进行全面内战部署的今天，北平《解放》报和新华分社被非法查封就不奇怪，完全可以预料得到。但是，我们必须指出，这一次国民党当局对北平《解放》报、新华分社等七十七家舆论机关的所谓"取缔"或"勒令停刊"，绝对不是因为这些报纸、通讯社"未经呈请中央核准"等等理由，而是为了彻底摧残民主的、进步的、人民的舆论机关，以堵塞人民的耳目与喉舌，这是继承袁世凯、张宗昌以及希特勒、墨索里尼之流的封建暴君与法西斯魔王镇压人民的惯技，这种行为完全是非法的，无论在三民主义中或是政协决议与蒋介石四项诺言中都找不出任何根据。所以我们认为这一事件，绝不仅仅是对我们新闻界的摧残，而是对全国人民的进攻，是国民党反动派企图发动全国内战的极凶险的阴谋步骤。一下子查封七十七家的报纸杂志与通讯社，在任何民主的国家都是不可能的，敢于这样毫不顾忌地摧残舆论自由，只有在暴君专政、法西斯专政之下才会发生的。在国民党所谓"收复"了的一个北平城里，一下子就封闭了七十七家舆论机关，仅仅以这件事实，在今天和平民主的世界上，就足够证明国民党反动派对世界和平民主潮流的反动与挑衅，是多么放肆、多么严重了！

更可笑的是，国民党当局在被查封的七十七家名单中，故意列上像《建国日报》和"中国通讯社"那样的报纸和那样的通讯社，这更加是无聊的假装。谁都知道《建国日报》是国民党军委会政治部晋冀平津宣导组所主办的，现任国民党十一战区长官的孙连仲就是该报的董事，国民党特务假装难民捣乱北平执行部的时候，该报的副社长左甦和总编辑杨文昌也都化装参加在内，这个报纸已经臭到没有人看了，而"中国通讯社"也是国民党北平市党部所支持的。这些是属于国民党官方的报纸和通讯社，为什么也列入查封名单之内呢？要解释这个现象很简单，就是两个字：假装！如果不信，请看查封命令之后的现在，《建国日报》不是还在照旧出版吗？但是《解放》报与新华分社等其他进步的报纸与通讯社，却不折不扣地被查封停刊了。

在这里，我们要警告国民党反动派：你们不用玩弄这一套无耻的伎俩了，中国人民再也不是傻瓜了，谁都不会受骗。你们要发动全国的内战，你们要压迫人民的言论，剥夺人民的和平民主利益，要夺取抗战胜利的果实，你们要走法西斯的道路，你们就一定要得到袁世凯、张宗昌、希特勒、墨索里尼同样的结果，受到历史的严重惩罚！你们所一手制造的内战的火，最后会烧死你们自己！

我们今天已经看得非常清楚，国民党反动派决心要扩大内战，破坏中国人民的和平民主生活。我们爱和平、爱民主，我们不能坐视和平被破坏，民主被摧残，忍无可忍时，我们新闻界全体同人决心要与广大人民在一起，奋起自卫，准备继续用我们的血肉来保卫和平与民主。我们更希望北平进步的新闻界，在反动派的镇压之下，勇敢地团结起来，击退国民党反动派对和平民主的进攻，用最有效的实际行动，向国民党反动派作无情的斗争，这才是我们最有力的抗议。

(《晋察冀日报》1946年6月4日)

冀东军区文工团深入病房慰问伤病员

【新华社遵化三十一日电】冀东军区文工团，深入连队和下乡工作。日前他们分两组到医院慰问伤病员，按病房演奏各种乐器和唱歌，受到全体伤病员的欢迎，常常是演完一个节目，伤病员鼓掌要求再来一次。很多轻病员还跟着演员到别的病房去听，他们忘记了伤病的痛苦和疲劳。重病员听到隔壁病房唱起来了，他等得着急得不行，文工团同志就背着他先去听一遍，他就高兴得说不出话来。女同志们还带着针线布块，坐在伤病员的床边，给他们缝补被子衣服，同时还给他们唱歌、教歌，更使伤病员感激不尽，他们很兴奋地说："我们养好后，一定要尽力为保卫人民利益而奋斗到底！"

(《晋察冀日报》1946年6月4日)

各解放区新闻、文化界通电声援北平被禁同业

只要我们的笔在，我们就要写下当代春秋；
只要有我们的喉舌，我们就要吼出人民的呼声

【新华社延安三日电】北平《解放》报、新华分社等与北平七十七家报纸、杂志及通讯社，横遭国民党法西斯派非法封闭的空前暴行传出后，引起了解放区新闻界、文化界的同声愤慨。除已报道者外，陆续收到山东、晋察冀、华中、晋绥各解放区新闻界、文化界的

抗议电文。山东通电中指出："这是秦始皇焚书坑儒的再版，是希特勒的借尸还魂，是国民党法西斯派发动全面内战的信号。如果让这种法西斯瘟疫蔓延而不加以扑灭，则整个中国将成为没有正义呼声与进步文化的野蛮之邦。"同时坚决表示："只要有我们的笔在，我们就要写下当代春秋。只要有我们的喉舌，我们就要吼出人民的呼声。"晋察冀通电指出："这是国民党当局企图彻底撕毁政协决定的公开表示，是对和平民主的直接宣战。国民党当局想借此来堵塞人民的耳目与喉舌，便于发动全国内战而无所顾忌。"华中通电指出："这一骇人听闻的荒谬罪行，愈足说明国民党当局自知造谣诬蔑不足以取信于人，所以干脆禁止人民说话。"晋绥通电指出："这一事件比前此任何一次同类事件，都更彻底地揭去了法西斯派的伪装与和平民主的假面具，让全国人民更清楚地看透了它们丑恶的真面目。"他们一致呼吁全国新闻界、文化界及一切民主人士警觉起来，团结起来，不仅用抗议而更要用实际行动保卫民主进步的新闻文化事业，为抵抗与制止法西斯野蛮的进攻作殊死斗争。署名于上述通电者，晋察冀有解放区新闻记者联合会晋察冀分会，新华社晋察冀总分社及冀中、冀、晋冀东、冀热辽、察哈尔各分社，晋察冀日报社，新察哈尔报社，冀中导报社，冀晋日报社，冀东日报社，冀热辽日报社，军区子弟兵报社，边区群众报社，内蒙古周报社，工人报社，时代青年社，北方文化社，中华全国文艺界协会张家口分会；山东有新华社山东总分社暨各分支社、山东大众日报社、胶东大众日报社、滨海农村社、渤海日报社、鲁南时报社、鲁中大众社、新威日报社、伊斯兰报社；晋绥有新华社晋绥分社、抗战日报社、大众报社、人民时代社、人民画报社、吕梁出版社；华中有解放区新闻记者联合会华中分会等数十团体。

（《晋察冀日报》1946年6月5日）

南城子村剧团走与生产结合的道路 团员很快扩大了四倍

谷克东

【新华社宣化一日讯】涞源三区南城子村剧团，自从进一步与生产结合一变而为拨工队后，在第一阶段生产中已获得许多成绩。他们原定从二月一日到十五日把粪送完，结果二月九日就将五千八百箕粪全部送完，他们就利用这六天节余出来的时间打了一万八千斤柴，十五日以后开始拨工锄好秋麦苗头，把去年耕过的地耢了一遍，并集体打柴三万斤。三月初十，演员廿二人在罗尚甫的领导下到十里外的双尖梁开了四天荒，共开生荒二十六亩，并将其中的十二亩种了山药，其余的种萝卜和荞麦。随后他们又打柴一千四百斤卖了三千四百元，解决了三百六十斤山药种的钱，预计这次开荒秋后每人可得山药三百斤、萝卜二百斤、荞麦一斗。除此又种树四百八十棵，作户计划时，演员们自动作了七户，石全村起了很大的推动作用（全村共作了廿六户），懒汉张树森在他们的帮助之下已改造过来。他们这一时期不仅生产有成绩，在学习上也进步很大。自从正月十七日订出学习日程表后，每天中午和晚上都按时上课，大家并用打柴、纺织的所得充当了学习的用费，在一个星期中，每人学会生字四十多个，珠算则学会了三归至九归，六个人学会归法。该村群众见到他们这个剧团不光演戏，而且生产、学习都有这么大成绩，因此都很拥护他们，现南城子村剧团已由二十多人扩大到八九十人了（男子六十二人，妇女十七人）。

（《晋察冀日报》1946年6月5日）

张市电影业

肖白

电影是一种文化娱乐，更是进行社会教育的一个最好最有力工具。

敌人统治张家口的时候，开了一个"公会堂"，又一个"世界馆"，放映电影，宣传他们的所谓"王道乐土"以麻醉人心。我军解放张家口后，公会堂便由晋察冀军区政治部接收，改名人民剧院；世界馆由市政府接收改名市立影院，后又改名民主影院。另有私人开办一个新新影院，合共为三家影院。

解放不到三天，民主影院便开始营业，使当时惶惶的人心渐趋平静。当时因敌伪在一些地区尚未缴械，交通不便，外部影片不能来，大多是演出战前一些旧片子，如《人海遗珠》《无花果》《孔雀东南飞》《灵与肉》《空谷兰》《梨花夫人》等。这些片子除了《灵与肉》稍有社会意义外，其他都不算怎么好。

停战命令公布后，张市的影业界便积极设法从北平等地运来了许多新影片。民主影院映放了《大路》《从莫斯科直捣柏林》《黑海大血战》《天上人间》《王先生与二房东》《歌舞齐飞》《十三勇士》《五彩炭画》《小泰山》《森林恩仇记》《偷天换日》《壮志凌云》《保卫莫斯科》《狼山喋血记》《小玲子》等，平均十天左右就可以换一次新片。人民剧院因许多时间在演话剧，演的影片虽然只有《巴库工人起义》《十三勇士》《女战士》《苏联一日》《保卫边疆》《直捣柏林》《胜利之夜》《天上人间》等八部，但部部都是精彩的有丰富的社会价值和艺术价值的。新新影院演出新片亦有《兽国历险记》《凤求凰》《第二次世界大战》《苏联一日》等。

这三个影院，虽然有公营的，也有私营的，但在营业上是互相帮助的。他们成立了影业联合会，具体商议出互助的办法。如果民主影院从外部弄来甲乙丙三部影片，当他们演甲部时，乙丙两部就可以借给其他两个影院映放，决不像国民党地区一样互相排挤、彼此垄断。

张市人民因为政治上获得了民主，经济生活上得到改善，他们迫切地要求受教育与正当的文化娱乐，电影便成为他们受教育与文化娱乐最好的形式，所以每天拥挤在电影院门前的人真是多。教育意义大的特别是新片放映时，更热闹，前一场还没完，第二场买票的看客就把卖票处围得水泄不通了。据民主影院张经理告诉我，他们平均每天少也要卖一千张票，多时可卖至二千九百张，而人民剧院昨日《夏伯阳》放映四场，卖票竟达四千左右。从这里看出，在张市日趋繁荣的情况下，电影业在张市是极有前途的。不过我们希望从事电影事业的工作者们，设法运来更多有教育意义的影片，这对电影业本身的繁荣，特别对教育人民来说，都会好的。

(《晋察冀日报》1946年6月5日)

张市文化界召开座谈会欢迎费正清夫妇

【本报讯】六月三日下午三时，华北联大召开欢迎昨日来张之美大使馆新闻处处长费正清先生暨美大使馆文化专员费慰梅夫人座谈会，到张垣文化界名流成仿吾、周扬、于力、邓拓、沙可夫、丁玲、萧三、张如心、林子明、艾青、殷希彭等三十余人。由费正清先生历述美国人民怎么爱好中国文化艺术，怎样用简便方式学习中国语言，以及他们来张垣的目的——了解解放区文化活动情形。之后，即开始漫谈。于力、艾青都直率提出希望费正清先生转告美国当局，不要再帮助蒋介石打内战，不要使美国成为赫尔利政策的美国，而要使它成为进步的人民的美国。后张如心、丁玲、萧三分别向费先生费夫人提出中美文化交流的几点希望。张如心同志说："费先生希望我们派人留学美国，我们更希望美国学者、报人、科学家多到这里来，多开文化界座谈会。第二，希望经常看到美国的各种报纸杂志。第三，希望费先生报告一次美国文化运动情形。"丁玲、萧三都希望能把解放区文学、美术、音乐、戏剧多多译到美国去，以增加美国人民对解放区的了解。最后成校长讲话，他着重指出："费先生费夫人来张是一个很好机会，他们将要使中美文化更大规模交流。"接着成校长很乐观地说："中美两大民族虽远隔太平洋，但会慢慢接近的。"会散后，联大于万春园设宴欢迎费先生费夫人，并请到会文化界名流作陪，宾主间曾为"中美人民合作万岁"数度干杯，情绪极为热烈。晚间并由联大举行盛大欢迎晚会。

（《晋察冀日报》1946年6月5日）

各剧影院六号义演

【新华社本市四日讯】适逢端阳节，市民群众更易想到谁给了他们以和平幸福，于是劳军捐款继续高涨。本市影剧联合会并决定六日义务公演，以庆丰、新新联合，同德、裕民联合演出，是日各影院亦将放映新片。兹将工、商及机关募捐数字露布如下：

全市回民共捐七万三千一百八十元；各业公私营商号共捐洋三百九十余万元，还计划做衬衣二千五百件；张垣烟草公司共捐廿余万元；四区店员一、三分会，水井、瓦匠、木匠、清扫、南瓦窑各工会工友共捐四万九千四百元；边区卫生局共捐两万零五百元；电讯局共捐七万余；裕华被服厂捐一万六千元；张垣皮革厂捐五千元；北方酿造公司捐一万九千七百元；新中机器工厂捐三万九千元；光大实业公司捐一万二千八百元；远东橡皮公司捐一万六千三百五十元；张垣机械修造厂捐一万二千九百六十元；胜利火柴公司捐五万三千三百八十元；冷冻面粉公司八千二百五十元；兴泰木场九千三百元；沙漠肥皂厂二万元；兴华实业公司职员共捐十二万四千六百元。

（《晋察冀日报》1946年6月5日）

雁北改变了旧面貌　文教建设有新发展

【新华社阜平五月三十一日电】文化素称落后的雁北，一年来教育工作有飞跃发展。

学校增加五倍多，学生十万余

（一）增加学校五倍多——一年前雁北大部地区控制在敌伪手里。灵邱、繁峙、代县、山阴、浑源、应县只有初小二百八十二处，大同、阳高竟无一处抗日学校。完小灵邱四处、繁峙一处。自去年五月解放区扩大后，教育阵地也跟随扩大。至去年年底，初小由二百八十二处增至八百五十处，高小由五处增至十四处。自今年一月至五月，初小又增至一千四百五十七处，完小增至二十八处，总计一年来学校数目增加五倍多，入学人数根据十个县不完全统计，初小儿童共九万三千五百余名，完小男女学生达八千以上。此外，阳高、浑源尚有女子高小两处。现在每县均有完小一处至三处，大部分村庄均已建立初小，并且还出现了腰沿庄、鹿骨台、王家寨等数处典型小学。

一千多个教师轮训

（二）培养了大批教员——去年各县均先后开设教师轮训班，仅灵邱、浑源等七个县，即培养和改造了一千零七十六名教员。如浑源、阳高两县，在开过训练班后之半月内，即由三百多个村庄建立起小学。今春为了提高在职教育工作者能力，又开了两个月的训练班，轮训了三百九十三个小学教员、教育助理员和督学。浑源、阳高并建立师范学校两处，现有学生二百八十六人。

社会教育突飞猛进

（三）社会教育突飞猛进——去年新解放区冬学据九个县不完整统计，共建立起九百七十一处，宣讲班二千零九十五班，参加时事政策学习的男子三万五千四百卅四人，女子一万三千四百五十二人。识字班据灵邱、怀仁、大同、应县、浑源、阳高六县统计，有一千八百六十三班（男学员一万一千二百五十三人，女学员七千五百三十八人）。有的学会三百字到五百字，有的学会记账开路条，还有的从半文盲学到能看懂《群众报》。王家寨的妇女民校，每天能坚持上课，有些学员学会了编简单的剧本。灵邱刚上的冬学已扫除了百分之十五的文盲，不少群众从不识字学会写简单契约。经过去年冬学中的政治教育，克服了群众的变天思想，认识了民主政府的各种政策，觉悟到只有跟着共产党走才能翻身。此外，浑源、阳高、灵邱三县各建立民教馆一处，大同、怀仁等四县建立读报组四百六十三处，参加读报人数达一千九百八十余名。另外尚有九个县建立了八百二十三个秧歌队和村剧团（参加男女达一万九千五百一十二人），灵邱山上并经常组织宣传队到山下宣传，仅去冬山上教员儿童组成的五十人的宣传队，即于二十八天内宣传了三十一个村庄，群众达一万二千人以上，沟通了山上山下的文化，推动了各种工作的进展。又如浑源城关学生，在万人以上的大会上表演霸王鞭，组织五四青年大会及各种庙会宣传活动等，均推动了雁北文化教育的飞速发展。

发展不平衡　质量不够高

（四）现存的缺点及偏向：（1）发展不平衡，重视小学教育，忽视成人教育，以致小学发展快，民校不健全。在地区上巩固区较好，学校多；边缘地区较差，学校少；城市活跃，建设好；山地沉寂，建设差。（2）重量不重质。有的县区只管数量增加，而对质量提高注意不够，特别是完小招生不齐整，学生程度低，跟不上班。甚至有的小学有名无实，没有学生干部，缺乏对教导上的指导和帮助。（3）组织机构不健全，各级教育干部缺额未及时补充，以致领导落后，影响教育工作开展。如去年十二月统计，雁北九个县缺教育行政干部四十三人，直到现在尚未完全补充起来。

（五）今后改进的意见：（1）进一步发动群众，贯彻民办公助，使教育得到普遍发展。（2）健全组织，加强领导（特别是边缘地区），把教育建设、经济建设和发动群众结合起来，巩固区应在普遍的基础上逐步提高。

（《晋察冀日报》1946年6月6日）

批评与建议

宣化人民剧院有些戏太不像话

易公

宣化人民剧院最近演的戏有些实在不像话，宣传封建落后与迷信的内容。前几天，该院放映《胜利之夜》。在演电影之前，先演了两出落子。第一出剧名似是《南三复》，剧情是：南公子调戏一个穷家

闺女，春风一度，即怀了孕，南公子又不要她了。及孩子生下之后，她父亲要杀她，她跑到南公子处哀求收留她，南公子拒不收留，她即撞死在南家门口。随后即出来了一个判官，把女魂叫来，引至阎罗王处告状，阎罗王叫判官率小鬼及女魂去把南公子的魂勾了回来，这样即算为那个冤死的闺女报了仇。你看，这像什么话？在我们所在的地区，还在演这样的戏，实在说不过去。从前我未在该院看过戏，但听见许多同志看过的，都说是乱七八糟的戏，曾经提过不少的意见，并且告诉过有关文化机关，似乎也无效果。在"人民剧院"——公家领导的戏院演出这样的戏，我想是和解放区文化教育方针相违背的吧！希望宣的负责机关予以纠正并答复是幸。

(《晋察冀日报》1946 年 6 月 6 日)

拒绝"艺员登记"

沪剧界成立委员会并招待记者再表抗议

【新华社延安五日电】沪讯：为反对国民党当局强迫实行"艺员登记"的反动措施，全沪戏剧团体联合成立"拒绝艺员登记委员会"后，复于上月二十日在新利查西餐馆招待报界，再表抗议。该会主委梁一鸣、副主委董天民坚决表示拒绝艺员登记，不达目的绝不终止，并希望该会组织扩大至各省县，成为全国性组织，及争取戏剧界多派代表参加国民大会。田汉对戏剧界在抗战中尽了极大贡献，而所得报酬乃是"艺员登记"表示不胜愤慨，并主张坚决反对。周信芳、赵丹、史东山、吴祖光、欧阳山尊、施春轩、顾仲彝等均相继发言，周信芳提议发动全国性的反抗。戏剧界并联合发表拒绝登记之书面理由四项，斥责当局此种倒行逆施。又讯，沪《前线日报》五月二十日载：戏剧人员登记表已由警局发出，并规定本月十日截止登记，戏剧界未予填写，并已将表格退还，请警局收回成命。警局尚无表示。

（《晋察冀日报》1946年6月7日）

边区暨张市全体教师昨隆重纪念教师节

刘秀峰同志、刘皑风处长均莅会讲话
号召展开时事学习，创造大批文教英雄

【新华社本市六日讯】筹备多日的教师节纪念大会，于本日上午十一时半，假华北联大举行，计到联大、医大、蒙古学院、工专、农校、商校、市中、女中等三十八个学校教员，五百余人。此次教师节为张市有史以来第一次，故各校教员均带着最愉快心情，远道赶来参加。选出成仿吾、林子明、恽子强、马铁轮、徐敬之、梅德善、刘颂三等七人为主席团后，即由林子明同志代表主席团致开会辞，略谓：今天我们很愉快地过着教师节，我们被解放了，社会地位提高了，我们要更认清时局发展方向，建立新观点，为人民服务。另外，我们还要想种种方法援助国民党地区被压迫摧残的教员们。继请中共张市市委刘秀峰同志讲话，他讲话历时一小时半，对目前国内外形势极多深刻剖析。之后，又提出对今后文教工作四点意见，即：（一）切切实实为人民服务；（二）教学一致；（三）实行民办公助的方针；（四）实际提高教育工作者待遇。最后并希望教员们开展时事业务学习运动，从学习中提高自己，办好教育工作。

边委会教育处刘处长讲话，号召大家发扬八九年来抗日民主教育的光荣传统，希望将来创造大批文教英雄！小学教员代表梅德善用兴奋的语调表示他参加此次纪念会愉快心情后，即号召大家响应刘秀峰、刘处长的指示，要重新做一个好教员，从儿童中来到儿童中去。最末学生代表也说明他们对教师们的希望，就是从思想上领导学生们走上光明大道，使青年儿童将来真能成为新中国的主人。临时动议时，有许多教员纷纷提议，以大会名义：（一）致电全国人民共同努力以实际行动制止内战，争取和平；（二）致电马歇尔将军停止运兵东北帮助国民党扩大内战，并迅速撤退驻华美军，停止对蒋介石贷款；（三）致电国民党政府迅速实现政协决议、四项诺言，停止内战，实现和平；（四）致电毛主席、朱总司令、聂司令员致敬；（五）致电北平《解放》报、新华社表示慰问；（六）致电东北民主联军致敬；（七）致电全国教育界，反对国民党反动派压迫摧残教育界同人。全场一致通过。晚间边委会教育处与市教育局联合请教员们看戏。

（《晋察冀日报》1946年6月7日）

各解放区新闻、文化界同声抗议"七七事件"

晋冀鲁豫

【新华社邯郸六日电】晋冀鲁豫边区文化新闻界人士范文澜、任白戈、张磐石、陈唯实、赵树理、荒煤、袁勃等一百十五人，顷为国民党反动派在北平查封七十七家报纸、杂志、通讯社，联名通电呼吁全国新闻界暨全国同胞紧急动员起来，扑灭中国法西斯摧残言论出版自由、扩大内战的阴谋。

晋绥

【新华社兴县六日电】晋绥各界人士，对国民党当局非法封闭北平《解放》报、新华分社等七十七家报刊，咸表无限愤慨。一致认为，这是国民党法西斯派阴谋向全国人民进行大屠杀的信号。边区高等法院院长孙良成先生，边区参议员副议长刘少白先生，及各界代表均发表谈话。边区各群众团体联合通电，一致呼吁全国人民团结起来，制止法西斯的暴行。

山 东

【新华社临沂六日电】中华文协山东分会、山东省文协顷通电慰问横遭迫害之北平七十七家报刊及通讯社，誓为后盾，团结一致，为保卫民主进步文化奋斗到底。

安 东

【新华社安东六日电】北平《解放》报与新华分社等七十七家言论出版机关被国民党当局非法封闭消息传播此间后，身处国民党飞机大炮威胁与摧残下的辽东人民对此暴行益感痛愤。辽东日报社、新华社辽东分社、辽东大众社、辽东建国书店、白山杂志社、白山艺术学校、安东广播电台等通电中称："国民党法西斯派敌视人民权利不分关内外，我们不愿屈服于暴力之下，誓与关内外全国同胞团结一致，粉碎法西斯派的军事进攻与文化进攻。"

(《晋察冀日报》1946年6月8日)

涿 鹿 剧 运

尼尼

涿鹿自从被我们解放以后，戏剧活动也就随着其他的工作开展起来。先是小学生们的霸王鞭、歌表演和秧歌舞，这时还限制在几个学校里。直到年底县高小演出了《兄妹开荒》，一时轰动全城，不但影响了几个学校，就连全城的老乡也受到很大的感动。接着在一星期的工夫，就有二十多民校和老乡到高小去抄《兄妹开荒》，医院的同志们也到学校去借风琴练习，立时到处都是《兄妹开荒》的歌子了。其他的学校和冬校也都成立剧团，排演戏剧。

十二月，医科大学由延安来涿鹿住了一个短短的时间，正值年节，医大的同学把延安带来的秧歌扭出来了，又演出了《夫妻识字》《史疙瘩坦白》《减租》《墙头草》等剧。这又给了涿鹿戏剧活动一个很大的推动，接着他们派人帮助了高小剧团和民校，在演技上、化装上都有了进一步的提高。

正月十五的时候，光五个街的冬学就演出了二十几个节目，公演了四天，大多数的剧本都是他们自己创作自己演出的，其中以《妇女翻身》《实行减租》《兄妹行》演得较好。另外还写了一些小调，配上旧曲，并且还组织了音乐队。

学校方面，高小接着又自编了《过新年》《好两口》。各机关集体编演了本县事实剧《大报仇》，是用河北梆子演出的，里面恶霸害死人民，欺压老百姓，使得看戏的人下泪，这是一个收效很大的剧本。

再说一说城里的和平戏团，这是从张家口来的一个山西梆子班，他们在宣传部门的帮助下，演出了《血泪仇》《大报仇》，并且适当地改造旧剧中的封建迷信成分，增加了革命的内容，例如《炮打大清营》，都有了新的改革。

一直到现在，涿鹿的剧运还是在向前发展着。四月庙会，学校和街剧团演出八天的戏剧节目，并且每天剧场的观众是满满的。不过在他们所演的剧里面还有个别的地方不适合，比如《拿懒汉》，懒汉没有大的转变反而把捉懒汉的学生说了一顿,这效果是不够好的。再如上级给我们"命令"来捉懒汉,这种词句也不妥,这个缺点今后宣传部门应负起责来检查剧本,帮助他们创作。另外专业剧团到涿鹿去公演,和对他们技术上以指导也是很需要的。

(《晋察冀日报》1946年6月8日)

联　欢
——边界纪实之二

胡可

停战令后,在边界上曾一度发生过联欢的事情。

起初,我们曾款待过一位国民党军的营长,他是由于好奇,专来参观八路军的高跷的。后来他也曾宴请过我们的干部。军官们这么礼尚往来,兵们可也就互相认识进而攀谈起来了。

头一天,一个国民党军的士兵抓住了我们战士的手说:

"和平了就好了!咱们可以回家了,说真的,这仗谁愿意打呢?"

奇怪得很,他们的排长走了过来竟扬手打了他两个耳光,第三个耳光正预备打,即被我们的排长劝阻了下来。

耳光不能解决问题。八路军的官兵关系终于在国民党军士兵中间引起了普遍的强烈的羡慕。

"你们的连长穿的吃的跟你们一样不说,还一块说笑,就是对待我们这边的当兵的也那么瞧得起;要是我们的连长呀,咱立正得稍微不正,早吃上'锅贴'了!"

他们的官长发觉了士兵这种情绪,寻求着对策。他们利用了八路军不挣钱而他们挣钱这一点,来麻醉他们的士兵。

他们的士兵对我们的战士开始这样说了："八路军什么都好，只是一样不好——不挣钱。我们可都是挣钱的，一个月一千多法币，班长三千，排长一万三，连长……"

我们的战士笑了："羊毛出在羊身上！你们的钱还不都是老百姓的血汗？我们要是发饷，每个战士发两万也可以的。为什么偏不这样干呢？我们是为了减轻老百姓的负担，所以老百姓拥护我们，我们为人民服务，这个你懂吗？"

"嗯，唔，不懂。头一回听说……你们八路军好！"

官长的攻势失败了，便又采取了训话法：

"八路军不正派！……咱们中央军是正牌儿的！……所以八路军不好。"

他们的士兵把这话如实地告诉了我们的战士。

"依你说，你们好呢，还是八路军好呢？"我们的战士问他。

"依我说呀，还是八路军好。可是当官的说八路军不好，弄得我也糊涂了。……唉，能混就混，不能混回家种地！"

官长又训话了：

"八路军没有飞机大炮坦克车，净是些庄稼人。……对啦，也没有黄埔军官学校毕业的。"

这一套不必问八路军，他们的士兵自己就议论开了：

"光说八路军这么不行那么不行！怎么八路军老打胜仗，咱们老吃败仗呢？"

对呀！你一言我一语，后来得出了如下的结论：

"八路军呀，人家是不要命地打仗，刚一接火，刺刀手榴弹就上来啦！好家伙，谁受得了！再说，老百姓给他们鼓着劲呢！咱们哪？一个月一千块钱……卖命冤得慌，当官的吃足了'空额'，打败了跑啦！×你妈的，你会跑老子不会跑？"

这就是联欢的结果。后来,这一伙国民党军被调走了,换了另外的一伙。

抗敌剧社前方工作队通讯

(《晋察冀日报》1946年6月9日,《副刊》第14期)

平津寂然无声
——《解放》报被迫停刊以后

仓夷

中共在平津唯一的宣传机关——《解放》报与新华分社,在五月二十九日晨二点半,突被平市当局"奉中央电令勒令停刊",下午八时被查封。同在这一天内,北平还有其他七十五家报纸、通讯社、杂志社也被"勒令停刊"了。

这是重大不幸的消息。《解放》报和新华分社在平津发刊发稿,是在停战令下、政协决议公布之后,因此它能够在平津出现,实为全国走向和平民主的主要象征之一。但该报该社在发刊发稿之后,即不断接到特务的恐吓信,撕报纸、打报童、威胁承印工厂、调查订户、逮捕工作人员,事态一天比一天严重。这也正如全国政局一样,自国民党二中全会之后,就再也听不到一件令人快意之事。现在正当"国军决心全部接收东北主权"的时候,在平津,当局"勒令"《解放》报与新华分社停刊,并威胁说:"如不自动即日停刊,则将强制执行。"平津人民得此消息,不禁对大局黯然神伤!

平津人民是爱护《解放》报与新华分社的。虽然只短短三个月,但该报社已与平津人民建立起深厚的情谊与血肉的联系。贫苦的市民们,热情的青年们,开头还多是以陌生的好奇的心情,来读《解放》报,来与新华社记者谈话,但是经过短时间的认识,即成了知心之友。他们把在别的报上不能说,而他们心里要说的话都写成信寄到《解放》报与新华分社。初习字的工友、洋车夫、店员,以及大中学的学生、大学教授,都寄来信、稿和各种建议。他们嫌三日刊太慢,建议出大张的日报,并且表示愿以一切努力来支持。他们建议《解放》要多登解放区的系统的介绍。差不多每日都能收到近百封这样的信件。新华社记者在学生中间、在人民中间,被当成亲切的兄弟一样接待,尽情地倾诉着他们的苦闷、要求与远大的希望。读者们在用全力支持这个报纸,《解放》报的全体工作人员,也在这人民热情的鼓舞下,一直在诚心诚意地为人民做事。连卖报的报童,对于《解放》报也有一种特殊的情感,在街头他们用一种愉快的骄傲的声调在叫卖。而今,《解放》报与新华分社被强制勒令停刊,这对平津人民的刺激是重大而不可思议的!人民痛感有所失,痛感平津寂然无声!数日来,平津没有一家报纸不是在当局的高压之下,噤若寒蝉,因为在国民党特务恐怖的威胁下,就不可能有正义的舆论。这事又将教导人们:没有民主与自由的地区,人民是没法了解今日中国的真正面貌。平津今日只有欺骗造谣和污蔑的自由,没有忠诚报道和追求真理的自由。数日来,平津人民因读不到《解放》报已深感瞎子聋子的痛苦。而在沉闷的迷茫的时局中,尽管人民内心渴望和平,也因《解放》报与新华分社的被强迫停刊,而暴风雨将临的预感,已沉重地压在心上。

平津人民切盼《解放》报早日复刊,正如切盼和平民主早日实现一样迫切。因为《解放》报不能复刊,正象征着和平民主尚无希望!

六月四日于北平

(《晋察冀日报》1946年6月10日)

晋绥剧运发达　　各种剧团近百个

【新华社兴县八日电】晋绥剧运发达,除有由专门戏剧工作者八百余人组成之十余个职业剧团外,尚有平剧、梆子等民间旧剧团八十余个。兴县、临县、宁武、五寨等地提倡半业余性质之道情班子为数更多。晋中新解放区停顿多年之灯影秧歌班已恢复四十余个。农村业余剧团仅据兴县、河曲、保德、岢岚、离石数县统计,即有二百多个,各工厂、学校、机关,亦大都有业余剧团。上述职业剧团年来无论在前线、后方多能服务于当前政治要求,创作新剧颇多,深得群众赞许。群众剧团在职业剧团帮助下自编自演,一年中创作剧本送文联者达百余种。边区戏剧工作者于上月中旬起举行为时两周之座谈会,总结上述剧运成绩,确定今后工作方针为:普遍开展群众剧运,提高业务,开展剧作运动,扩大戏剧工作的统一战线。关于民间业余剧团,将贯彻民办公助方针,作适当的改造。

(《晋察冀日报》1946 年 6 月 10 日)

阳原召开通讯会议　　深刻检讨办报思想

杜唐

【新华社宣化八日讯】五月三十一日中共阳原县委召开通讯会议,县委宣传部长在会上首先做了总结报告,指出过去大家对报纸不关心,挂名通信员很多,有很多地方通讯工作陷于停顿。会上刘县长做了深刻的自我批评,决心今后要亲自写稿。在刘县长检讨后,有三十二个同志却纷纷发言,进行反省,归纳起来主要有下列几种思想倾向：（一）名利观点，想写大稿一鸣惊人，同时，又恐怕写得不好退回来，面子上不好看；（二）认为"通讯工作不是本身工作，可以多写，可以少写，也可以不写，虽然知道党报工作重要，但又认为行政工作不做不行，不写稿没有什么关系，反正我不写稿，报纸也照常出版"；（三）认为是"额外负担"，认为"工作还忙不来，没有工夫写"，或者是抱着上级催就写，不催就不写的态度。经过这次检讨，大家一致认为这些思想倾向阻碍了通讯工作的开展，必须坚决克服，并决定今后每人订出计划，规定写稿公约，部门与部门间提出竞赛，以开展全县通讯工作。最后县委号召：不做挂名通讯员，各部写各部工作材料。每人每月完成一篇，各机关培养骨干，打造模范通讯员。

【又讯】阳原县级机关学校现正纷纷整顿通讯网，县政府召集全县干部与小学教师进行动员，县中心小组并向各小组提出挑战，条件是：（一）每月完成十一篇稿件；（二）保证稿件及时与真实；（三）稿子质量精炼。现各小组已纷纷应战。

（《晋察冀日报》1946年6月10日）

保卫新文化事业

可夫

国民党反动派对中国进步的文化事业一向就是竭尽其摧残压迫之能事，毫不肯放松的。鲁迅时代不必说了，在抗战八年中也好，日寇投降以来也好，连言论、出版、集会等起码的民主自由也没有，那么进步的文化事业所遭受的厄运也就可想而知了。近来呢，由于国民党反动派在美国帝国主义分子全力支持与帮助下准备在东北及全国各地扩大内战，为了堵住人民的嘴不让出声抗议，于是变本加厉，首先向北平新闻文化界开火，封闭了七十七家报纸杂志、通讯社。这是最野蛮最恶毒的法西斯的罪行。从此国民党反动派的法西斯的丑相更加毕露无余了，难道还能用伪装的"和平民主"诺言来掩盖得住吗?！

国民党反动派摧残进步文化事业的手段是非常恶毒的，而且时常花样翻新。有逮捕、封闭、捣毁、暗杀一类的暴力手段，也有控制与包办一切文化机关、场所、物资以及造谣、欺骗、引诱、收买……这一类杀人不见血的办法。比方说，北平"七七事件"即属于前一类的，而国民党反动派在平津京沪等地"接收"了所有的文化机关、场所、物资，同时成立各种御用文化团体，这就是企图一手包办（其实是包而不办）文化，限制、排斥以至窒死进步的文化事业。此种阴谋诡计早已为全国人民所看透识破，难道还能用什么花言巧语来掩盖得住吗?！

我们解放区和国民党反动派统治地区恰恰相反：进步的新文化事业在民主政府关心与帮助下得到了充分发展的可能。即从张家口解放以来短短的十来个月中间文化事业发展的情况来看，别的姑置勿论，仅就张市旧剧界而言，他们的生活比过去大大改善了，因之工作情绪也空前提高了，并开始了改造旧剧的工作，使旧剧在内容与形式上更能反映历史的与当前的现实生活，更能为人民服务，而获得了不少成绩。这是有目共睹的、铁一般的事实。

是的，我们有责任更进一步大大发展解放区的新文化事业，同时我们也有责任保卫全中国进步的新文化事业。对于北平文化界为和平民主奋斗而遭受的一切困难灾祸，我们寄予深切的同情与慰问，并愿尽力予以援助，此次张市旧剧界联合义务公演正是本着这个目的而举办的。我们坚信，中国和平民主之大业一定要胜利，进步的新文化事业一定要成功。同时，我们敢断言，摆在美国帝国主义分子与国民党法西斯反动派面前的只能有绝路一条。

当前一个最紧急的任务：斩断美国帝国主义分子所支撑与利用的

中国法西斯的魔手,为保卫和平民主、保卫新文化事业而奋斗。

六月九日

(《晋察冀日报》1946年6月10日,《副刊》第15期)

俞珊女士访问记

君山

俞珊女士是全国平剧界负盛名的票友,对中国京剧造诣颇深。日前俞女士由平来张,闻最近应张市文艺界邀请,准备义演,援助北平文化界的朋友们。日前本人访问了俞珊女士,作了一次短短的谈话。时间虽不长,但她在朴素的爽直的谈话里,我初步知道了她一生从事戏剧运动的历史。

远在十六七年前,俞珊女士就参加了南国社——中国第一个话剧团体,上演过《沙乐美》《卡门》等剧,从事话剧运动,后又对中国的平剧产生了浓厚的兴趣。她深深知道中国的平剧里,也是有相当宝藏的,只要有人努力从事研究,将会挖掘一些好东西的。她离开南国社以后,即以票友资格,经常参加平津一带平剧演出,从实际演出中体验和寻找中国平剧改造的道路。俞珊女士擅长青衣花旦,《昭君出塞》《醉酒》《虹霓关》《新雁门关》《英杰烈》《探母》《刺汤》《鸿鸾禧》《奇双会》等都是她的拿手戏。当时,像俞珊女士这样从实际中寻求改造平剧的人还是凤毛麟角呢。

"七七"事变后,俞珊女士从北方辗转到汉口、昆明、重庆,为了保卫祖国的战争,利用了她自己最熟练的武器——平剧,与全国有名的旧艺人小奎官、荣蝶仙、王震欧、荣伯铭、周志斌、周功甫等合作多次义演,将义演的收入全数捐助前线浴血抗战的将士。特别是在重庆的义演,收入打破重庆最高纪录,她的爱国精神和出类拔萃的演技曾经获得无数人的赞扬。

为了替中国民族音乐和戏剧开辟新的道路,俞珊女士曾努力从事元曲汉剧的研究。俞珊女士对中国平剧是特别有研究的,但在大后方那样的政治环境里,她的天才是无法得到自由发展的。现在到了人民的自由的张家口,希望俞珊女士对中国平剧的改造工作,能在这里顺利完成,和张家口的旧剧界一起,替张家口的平剧,开辟一条新的康庄大道。

俞珊女士最后谈到了这一次义演的问题。她说她这次从北平来,亲眼看到北平的文化界和梨园行都穷,特别是戏园的班底配角,几乎连窝窝头都吃不上;戏园的主角老板因为苛捐杂税,不敢常演,所以班底只好闲坐在家,好容易有机会搭上班伴,演了几出戏,所得的戏份还填不饱肚子,穿的住的更是可想而知了。至于在重庆演义务戏,对某些主事的人便有一笔丰裕的大收获,都争先恐后地抢这份差事,戏班里一些人也可以跟着发一笔横财,这样演义务戏的结果,往往是入不敷出。张家口的梨园行可不一样,没有借此发横财的人,他们非常积极,甚至自己贴车钱来参加,她非常佩服。她说这里的文化界、梨园行的一些情形使她非常感动。这种团结友爱互助的精神,在解放区以外的地方,是永远看不见的。她兴奋地说:"我觉得我能参加这样一次义演是非常光荣的。"

(《晋察冀日报》1946 年 6 月 10 日,《副刊》第 15 期)

援平文协义演　收入边币八十万

【本市十一日讯】张市文艺界、旧剧界为援助北平文协与梨园行义演,已于昨今两日正式演出,票分五百元、三百元两种。各界人士买票极为踊跃,共卖出两千张,收入边币八十万左右,除必要开销外,全部捐助北平文协与梨园行。此次义演人民剧院装有播音器,故各界同胞虽未能买票，亦纷纷围集收音机前，静静聆听。

(《晋察冀日报》1946年6月12日)

七区召开宣传会议　要全力办好黑板报

贾风

【本市十一日讯】昨日七区召开了全区各街宣传委员联席会，对过去办黑板报进行了检讨，一致认为：自各街陆续建立起宣传委员会以来，全区黑板报已走上一个新的时期。过去大家思想上不重视，觉得办黑板报是额外负担，不细心研究，不推不动。自从各街宣委会建立以后，首先打通了一部分街干部特别是宣传委员的思想，他们除主动编写黑板报外，一部分人还能虚心团结积极分子，这样在他们的带领下，全区黑板报飞速地发展起来。据会中各街报告，营城子黑板报办得最好，他们的办法是：黑板常刷常写，字写得端正清晰，粉笔颜色多，并且经常画报头漫画以及适应新形势的大地图。在营城子庙会中，他们就画了一块很大的解放区形势图，有力地教育了与会观众。该街每逢换报时刻，总有一群人围拢在黑板报的周围，有时很自然地形成一个漫谈会。写报人为帮助人们了解，经常边写边和观众拉天，识字的人看懂了，不识字的人由于有画也很感兴趣。其次像大境门外正沟街黑板报，因为树立在大路旁，许多崇礼县来往的人也想回去模仿。但是，好的街并不是没有缺点，像登本街的事少，编写的也少，这样使黑板报的内容仍很呆板，对本街工作上起指导作用不大。在上述讨论中，大家还提出办黑板报是推进工作的工具，意义非常重大，今后当力图改进，争当办黑板报模范。

(《晋察冀日报》1946年6月12日)

反 攻 记

——冀东尖兵剧社通讯之一

刘大为　管桦

一

我们接到了命令，向东北挺进，实行反攻。作为我们文艺军队的尖兵，国庆日的上午，我们怀着异常兴奋的心情，开入被我八路军和苏联红军解放了的古城——山海关。

这是我们第一次和苏联红军会合。

是在一个戏院里举行的纪念国庆日的晚会上，当我们的国际战友，苏联的飞行员，刚一进入会场的时候，我们张大了喉咙唱着苏联国歌。我们的心啊！充满了伟大的国际的爱，苏联飞行员以热情的苏联空军歌向我们回答，这雄壮的歌声在一起洋溢。

第二天在飞机场，和苏联战士会晤，我们要求他们讲苏联打败德国战争的故事。

一个航空上尉告诉我们：

"地上打仗的事，我不很知道，我只晓得天上打仗的事。"

我们在山海关演出了《合流》，我们把活生生的事实表演出来，告诉山海关的人民，虽然抗战胜利了，但是国民党反动派还在利用日本、伪军向解放区人民进攻，不是吗？当我们离开山海关不久，山海关的人民已经尝到美国人送给"国军"的火箭炮、日军的三八大盖、伪军的抢掠等等残暴的滋味了。

二

黎明，在火车上。

火车加足了煤，一直向东急驰，战士们把红色的国旗插在车厢外面，在风里展开飘荡着。

十四年了，这里没有见过祖国的旗帜，是谁先把鲜明的旗帜插在这里了？在车上，一个地方工作同志指着车外山那边对我们说，远在日本投降以前，他们就在那里展开工作，成立临、青、绥办事处，把国旗插到东北的土地上。

十四年了，这里没有人民自己的歌声，是谁呀，在这里最早地唱出了人民自己的歌？我们在车上唱着，我们想道："我们真正成为文艺军队的尖兵了，我们最早实行反攻，来扫荡血腥的文化。"

田野里忙着收拾庄稼的农民，一簇簇的村庄，落在车厢后面。

往日这里农民的粮食是要"出荷"的，往日这里的村庄是充满了眼泪、悲愤、死亡的。

八路军解放了这里，农民们把粮食拉回自己家里，每个村庄每个人的脸上，都充满了欢喜。不信你往车窗外看一眼，收拾庄稼的农民，都张着笑脸在看着解放他们的军队又开过去了。

可是这日子不久，"中央军从山海关出来了，占领了绥中，锦西……汉奸特务都升了官，又要猪，又要大米……"农民带着笑脸从田地里拉回来的粮食，又带着哭丧的脸眼看着被国民党拉走了，怪不得这里的农人们管中央军叫"二满洲"啊！

黄昏以前，我们经过了锦西的海岸。

当锦州市已经是万巷灯火的时候，火车进站了。

三

在锦州我们连续演出了十五天。

剧场是讲究的近代化的建筑，是用东北人民血汗修筑的，可是坐在这里看戏的却是日本人。

现在不同了。

我们演出了四幕歌剧《人间地狱》，这是东北同胞亲自经历的事情。人们时而含着辛酸的眼泪，时而带着愉快的笑容，在回忆他们的经过，这戏让锦州人民更深一层地记住了是谁丢掉了东北，是谁解放了东北。

原定只演十天，为了答复各界要求竟演出了十五天。

我们在这里的演出，不但使人们了解到八路军的政策，并且团结教育了广大的文化人士，在我们宿舍的门口不断出现各种不同国籍的艺术工作者拿着卡片来访问我们。

十一月七日来了，这是锦州人民盼望的日子，也是我们工作最紧张的时候。

当太阳刚刚抹红了远处黄色的小洋房子的时候，扛着枪的军队、工人们、妇女们、老人们、职员们、穿着新衣服的孩子们都望着远处。远处，在矮矮的杨树林上的尖顶上，招展着一面红色的旗子，旗子招摇的那儿，军乐奏起来，轻轻地敲在人们的心上。于是人们加快了脚步去开会。

我们的两辆红色的宣传卡车，从铁路管理局的柏油路上驶去，奔向会场。这是锦州市空前的大集会，人们在热烈地庆祝苏联的十月革命纪念节。这里不像国民党的收复区，连开一个和平庆祝会都要遇到打击。

散会以后，我们组织了盛大的游行。千百万的人民、军队，随在卡车的后面像海浪一样涌出了会场，流过中央大街、东关市场。卡车徐徐地前进，卡车一次再一次地被群众要求站住，让我们在车上表演节目唱歌。

当卡车经过瓜市时，人更挤了，像雪片一样的宣传品，从车上飞出，都不会落在地上，游行经过城里、车站。

在我们卡车的归途上，经过苏联的兵营，几个年轻的红军战士，看到车前斯大林、毛泽东的巨像，马上举起手来，用生硬的中国话喊着：

"斯大林万岁！"

"毛泽东万岁！"

（《晋察冀日报》1946年6月12日，《副刊》第17期）

从锦州回来
——冀东尖兵剧社通讯之二

刘大为　管桦

一

锦州的人民在共产党领导的民主政府的领导下，开始过着民主幸福的生活不久，国民党反动派又向锦州人民进攻了。现在，再让我记下国民党进入锦州以后的几件事情。

国民党到达锦州以后，又把过去压迫锦州人民的日本鬼子组织起来，叫"志愿军"，发给日本人枪，于是日本人又到处横行。在锦州东关市场，日本人在国民党的支持下，实行一次大屠杀，又杀死我中国同胞三千余人。

一位从锦州跑出来的商人对我们说："同志，中国还是战胜国吗？这是国民党让日本人干的呀！"

义县一个商人回来告诉我们："现在锦州有三多。"

"那三多呢？"

"票子多，中央军在锦州化二十多种票子，窑子（妓院）多，大烟馆多。"

锦州三多，在辽西、热东差不多无人不晓。

一个青年学生跑出来对我们说："同志，你们在锦州多好啊！"他说着，从口袋里拿出我们在锦州出版的歌集说："还可以唱新歌念新书。"

"好，这歌本你还保存着呢？"

"岂止这歌本，锦州的老百姓连边区票还保存着呢，大家都说中央军要这样横行霸道，长不了，八路军早晚要回来救老百姓的。"

我们都把这些事实写成剧本，沿路演出，告诉东北人民。

我们经过了义县、北票到达热河省商业中心——赤峰，这时，已是冬天了，塞外的风雪大得很。

二

一九四六年，正月十五。

月光明。

近处的灯火、远远的火把划破了赤峰市的夜空。秧歌队、高跷会、少林会、中苏友好主办的国乐会，在街上扭来扭去，小孩子们的嘴像开了一朵花，咧着大嘴笑，手里拿着小灯笼。当我们的秧歌队扭到五道街上的时候，被挤到再也走不动了，我们就在这里表演了《五枝花》（歌表演）、《正月十五》（广场歌剧）。

一个老乡被挤在电线杆子上，他兴奋地向人群里嚷着：

"好好看看吧，十三年了，没这么热闹过。"此刻，正当我们表演《五枝花》，四个小孩正举起毛泽东的图像扭过去。

这个老乡又嚷："这都是毛泽东共产党八路军给咱们的好处。"接着他高喊：

"共产党万岁！""毛泽东万岁！"

拥挤在街头的千百万人在自动地响应着这口号。

在赤峰，我们不但演出了，表演了秧歌，而且我们还主办了照片漫画展览会。

照片里有介绍陕甘宁边区生产和八路军的战斗英雄等。有的人在意见簿上这样写着："看过之后，感到过去所想到的和现在看到的实在是一致的，最后在我脑子留下雄壮的八路军的影子，他们在前进，在收复失地。"

照片最后一栏是"反攻中的八路军"，可惜的是，这里展览的仅是冀热辽军区八路军反攻的一部分，但从这里可以看到全国八路军反攻的情形，是任何人都知道的。

执行小组的国际友人——美国代表，很远地坐着汽车来参观，他们看着八路军在抗战中救护美国飞行员的照片不忍离去。

当人们看完了照片走出去的时候，有很多人，在意见簿上这样写着：

"看完了这次展览会，实在欣慰之至，这样的照片写真，看了第一次，不由得想看第二次……"

三

四月里，我们经过承德，随着春天一块凯旋冀东。在汽车开入马兰关口的时候，一个小同志说："这是冀东了，我们又回来了。"

是春天了，又是在冀东，我们全体已经完成了反攻的历史任务了。新到任务又在冀东等待着我们，于是汽车又加快了马力，把我们载向新的工作岗位去了！

一九四六年四月

（《晋察冀日报》1946 年 6 月 13 日，《副刊》第 18 期）

本报征稿启事

　　七月一日是中国共产党成立二十五周年纪念日，七月七日是抗战与晋察冀军区成立九周年纪念日，届时本报拟分别出纪念特刊，特向各界人士征求各种纪念文章。举凡对中国共产党的认识、抗战中的回忆、敌后战斗和生产的英雄事迹、有价值的史实材料等等均所欢迎。所有文章都要求以作者本身的经历为主，勿做一般的泛论。文体不拘，论文、散文、小说、诗歌、图画、照片均可。唯每篇最好勿超过三千字。稿件务希于本月二十五日以前寄来。一经录用，当致薄酬。

编辑部谨启
六月十四日

（《晋察冀日报》1946 年 6 月 14 日）

冀东开展大众文艺运动　　成立通俗读物编刊社

　　【新华社遵化十二日电】冀东文化界人士为开展大众文艺运动，特组织通俗读物编刊社，该社已于六月六日正式成立并广泛征求鼓词、影词、小说、诗歌、剧本各种体裁的通俗稿件，特别欢迎各地中小学教师踊跃投稿。据云：最近即可有两种通俗读物出版。

（《晋察冀日报》1946 年 6 月 15 日）

新解放区的群众教育工作

(民国三十四年九月至三十五年四月)

边委会教育处

一、八个月来新解放区群众教育工作发展的一般状况

近八个月来,新解放区人民经过了大规模的对敌大反攻、五个月的自卫战争而进入了目前和平民主与建设的新时期中,群众情绪异常高昂,翻身复仇的要求很迫切,群众教育工作就结合着广大群众的控诉复仇、减租增资、改造政权和负担的各种斗争中,普遍地开展起来。

根据各地极不完整的材料,可以看到的如:唐县新解放区三十四座冬校有宣讲班、识字班一七二个,识字小组一个,共六八四五人。怀来六个区,民校在一五〇处以上,学员八七八四人。龙关县四个区八个村民校调查,男学员四三一人,占应入学人数的百分之四十八,女学员二七〇人,占应入学人数的百分之四十二;在城关区男学员三五五人,占应入学人数的百分之六十七,女学员二七〇人,占应入学人数的百分之六十一。安新城关区有民校七处三九三人。武香宝联合县开办民校占全县村数的百分之八十,入学人数一七〇〇〇人。通县在一周间建立民校一一二处,入学人数一七五〇(内有妇女九五〇)。承德市在三月时计有民校七处,艺术夜校一处,入学人数六百余人,宣化市城关区有民校十六处,七七六一人(工人不在内)。张家口市据去年冬十二月统计,八十一个工厂建立了工人学校、识字班、读报组、通讯组,参加人数约一万人。妇女识字班,计三十八处,一一二五人,八区有民校九处。下花园有工人夜校一处,一百余人,识字班有四三人,四个读报组有三一人,还有一通讯小组。

从此统计中，已经可以概括地说明——这一时期的群众教育工作在各地都有开展。一般地说平绥铁路沿线（如怀来、新保安、下花园、宣化、张家口等地）、各地区的城镇及冀晋区、冀中区的大部地区（冀晋二、五分区，冀中九、十分区的大部地区）开展较好。不过在察北及热河、冀东部分地区因主客观的原因很多，还赶不上工作的需要。

因而表现着这一时期的第一个特点：工作开展中的非常不平衡。

新解放区群众教育是以政治教育为主，当其在初步发动群众的过程中，政治教育是从多方面来进行的，主要的是与群众斗争相结合，同时在可能情形下于民校中进行政治宣讲课与读报工作。我们在逐渐地树立这一"制度"，采取有效的方式方法去进行。

例如，张市五区清扫工人控告汉奸张景秋罪行的斗争，在斗争之前的酝酿过程进行了广泛的宣传工作，在斗争胜利之后，用事实来教育工人。

又如南瓦盆窑的人民，可把张殿明、张殿礼这两个旧牌长特务坏分子恨透了。在张市刚解放的时候，开始斗争他俩时，群众都不敢说话，经过区长和其他干部的动员（这就是进行教育的办法），一个人开始发言，后来接着发言的便多了，许多人痛哭流涕地说话，青年和妇女们围满了主席的桌子，在散会之后还有很多人写条子，让他游行，想发泄胸中的愤怒（这就是教育的效果）。

又如新解放区各地在庆祝抗战胜利的大会上，广大的人民以兴奋的情怀，庆祝着民族的解放和自身的解放时，同时又警惕与愤激着反动派阴谋夺取抗战胜利果实。关于大会上所发表的讲话，都是很好的教育。群众从他的切身体验中，互相议论着："八路军打走了日本鬼子，这下心眼可舒展了。""民主政府发粮赈灾，又替咱们作主，报仇的报仇，清算的清算，我活了一辈子就是第一次看到。"（这些都是活生生的教育与群众又在教育自己的例子。）

在文化学习上，我们见到以青年男女和青年们的成绩较大。据蔚县西关冬学调查，佃农出身的魏有法、蔡凤华，因为减租后翻了身，学习格外起劲，成为全校的学习模范。在短短的两月中，魏有法学会一七〇字，蔡凤华学会二一〇字，并练习造句和应用文，记得也切实。学员们在回家之后，进行传习，张锦山的母亲因此学会三十五字。安新县城关七处冬学，在半月多的过程，大多数妇女学会了五六十字，还会写会用。下花园的工人识字班一般的识字在一五〇个以上。工人夜校上课八十余次，讨论会进行二十三次。通讯小组至二月十六日止计写稿十八篇，在报上发表的是十一篇。

因而表现着这一时期的第二个特点：在学习的效果上，政治认识的提高是显著的，文化方面部分地区部分群众也收到一定的成绩。

同时根据张市八区民校，去年冬每村有一处共计九处，到四月只剩下三处能经常上学了。张市各区的妇女识字班和识字组，二月时是三十八处，到四月底只有数处能坚持下去。其他如怀来等地这种现象也复不少。

因而表现着这一时期的第三个特点：在群众教育开展的时间上，冬季较好（特别是农村区情形更加明显），入春之后不少的民校陷于消沉与停顿状态中。

再者，关于发动群众学习方面，在这一时期表现的特点是青年男女及部分壮年较能长期坚持且收效也大。如怀来、涿县、安新都有这样情形。还有部分失学儿童也积极参加学习，如张市和承德等地（由于以往敌伪对小学教育的摧残，在城镇中组织失学儿童学习，也是组织群众教育——指成人——的一部分，在领导上更应将这一部分儿童组织成民办公助的小学与转入小学中去，这是努力的方向）。同时在较大的城市如张市，在工人教育上，工厂工人教育能经常坚持，进步也快,而店员与行业工人的组织领导其学习则较难。

二、新解放区群众教育工作中的几个问题

(一)新解放区群众教育工作如何下手

首先我们要了解新解放区人民的基本要求:是想改变苦难的生活;在敌伪统治时期所受的欺侮压迫要报仇;劳苦的工农要求增资减租和摆脱封建的重重压迫与剥削,对于旧的统治者要求去掉他,并实行合理的负担。在群众从经济上、政治上翻身之后,才自然而然地生长着文化学习的要求。从而我们就该在大胆放手的发动群众中,使教育为群众、为政治服务,也就是说积极地参加当时当地的群众斗争,在发动群众中去进行群众教育。当群众生长了学习文化、提高政治的要求时,即是经常的群众教育工作开始的时候了。如张市五区清扫工人在斗争汉奸张景秋之后,计划订阅报纸,加强学习,请区干部帮助他们学习,并望把这一斗争写成通讯在《晋察冀日报》上发表。

同时我们也见到有少数干部(主要是教育行政干部)认为做群众教育就只是办民校,往往基于行政动员,会形成一时的红火,其结果是常招致冷落和垮台。这些同志又常认为发动群众中的教育不算社会教育。本来在群众未发动地区,发动群众是大伙的任务,在发动群众中教育部门同志的工作是如何去结合斗争实际加强教育群众,此时就是有其他连带要做的部门工作也是能做的。如丰宁县民教科长在发动群众中,结合地建立了十六个小学,就是明证。产生这种教育工作与发动群众的孤立思想,其根源在于旧的教育观念与旧型正规化的遗害,是对发动群众的认识不足所致。

(二)在发动群众过程中,如何建立民校识字班

当其群众已经普遍地产生了学习要求,领导上更注意启发其学习情绪,掌握着火候趁热组织群众学习,主要是根据群众的需要与自

愿，而逐渐使之经常下去。在八个月来工作中产生着如下三种情形：

第一，是在发动群众时，趁热组织起民校识字班来。虽然当时在根据学员的需要与自愿上做得不够，但领导上注意、群众组织协力开展、村干部与积极分子的骨干带头作用和学习内容、方法、组织的改进，也就经常起来。

第二，是在发动群众过程中，一部分群众已有了学习要求，工作上又需从各方面加强群众教育，因而采取行政动员。最初领导上注意差，群众组织发挥力量不大，只个别干部光杆跳。在这时有的重新下手，注意征求家长和学员意见，自愿编组，与生产结合，学习内容力求与实际、与群众需要相联系，在不能集中时分散教学，从少到多，而坚持了下去。

第三，是群众的学习要求还不普遍。领导干部以行政方式动员组织起来，学习内容和方法大都不为群众所欢迎，在不久之后就逐渐垮台了。

（三）关于目前新解放区群众教育中几个具体问题

由于今天新解放区的群众发动还在继续中，人民还须适当地休养生息，干部培养也少，旧知识分子还须于团结中加以改造……所以进行群众教育时，不可避免地要发生一些困难。克服这些困难，有的已有了一些门径，有的还须我们继续努力！

第一，关于教员缺乏问题。在城市和乡镇，人民居住比较集中，文化课由街村民校教员担任，政治课由区干部按时、按地区分头去教学。或以区或以小区为单位，利用传习办法。或采取短期训练班，以民校实施课程、读报、如何办民校为内容，进行一周左右的每天二小时的教学（以上办法吸取自张市六区）。又以一个模范民校为核心，发动该村教员去帮助组织附近的识字班或小组（如普丰工人学校在模范教员张尚宗的努力下，以该村为核心又组织七个面粉厂工人学校）。同时小学教员做社教工作，担任教员组织民校，在涞源、承德、张市都有范例。还可培养积极分子，以代替不称职的、在群众中没有威信的落后教员。

第二，关于教材缺乏问题。解决的办法有：在热河省府曾编印临时民校教材。怀来二区东八里妇女民校教材是一老教员编的，并还给其他三校亲自缮写三份。政治教材是根据形势与任务的需要，由市县编写（如张市），利用报纸为临时教材（如边区《工人报》）。

第三，城市店员小商学习时间短少如何照顾问题。在工商业较繁华地区，店员小商学习时间与营业时间矛盾时，张市一、二区现正试分组教学，教员就学员。教员任务在于供给材料解决疑难，帮助其自学自修，在一定时内集中来讲解些问题。

第四，关于民校的领导和教学在群众开始发动或发动不好的地区，上级领导尤需多加具体帮助，选举较能胜任的人当教员，放任自流是不对的。

（《晋察冀日报》1946 年 6 月 16 日）

上海《正言报》、良友图书杂志公司特派员席正平先生抵张

【新华社本市十六日讯】上海《正言报》、良友图书杂志公司特派员席正平先生，今日由大同乘车在晚九时到达本市，下榻解放饭店。据谈，此次来张，只准备作一般性的访问，拟于明日赴各机关、学校、工厂参观毕，即乘机离张赴平。

（《晋察冀日报》1946 年 6 月 17 日）

冀中各地热烈响应抗战八年写作运动

【新华社河间十五日电】迎接"七七"伟大节日的来临，冀中党政军民各界正热烈从事抗战八年写作运动，使冀中平原军民英勇绝伦的对敌斗争和各种建设事迹得以永远垂载史册。中共任邱县委日前召开专门会议，确定本县写作重点为系统报道民国三十一年"五一"大"扫荡"后，本县军民反对敌寇、新国民运动的斗争史，具体内容分作粉碎敌伪组织伪"联庄"和"反共誓约"、抢救水灾、地道战等十数种，已具体分配各有关部门，详尽收集材料，采取集体讨论、专人执笔的方法编写。冀中第六分区政治部已确定专人，组织石德路、深磨路破击战，武工队开辟西部地区，碉堡林之中隐蔽的捕捉战，民国三十二年战役攻势等几部抗战史诗的编写工作。该分区各部队亦纷纷以连队为单位，召开战士干部回忆晚会，收集及总结各种材料，组织集体写作。安平许多村庄的通讯小组、剧团，发起一篇稿运动，稿件写成后先经屋顶广播、黑板报交由群众审定，听取大家意见补充修改后，最后将定稿转交县编辑委员会。

（《晋察冀日报》1946年6月18日）

关于高尔基

—— 消息两则 ——

一、放映描写他的影片

据塔斯社莫斯科十日电称：在高尔基逝世十周年忌辰的时候（即今天六月十八日），苏联电影界将放映《高尔基》影片，该片内容系描写高尔基一生之写作生涯与社会活动。

二、他的书

高尔基的作品,在革命前,只以八种民族语言出版一百八十万三千册,现在他的作品用六十六种民族语言,在苏联出版了四千二百万册,苏联各民族的人民,已经都可以阅读用他们自己的文字出版的高尔基作品了。根据苏联出版部的统计,二十八年来,高尔基的作品以俄文印行的有三千零七十万本,有些作品出到几百万本以上。如《母亲》这部小说的印行达一百零六版,一百七十四万七千本;《我的童年》印行七十七版,约二百万本;《在人间》五十五版,《我的大学》六十三版,这些书的战时版本亦发行数十万本。

(《晋察冀日报》1946 年 6 月 18 日,《副刊》第 23 期)

《冀中导报》复刊周年　发行额达二万二千份

冀中区党委林铁同志撰文纪念

【新华社河间二十日电】本月十五日,为《冀中导报》复刊一周年纪念。十六日,该报特邀请各界座谈,广泛征求对报纸改进的意见。冀中区党委林铁同志特撰专文,建议报纸应及时报道时局的演变与人民为和平民主而斗争的情形;推动冀中区的各项建设;更加认真地研究毛泽东同志的思想,全心全意为人民服务。该报去年六月复刊时系石印三日刊,八月改为铅印日刊二版,十一月扩大为日刊四版,发行额由三千二百份增到二万二千余份。最近并拟装置电力,出版量更将大增。

(《晋察冀日报》1946 年 6 月 21 日)

中共热河省委号召开展通讯工作

【新华社承德二十日电】热河省委为加强《冀热辽日报》的新闻通讯工作，特发出"开展通讯工作"的通知，表扬了热西尤其是丰宁县过去在通讯工作上的成绩，同时指出大部分地区新闻工作尚远落于实际运动的后面，要求大家克服不重视通讯工作及尾巴主义的倾向，并决定各级地委县委设通讯干事一人，专管通讯组织工作。

(《晋察冀日报》1946年6月22日)

怀来通讯工作渐趋普遍活跃

时杰

【新华社宣化二十一日讯】怀来县委宣传会议对全县通讯工作进行了深刻的检查，找出了过去通讯工作之所以不够活跃的原因，主要是全党办报的方针没有很好地贯彻，领导上对这一工作不够重视。会后，在县领导干部中已开始有了转变：县委书记刘全仁同志，十天之内亲自下手写了四篇稿子；县长从乡下突击播种刚回来，就写了一篇稿子；实业科王科长连写了四五篇。在领导干部的影响下，许多到县开会的区干部也都挤时间写稿，例如五区农会主任施万宽同志利用会前会后时间写了十二篇稿子，内容都很充实。

(《晋察冀日报》1946年6月22日)

冀晋文教会议典型报告、小组讨论完毕

家范

【新华社阜平二十日讯】冀晋文教会议已进行九天。自二日至五日有平山柴庄剧团、阜平丁家庄一揽子小学、阜平漕×沟民办学校、唐县东长店民校、高街剧团等典型报告。六日起开始小组讨论，讨论关于文教工作思想领导问题、组织领导问题及领导方式等问题。于讨论前杨主任提出到会同志不应抱作客态度，要本着为人民服务精神，高度发扬民主，热烈展开争论，以求得思想上的一致，不仅批评领导而且要检查自己，不仅检查缺点也要总结成绩，不仅检查过去而且要想出今后改进办法等。小组讨论会已进行三日，关于"穷人乐"方向、民办公助方针的精神实质及如何实施贯彻等问题争论很热烈。七日有高阜口村剧团远道赶来演出《抗战前后的冯林》一剧，给到会同志不少启示。现小组讨论已完毕，日内即将展开大会讨论。

（《晋察冀日报》1946 年 6 月 22 日）

联大文工团将赴东线开展剧运

张龙题

【本市讯】华北联大文工团为推动东线剧运，准备在七月节以前到宣化、下花园、康庄一带巡回演出《白毛女》《陈家富回家》及《兄妹开荒》等剧，并准备与察哈尔省委取得联系，分散到各个地区帮助工作，搜集材料。晋察冀画报社也准备派人随联大文工团出发东线，拍摄照片。

（《晋察冀日报》1946 年 6 月 22 日）

内蒙古文工团拟月底出发东蒙宣传

河宁

【本市讯】据内蒙古文工团长周戈同志谈：为扩大内蒙古联合自治会影响，张家口内蒙古文工团拟本月底出发东蒙赤峰一带，该团现正排演新剧《血案》《独贵龙》《黎明前》《黄花鹿》《把眼光放远一点》等剧。

（《晋察冀日报》1946年6月22日）

兴和庙会时事宣传活跃　漫画街头剧收效最大

宣

【兴和讯】旧历四月二十八日，是兴和的庙会。群众庆祝自己翻身，一连唱了八天戏。兴和政民机关和当地驻军协同抓紧这一机会，大规模进行时事宣传活动，收到很好效果。八天庙会中，由军队和地方合作的六个宣传组，用各种形式向群众宣传了目前的时局，驻军的宣传队还出演了街头剧《质问反动派》。宣传的人一边指着地图，一边详细讲解，群众都瞪着两眼细心地听。拉洋片收的效果更好，当一群工人看见图上画着蒋介石一枪不放，把东北让给了日本人，都气愤地说："原来是这么回事！"一个妇女看到反动派军官跪在日本人面前投降的时候，她禁不住说："瞧，那灰鬼多没脸呀！"当群众看到"因为蒋介石的不抵抗，东北人民才遭殃"的时候，一个姓戴的老汉就搭腔了。他说："我就是从奉天跑来的，哎哟，就是那样，在东北可受不了鬼子的罪。"讲到蒋介石收编汉奸特务的时候,一个乐老汉愤愤地说:"这几年,我们可受够了汉奸的气!就拿看戏说吧,过去在前边看戏的,都是汉奸特务跟他们的老婆,老百姓没有一个敢到前面去!"当一个老乡看到八路军替房东挑水的画片时,他说:"这都是真事,住我家院的队伍,就天天给我挑水!"群众从这里都进一步认识了反动派,也进一步了解了八路军。

(《晋察冀日报》1946年6月22日)

沪文化界、实业界一六四人联名分函各方呼吁停战

致蒋介石函中痛切陈词　战火不息内忧外患堪虞

【新华社南京二十一日电】上海文化界、实业界马叙伦、许广平、郑振铎、胡厥文、吴羹梅、俞寰澄等一百六十四人,于本月八日联名致函蒋介石、马歇尔、中国共产党、民主同盟、青年党及无党派政协代表,呼吁立即停止内战,实现和平,挽救中国于危亡。在致蒋介石函中,他们痛陈胜利后"九个月以来,一切未纳于轨道,币制无根本之改革,物价随日月而上涨,失业者日增,自杀者日见,米石价逾七万,煤斤亦超百元以上。使富庶之区,已若朝不保暮,各地人民受战时之苦痛,已深入于骨髓,是以杀乡保长者日闻,抗官吏者日见。生活之压迫,朝气之消沉,不加制止,来日堪忧。至若民族生产日就疲瘵,而外货输入有如潮涌,农者弃田,工人失业,经济大部已见残伤,未有补救之谋,复来盘剥之增,虽百需有供,暂济眉急,而饮鸩止渴,实为自杀。窃虑丝茶棉米等大宗国产,将一蹶不振。综观国内大势,经济有崩溃之险,社会有动摇之虞,探其因素,端在战后亟需安定。而日寇投降,兵祸犹烈,和平之望,等于泡影,劳于运输者不息,死于枪炮者相踵,征索如竭泽而渔,入超若东流之水……白骨俱失,弃于战场,父母惨号,妻儿痛哭,一夫从军,举室皆毁,国

本岂能再摧，人心未可多弃。国际公意乃在中国和平，国内民情莫不深厌内战。盖中国既为世界政局未来之枢轴，而战焰复燃，足以外召凌侮，内起崩离。公论皆谓抗战已终，一切皆属内战问题，自宜偃息干戈，相从俎豆"。更指出"东北之事，苏军已撤，主权无恙"，敦促蒋介石要"以众人之心为心，停止内战"。致马歇尔之函中称："中国内战之所以继续，一般中国人民的意见，由于抗战时期政府获得贵国接济而未经消耗的物资，与现在仍由贵国协助输运为因素之一。"并着重声称："中国全国人民，没有一个人愿内战继续下去，如和平短期不能实现，则中国经济必会发生历史上从来未有的悲惨局面，对于贵国及全世界都将发生重大影响。"致中国共产党政协代表函中称："日寇已降，人心厌战，疮痍满目，饥馑载途。国际之关注于中国兴复之机，决于今日，同人等不忍坐视国家危亡，即日上蒋主席一书，吁请停止战事，安民救国，附奉台鉴，即祈转达贵党毛主席润之先生，同宏恫瘝之喧，迅息阋墙之战，俾和平立见。衽席可安，无任企荷。"致民主同盟及社会贤达政协代表函中，请其"迅与各方进商和平"。签名者马叙伦、陶行知、罗叔章、卯耀容、许广平、周建人、阎宝航、冯少山、雷洁琼、郑君里、马寅初、沙千里、孙晓村、柯灵、董时进、彭文应、胡绳、徐铸成、严宝礼、林汉达、杜国庠、茅盾、俞寰澄、章乃器、许杰、郑振铎、巴金、娄立斋、晋境新、吴羹梅、吴觉农、胡厥文、吴清友、黄洛峰、傅彬然、周予同、孔另境、叶圣陶、夏衍、楼适夷、陈翰伯、秦柳方、徐调孚、郭绍虞、左光煮、李健吾、沈志远、赵丹、柳湜、吴祖光、顾均正、石啸冲、艾寒松、郑森禹、吴湄、陈巳生、傅骞、王伯祥等一百六十四人。

（《晋察冀日报》1946年6月23日）

为庆祝七月节各剧院赶排新戏

【本市二十三日讯】日前旧剧界联合会举行七月节筹备会议,决定:一、为热烈庆祝七月节,各剧院排新戏(庆丰排演《白毛女》,裕民排《血泪仇》,同德排《孟姜女》,新新排西汉历史剧)。二、各剧院联合举行庆祝大会。三、各院内添置新式大型标语,院外扎彩牌,以示庆祝。

【又讯】入暑以来,本市曾几度发生火警,旧剧界联合会庆丰分会乃于上星期发起成立消防队,日前已购置水机一架,拟于日内演习一次,以便协助二区消防工作。

(《晋察冀日报》1946年6月24日)

苏联科学、文化零讯

【塔斯社图拉讯】二十五年(即一九二一年)六月苏联政府颁令,由国家保管 L. 托尔斯泰的故居雅斯那亚·波里亚纳,那儿是托尔斯泰出生、生活及工作的地方。这里的一切事物依然宛如作者生时。到这儿瞻仰胜地的有工人、集体农庄庄员、科学家、作家及学生,他们来自全国各地。过去五年间,来此游览者达百余万人,近来游客数目愈见增加,昨天莫斯科矿工聂普罗、彼德罗夫斯克、奥勒尔、塞尔浦可夫及其他城镇来此游览者逾万人,内中有不少还带着家眷同行的。托氏的许多展览品是被当地(雅斯那亚)熟悉托尔斯泰生活的农民,凭他们的记忆加以详细解释。当希特勒匪徒匆促留驻该地期间,他们破坏了这里世界文化的遗迹,可是在最近这几年来,雅斯那亚终于完全恢复旧观。L. 托尔斯泰图书馆、雷平的油画以及他私人的遗物又都搬回来了。红军士兵从德国及罗马尼亚寄回作者的画片与照相，这都是德寇从苏联偷去的。庭院中树木被德国法西斯用斧子砍去的地方现在亦已经重栽了新的了。

(《晋察冀日报》1946年6月24日)

南京中共代表团函复沪文化、实业界

允将致蒋书转达延安毛主席　申诉中共切盼从此长期停战

【新华社南京二十三日电】沪文化界、实业界名流马叙伦、陶行知等一百六十四人，为呼吁停止内战曾于本月八日致书蒋介石，并将该书全文附寄中共代表团一份，请转中共毛主席。兹悉中共代表团已于十一日函复。原文如下：

夷初、行知诸先生大鉴：

顷奉惠函，并承示上蒋主席书，雒诵回环，弥觉辞危而情苦，感人至深，曷胜钦仰。窃以中国政事之败，民生之苦，于今已达极点；而国民党统治集团中之好战分子，犹然恃美国武器之资助，积极进行全面反共之内战。设使此辈得逞，则域内势成糜烂！是以敝党于国内一切冲突，夙主无条件停止。盖唯有停止国内武装冲突，民主团结才有途径可循。谈判以来，即坚持此旨，以此之故，卒在广大人民之呼吁与马歇尔将军努力之下，获得东北停战十五日之结果。姑不问国民党当局于此诚意若何，敝党决愿本一向和平民主、团结统一之职志进行谈判；并盼能从此长期停战、永息戎争，俾使政协决议、整军方案得以顺利实行，斯为国家之福、人民之幸。惟前途困难正多，尚祈诸先生再接再厉，制止内战，挽救国运与垂危，张民主之大纛。时迫事急，临颖不尽，除遵嘱将函转陈毛泽东同志外，专此肃复，顺颂时绥。

周恩来、董必武、陆定一、邓颖超敬启。

六月十一日

(《晋察冀日报》1946年6月25日)

宣化市学联成立

凯文

【新华社宣化二十四日讯】本月二十二日，宣化市青联特召开全市中、小学生会主任联席会议，筹备正式成立宣化市学联。此次到会者计有察哈尔中学、师范、干部职业学校、小修道院中学及各完小等单位学生代表共十二人。在会议中，除由市青联主任田青同志将半年来宣市学生会工作进行检讨外，更讨论与通过了宣市学联组织纲领，并选出正、副主任刘桂东、赵荣二人及白淑贞等三委员。

(《晋察冀日报》1946年6月25日)

冀晋文教会议闭幕

确定了今后的努力方向　准备举行文教英模会议

【新华社阜平二十四日电】冀晋文教大会自六月一日开始进行了十四天，现已胜利闭幕。经过四天典型报告，四天小组讨论，三天大会讨论，解决了许多具体问题。(一)对冀晋区一年来文教工作做了正确的估计，确定了今后的教育方针(这方针适宜于今后长期的和平建设，并与目前斗争紧密结合着)，并解决了过去许多模糊思想，使到会干部更明确认识了文教工作应为群众服务。（二）揭发了文教工作思想障碍，检查了领导上的自流，及某些领导机关对文教工作的重视不够，也检讨了文教干部不安心工作的原因。（三）经费、教材、师资等具体问题，原则上都得到了解决。最后，行署主任杨耕田于结论中着重指出：抗战八年，特别是反攻后一年来，文教工作有很大成绩。但八年来文教工作走了很多弯路，曾经有过很多缺点和错误，如旧型正规化思想、政治化教条主义思想及缺乏长期建设思想等；再加以战争中人力物力困难，使得文教工作赶不上目前斗争的需要。关于一年来文教工作的优缺点，杨主任指出，成绩方面：表现在每个时局变化的关头，在干部和群众中抓紧了时事思想教育，提高了干部和群众的斗争信心。小学教育上，据九个县统计，已有百分之七十四的行政村，建立了小学，百分之七十二的学龄儿童入学；某些县份，入学儿童中贫农成分占百分之五十三。乡艺方面，也大有发展，开展了乡艺编写创作运动，使"穷人乐"方向得到新发展，出现了平山柴庄剧团。这些成绩是由于我们执行了毛主席新民主主义教育方针，在领导方法上走群众路线，和广大文教工作者的努力得来的。

因为领导上自流存在严重不平衡

缺点主要是发展严重的不平衡，这是由于在执行方针上机械，在组织领导上自流所造成的。关于当前文教工作的方针，杨主任指出：必须有当前斗争的胜利，才谈得到长期建设。所以，边缘地区文教工作，要与对顽伪斗争相结合，在老根据地，也应当和当前斗争相结合，但又必须做到长期打算。今后应当执行以干部教育为主，成人教育第二，小学教育第三的方针，分开轻重缓急。

民办公助方针各地都要实行

民办公助是小学路线问题，是领导与群众相结合的问题，不是一切学校都要民办，但民办公助方针，在一切地区，都可以适用，都要争取实现。"穷人乐"方向是群众文艺运动方向，在任何地区，都要争取贯彻。并提出加强在职干部教育，培养大批师资，继续贯彻民办公助方针，经费逐级自筹；以政治为主，与生产结合，开展社会教育；进一步贯彻"穷人乐"方向，开展乡艺运动；开展各种形式文教工作，开展群众卫生工作等具体要求。最后，杨主任号召文教工作同志树立全面思想，和终身为文教工作奋斗的思想，积极开展文教工作英模运动，准备今冬或明春开文教工作英模会议。希望冀晋全体文教工作同志努力工作，把文教工作推进一步。

（《晋察冀日报》1946年6月25日）

一个文化村——柴庄

一、在无人区的废墟上建立起民办小学

柴庄在平山温塘区，八十多户人家，全村一共才种着三顷来地，百分之九十以上的人家都是佃户（指抗战开始时，现在多数都有了自耕地了）。过去从来没成立过学校，只有少数比较富裕的人家的子弟到邻村上学，多数儿童都没有入学机会。"七七"事变后，共产党八路军来到，实行减租减息，群众生活得到改善，对文化的要求也增加起来。到一九四一年成立了小学，但不到三个月就碰上敌人的"大扫荡"，紧接着这一带又变成敌人的"无人区"，全村房子被敌人烧得只剩下一间，群众都搬到别处寄住，小学也就随着垮了台。经过一九四三年反"扫荡"以后，无人区开始恢复，群众逐渐迁回。当时村人缺吃少穿没住处，三几家使用着一口锅，而且距西回舍敌占区

不过五六里地，敌人还不断扰乱。但是由于他们深深体验到没文化、不识字的痛苦，虽在这样极端困难的条件下，大家仍坚决地要恢复小学。他们请了杨润身同志任教员，润身同志曾在边中求学，也做过一个时期的抗日工作，后来因病回家休养，在柴庄群众恳切要求下，他毅然地答应了。一九四四年一月润身同志到村，小学又重新成立起来。

学校虽然成立，但困难是非常多的：首先一个问题就是学生太少，全村三十七个儿童在开学时只有五个年龄较小的儿童入学，而且由于吃不饱，他们五人也不能坚持整日学习；其他年龄较大的儿童每天都得生产，不能入学。其次就是没有教室，没有课本，没有教具。但是润身同志并没有在困难面前屈膝，正相反，他把这些困难都克服了。关于入学问题，他和家长和干部们开了一个会，商定上午、中午学习，下午参加生产。没有课本，家长都说："没有书也不怕，只要教的娃娃们能写会算就行。"商定上识字、应用文、珠算、笔算四门课。会后家长们纷纷送子弟入学，没教室就在空场上课，地就是黑板，瓦片当石板，用纸订了识字本，用泥做了算盘。润身教着很起劲，儿童很喜欢，家长也满意。经过两个多月（到三月底），全村三十七个儿童（男二十一，女十六），除两个傻子以外，都入学了，还有两个青年也到校学习。那年"四四"儿童节全区举行全面大检阅，柴庄小学荣获全区"模范中队"的称号。儿童学习情绪大大提高，全村群众也非常兴奋，又加上那年麦子丰收，生活骤然改善，群众就更加关心学校了，于是渐渐修理房子做教室，搭起木板做桌凳，直到一九四五年春季才添上上级发下的课本。

虽然在那样困难条件下教学，但成绩是很大的：在四五年夏季已有十一个儿童考上了完小（他们过去在邻村小学上过学），三年级学生都学会了写便信和契约，二年级也都学会了写路条。

去年六月,十多个年龄较大的儿童念完了八册课本,家长们感觉孩子们的文化还不够用。上完小,虽然也有十一个已经考取,但因为学校距村很远,吃饭赶不上,住宿又上不起,于是大家就嚷着成立高级组。但是县上要求,县上高低不准成立,一个晚上十四个家长找到学校向杨润身同志说:"你还教俺们的孩子们吧!他们识的字还不够用呢。"紧接着一连三番五次地到学校谈这个问题,杨润身同志根据家长们的意见召集全村干部们开了一个会,决定成立高级组,附设在小学之内。

干部会后,又开了一次群众大会,全村群众都很赞成。在群众会上柴富山(家长之一)自动捐了一匣粉笔,六十一岁老先生柴考正自动提出愿当义务教员,这样高级班即于去年七月正式成立了。

共录取学生十九名(男十六,女三名),都是贫家子弟。上课时间,夏秋季上午学习,下午生产,有时上下午全生产,中午学习;春冬季整天学习,晚上还上夜学;没有星期日,十天一次劳动日;夏秋收割时,全部放假。课程方面,国语、自然、历史、地理、算术均采课本,另加应用文和珠算,政常因无课本主要上时事。

到去年旧年底,二册书都教完了,一般的都能写日用账、书信,柴焕文已识了一千多生字(自入高级后生字本上的统计)。

二、一个适合群众需要的民校

在四四年麦收后,小学渐渐健全,民学也成立起来了,一直坚持着,没停过。夏秋在中午学习,叫中午班;春冬在晚上学习,叫冬学。

去年的冬学,共分两个班:(一)政治班,包括全村民众,选有正副班长,下分四个组,各选组长,共六十五人(都是三十五岁以上的)。(二)识字班,除上政治课外另学识字,共分五组,按文化程度等自由组合，男三十三名，女八名，共四十一名。课程：珠算、识字、应用文。甲组还有作文、政治及戏剧常识。

各组都有地窨，识字课在窨里上，政治课则集中在小校上。

甲组——一人，每人都学会一五〇〇以上的生字，珠算会打斤称流法，会算统一累进税。平常报告、信件都能写了。现在念小学第八册。

乙组——一五人，每人已识八〇〇以上生字，珠算学会千位加减，个位乘除，平常信件能看了。

其他各组都识四〇〇以上生字，路条全能开了。四三年度还只有三个会算统累税的，现已有一五个了。

政治课——一般对时局都有了相当认识。

制度很健全，十天一次检讨会，一月一次大测验，学习都很积极，情绪很高。如三十二岁的柴黑娃赶集回来不吃饭先到民校学习，这样例子很多。

三、和生产工作密切结合起来的柴庄剧团

（一）成立与组织

四四年春季，无人区刚刚恢复，生活还很苦，仗着上级发下的三〇〇石救济粮，吃、穿、住、用都由此勉强凑合。在那样情形下，杨润身同志办起了小学，"四四"大检阅获优胜旗，大大鼓舞了群众情绪。接着一个麦子丰收，而民兵围困堡垒，把回舍据点逼退了，整个形势也好转，村人大喜，于是就有成立剧团的酝酿。起初有十二人参加，编演《围困堡垒》到外村演出，大受欢迎，并慰劳梨果。大家更兴奋了，信心也提高了，即于四四年七月三号晚上召开群众大会正式成立村剧团，群众都同意。当场报名男女团员即有五十一名，经审查决定了四十二名（当时报名而不要，引起群众

不满,后即纠正)。

剧团团员调查表(四六年二月)
(现按四一名统计)

		贫农	中农	富农	小地主	共计
成分	事变前	二八	一〇	二	一	四一
	现在	二	三四	五	〇	四一
性别		男		女		四一
		三一		一〇		
年龄		一〇—一五	一六—二四	二五—三五		
		九	一三	一〇		
		三六—四五	四六—五五	五六—六五		四一
		三	一	四		
		六六—七〇				
		一				
干部与群众		干部		群众		四一
		一二		二九		

备考:演员中柴考稷是一个六十九岁的老汉,柴喜峰是五十八岁的妇女,柴白林是五十七岁的妇女,柴吉元是六十三岁的老汉,全家都入剧团。另有三家也全入。

四号晚上开了全体团员大会,选举柴茂如(村长)任团长,李守(抗联主任)任指导员,柴守荣(实业)为副团长。下设三股:装置股——化装借服装等,由柴顺心任股长(青会主任);乐器股——保管乐器,吴庆任股长;总务股——保管东西,经管账目,由柴庆云(教委)任股长。另外还编有戏剧队、歌咏队、大秧歌队,各选队长。(全村干部除村副和粮秫外都参加了剧团)

(二)为工作服务,为群众服务

剧团一成立就把"为工作服务,为群众服务"作为团规第一条,一年半以来他们对这一条是贯彻得非常好的。每次中心工作布置下来,他们总要编写一个剧本演出,如在四四年征收工作布置下来后,他们搜集全村的好坏例子写成《缴公粮》一个快板街头剧,对"好的自吃、坏的交公"的落后分子给以严厉批评,同时又表扬了交公粮模范,柴更常并响亮地提出"保证柴庄争取全区第一"的口号。演出后,邻村景家庄不服气,在区提出向柴庄挑战,本村团员为了所提口号不落空,除本身以身作则外,还积极动员群众昼夜不息地碾粮,结果两天完成,又快又好,得了全区的冠军。

经过四四年的大生产运动,柴庄群众生活迅速上升,个别群众发生了蜕化现象。这时剧团就创作了《炕头会》进行揭露,剧中直率地这样说:"咱村有这样一种人,实在有点没良心,八路军给他把生活改善好,他吃米忘了种谷人。比如柴银增(假名),娶了老婆有了地,一下子闹成好光景,这下子以为革命成了功,工作越来越不努力,越来越稀松。村长派他家一顿饭,他两样看待同志们,家里吃饺子,却拿杂和面来待八路军。请你拍拍胸脯想一想,是谁给你的好光景?"从这剧在村演出后,五个落后的群众,改造了四个,柴满栋自动地找到剧团说:"我可知道错了,以后工作中见吧!"自是以后,他转变得很好,工作很积极,当了抗勤委员,今正也自动参加了大秧歌队。

日寇投降,敌伪顽合流进攻解放区,又加国特造谣,引起群众思想上的大混乱,群众右倾情绪相当严重。当时剧团创作了《一碗饭》街头歌剧,在八天当中,连续在附近二十来个村庄演出,揭穿了国民党反动派的阴谋和国特的造谣,用邯郸、上党两役的伟大胜利,大大克服了群众的右倾情绪。

就这样,每次中心工作下来,他们总有节目演出,对整个工作起了很大的推动和指导作用。正如杨润身同志自己说:"柴庄剧团已成为全村工作的推动机,只要剧团一动,全村工作也就动起来。"

(三)发挥集体力量创作剧本

剧团自成立以来没有演过一个现成剧本,都是自己创作的。从成立到今年正月，他们已编演了四十五个剧本，四十二个街头剧，剧本都是集体创作。每当中心工作布置下来，或当形势有了重大变化的时候，演员们就搜集群众意见，共同出主意提意见来编剧本，由教员杨润身同志"总其成"（试演后，再由群众来修改）。特别是《柴庄穷人翻身》一剧更充分发挥了集体的力量，这个剧是由全体团员特别是其中十六七个老汉，采取回忆晚会的形式，集体创作集体导演的，经过一月时间完成了，是以快报、话剧、唱歌综合形式演出的。在创作到排演中不断地增加内容和修改，群众的情绪特别高。柴老黑的老婆七十岁的人了，排剧经常亲往指导，对演员有很大启示。如剧中地主张凤三的走狗李掌柜的角色，表面态度凶恶，对其狡猾性刻画不足，她告诉大家"那人玩弄可大哩，平常说话不一定凶，办事内里毒，笑脸杀人说着说着就火啦……我还给他下过跪呢"，还有老汉柴更品也提出"李掌柜在事变前，宁使地里长荒草也不叫我种地，剧里应加上"……大家就根据这些意见修改补充。由于这样集体创作、集体导演，所以非常成功。第一次在本村演出，四十多个妇女都哭得不敢看下去了。

　　柴庄群众对他们的剧团非常关心，每次预演他们都以负责的态度审查、提意见、修正。剧团外出，老头们赶去，叮咛嘱咐："出去规矩点，可落个好名声！"回来了又凑去打听："演得怎样？犯了毛病没有？"有一次吴文祥的女儿有病不便走路，吴文祥亲自赶驴送他女儿到外村演剧。可见群众对他们的剧团是如何关切了。

　　今年正月剧团又有了进一步的发展，他们又组织了一个大秧歌队，差不多每户都有人参加，有十一户全家男女老少全参加了。如柴吉元一家子每次大秧歌队活动，集合就到，他们在锣鼓声中欢跳地歌唱着："共产党改善了咱们的生活，咱们是多高兴多快乐……"真是"欣喜若狂"！

★★★★★

柴庄剧团是个名副其实的群众剧团，是群众自己兴办的文化组织。是"根据群众的需要和自愿"组织起来的。它的活动完全服务于当地的建设工作，和生产劳动与教育工作密切地结合在一起。每当中心工作来到，它首先就用戏剧的方式来给大家指出进行的办法。它不只是真实地反映了群众生活，并且能适时指导群众，因此得全村人民的热爱和拥护。

它和生产劳动取得适当的配合。在不误生产的原则下，它排剧夏天利用歇晌的时间，冬天用晚上，农忙时利用空隙活动。如去年春季开渠时，剧团就利用休息时间到地头二次演出《开渠》，批评了磨洋工的懒汉（外村的），表扬了卖力气的模范，揭发了对开渠无信心的错误思想（当时部分群众认为该渠开不成）。这样不但没有耽误一点点，正相反大大提高了工作效率，原计划半月完成，结果十天就交了工。集市宣传（到温塘）多利用赶集的成人和儿童，既可作宣传，又不误营生。近处晚上外出活动，当夜赶回来，演员们并且相约"外出活动误了营生回来得赶出来"。柴顺心准备外出演剧提高拾柴效率，一天顶两天用。

这个剧团同时也是个学校。剧团和民校是一而一，二而一。剧团团员都是民校的学员，他们除排剧外，同样参加政治课和文化课，时间分配如下：

日程	1	2	3	4	5	6	7	8	9	10
课目	政治课	识字	排剧	政治	珠算	剧团活动	政治	识字	排剧	开会
备考：冬天在晚上，夏天在中午，每次约两小时										

团员在念剧词当中也认会了生字，提高了文化。开始成立时，团员中只有柴考正一人识字，现在有五分之四都能自己抄剧词了。柴正甲在抄剧词中就学会了三百五十个生字。

剧团里还建立有集体主义的教育制度。人们都认为"参加剧团能学好"。他们半月一次大检讨，出动一次一个会议，民主作风好，有缺点互相批评，都得到纠正。如柴正甲原有二流子气，吊儿郎当，作营生不大出力，柴治安好和家里生气，参加剧团后，在大家互相教育和影响下都变好了。六妮想闹点特殊，腰里系一条小绳，头上歪蒙条毛巾，一开始就受到大家批评。演员们都保持着农民纯朴的作风，工作、生产、学习，样样做到头里。由于剧团的成立，村里耍钱闲喝酒的风气也绝迹了。

他们的作风非常朴素，一点也不铺张。到附近村演剧，自带干粮，不买嘴吃，不吸烟。从成立到今才共花了八百多元钱，都用小学集体生产和大粪钱解决了。别处送的慰问品，除买些乐器和化装品外还节余下三千多元。

柴庄剧团自成立以来，即受到群众的热烈欢迎。他们"没有打过败仗"，每次到外村演剧总是"载誉而归"，特别是今年正月的活动，更取得巨大成绩。自正月初一到十七，差不多每天到外村演出，还到过井陉、获鹿，统计半月时间共走了二十五个村庄。所到村庄除受到亲切招待外，还获得许多名誉和物质奖励，除慰问品外，现共得七面奖旗，一万九千元奖金，这给了柴庄群众很大鼓励。他们的情绪是更加高涨，对剧团信心更高，搞得更起劲了。

（《晋察冀日报》1946 年 6 月 25 日）

张北四区通讯小组写稿经常报道及时

察北地委特赠给"模范通讯小组"称号

【新华社宣化二十四日讯】中共察北地委最近以"模范通讯小

组"的光荣称号赠给张北四区通讯小组,并奖给通讯员手册二本,稿纸五十张,号召全分区的通信员和通讯小组向张北四区看齐。张北四区通讯小组的优点:第一,全体通讯员能保持经常写稿,并能推动非通讯员写稿。自去年十月小组成立以来,半年中共写稿一百四十二篇,平均每月写稿二十篇,占全县来稿总数百分之三十二。其中通讯组长李文海同志共写稿二十二篇,五月初才加入通讯小组的王健同志,也已写稿十篇。第二,对每一时的中心工作,都能抓紧报道,大生产运动开始以后,他们写了三十二篇稿,反映了张北四区的生产情况。同时,对县和支社所指定的材料,都能及时反映。在不断努力写作当中,稿件质量已有显著提高,由零碎、片段逐渐走上完整,并能深入采访、发现问题,把搜集材料和本身工作结合起来。如远野同志在采访复员军人生产材料时,发现复员军人思想上有些偏向,当即予以说服教育,并进而注意了对复员军人的教育工作,同时也把材料及时地进行报道。类似这样的例子还有一些。张北四区通讯工作之所以能得到这样的成绩,一方面是全体通讯员同志重视通讯工作,不把写通讯当作额外负担;另一方面,是由于通讯组长李文海同志抓得很紧,他能够抓紧机会召开通讯会议,经常督促检查,表扬模范,把通讯工作列为日常工作重要项目之一,是通讯工作做好的一个很重要因素。

(《晋察冀日报》1946年6月26日)

冀中模范村剧团——王落村剧团

冀中通讯

容城四区王落村剧团,在冀中区是很出色的。在此次冀中青联扩大干部会上,曾被提出作为今后冀中乡村剧运的方向。容城四区王落村是个四十多户的小村子,文化也很低,全村没有一个上过高小的。虽然村小贫穷文化低,但他们村的剧团办得很好。有些人认为文化低的小村不能组织剧团,王落村的事实正好反驳了这种认识。

去年冬天修械所赵所长教会了该村青年们扭秧歌,青年们又教会了儿童和少数壮年。他们还自编了快板,一边扭一边唱。但日子长了,老一套的扭秧歌便觉得没意思,想着演个小节目,先演了《兄妹开荒》《全家福》,进而自己编了《小放牛》,快板剧。但感到节目太少,一会儿便演完了,青年们便提出正式成立剧团的要求,并到外村参观分区的北进剧社,但群众怕花钱不同意。干部和青年们便说:"咱不花一个钱成立起来。"为解决乐器困难,村长和文联会主任到北平,去找他们村里的两个商人朋友,请他们捐助了一个小锣小鼓和两个胡琴,这样剧团便成立了,很快便演出了《夫妻逃难》等剧。

反映本村事实　启发群众斗争

他们接受了北进剧社"最好演本村实事"的意见,便商量着编劳动英雄金木山(前年出席边区群英会的劳动英雄)。因金木山去河间开生产会未回,所以决定由青联主任、文联主任及教员和金顺才(金木山的四子)等先负责编写。许多老头知道了,也来参加意见。经过四个晚上,六幕长的歌舞剧编好了,金木山开会回来又进行了补充修改。演出之后,得到广大群众好评,有的说:"咱村谁也知道木山,早先叫地主逼得那么苦,一点也不假。"几个织布户说:"咱们这剧团连个幔子也没有,我们捐给他们吧。"这样幕布便得到解决。演出后启发了本村群众向地主恶霸的清算斗争,进而带起了附近六七个村清算斗争(详情见后)。斗争胜利后,群众纷纷提出咱们的戏又该续了,把斗争这一段可得编上去啊,因而又续编了一幕。全村人把剧团看成是自己的了，隔十来天不演，群众就说："咱们的戏又该演演了。"王落村剧团，在区、在县、在分区出演均得到称赞和奖励，县赠给汽灯两个，分区文艺比赛大会上，赠给"模范剧团"的奖旗一面，现已成为十分区的出色村剧团了。王落村剧团就是这样老老实实逐步发展起来的。

王落村剧团又是在克服困难中发展巩固起来的。剧团成立时妇女不愿参加，经过村干部动员，两个妇联干部才加入了，但有的群众却说："有男有女弄不好。"为此全体团员开会，民主订出纪律，规定男女间不准随便打闹，妇女们才放心参加了。排演时由于演员作风正派，男女关系严肃，粉碎了破坏分子对剧团的谣言。开始男演员也有点怯场，但在金顺才自装其父的影响下，害羞的毛病才被克服了。

演员组织生产　赚钱购买用具

为解决灯油和必要的化装用具，团员们便拉了七八车砖，卖洋四五千元来买化装用具。另外是贩卖灯油赚了钱来点汽灯。从剧团成立到现在，没有让村中开支一个钱。在演剧之后，有的演员早晨起不来，家长说："演得不错，就是耽误早晨活不好。"因此剧团又开个会指出："演剧不能误活。"规定大家要早起，另外决定出演时间要提早，半后响就演，不误睡觉。于是老百姓更满意了。后来有两个主要女演员，今年过麦收后要出嫁，为此干部和她俩讨论出嫁后演戏怎么办。她俩先说："不出嫁，我还不到嫁龄。"又说："就是出嫁了，什么时候演叫我们来。"结果干部认识到培养新演员才是积极办法，她俩一个人找了一个目标，全是媳妇，上民校时教给她们念词，现在这两个人都会出演了。团员中有十几个做小买卖的，一个不在家就不能出演，他们决定一个人的角色最少要有两个人会，号召每个团员学会两个角。现在不但演员可以这样做，少数群众临时拉来也可上演了。坏分子看到村剧团发展了，又来破坏了，对小学教员说："你别掏劲太大了，你比不得本村人，稍一不慎，扣上一个帽子，就受不了。"这一挑拨教员有些消极了。坏分子回头又向村干部说："教员不好好干了。"但村干部并未上当，经过调查之后，金顺才同志搬到教员那里睡觉，经几夜解释和引导，教员才把坏分子对他说的话坦白了，知道上了当。在克服以上困难后，王落村剧团便发展巩固起来了。现在已是包括十八个青年、十个妇女、五个儿童、九个壮年，共四十二个团员的群众剧团了。

编演本村事，带动了群众斗争，《劳动英雄金木山》这个六幕歌舞剧，把事变前地主恶霸石许东、萧荣石压迫剥削金木山和其他户的残暴行为，和抗战后在共产党八路军领导下实行减租减息，穷人得到翻身，开展大生产运动，人民生活改善，金木山积极生产当选劳动英雄等事实，重新显现在群众眼前。李金恒、李金夺、郝福等看到饭锅里的水快开了，硬被地主拔走，还不了债被逼得吃毒药自杀等惨状时，心中再也不能忍受，演过戏后就说："咱敢给他演戏，也敢找他去呀！非和他去算算账不行。"于是联络了全村佃户、债务人去找农会主任，当即决定第二天去找北郑村大地主刘许东依法清算。第二天天还不明，街里闹哄哄地就集了二百人，一边走一边商量，推出青联主任教员等领导喊口号，一进村就叫"刘合（地主走狗）出来，找石许东赔偿！"刘合见人多势众，跑出来说："别喊了，刘成保证把东西退回去。"在戏剧鼓励下，人们的斗争勇气提高了，王落村一连串的斗争胜利了，而且把附近七八个村庄的减租清算斗争也带动起来。

（《晋察冀日报》1946年6月26日）

渝文化界人士指责反动派内战阴谋

并反对美国助蒋暴行

【新华社重庆廿四日电】停战令下后,渝文化界人士对《新华日报》记者谈话一致揭露好战者在停战借口下部署内战的阴谋,并反对美国助蒋内战。杨翰笙说:我们要求最根本的是实行政协决议,要求永远停战。沙汀奉劝好战者们说:战争解决不了问题,还是要谈判协商。同时希望美国勿助长中国内战。臧克家说:停战令算宣布了,但只看到调兵遣将运军粮。现在是全国人民拿出力量阻止内战争取和平的时候了。力扬说:政府方面说十五天是给中共一个反省的机会,这话里隐藏着极大的阴谋,就是说十五天后把内战责任一推,好战派就可大干特干了。端木蕻良说:明里十五天停战,暗里却大量运兵到东北仍然是"大骗""小骗"的谎话而已。艾芜、王亚平、陈和山都一致呼吁美国勿助长中国内战。董每戡说:这次马歇尔特别沉默,是不是让他们打打,打得顺利就打下去,打不下去有个人出面转弯。臧云远、卢鸿基都说:今天中国农民苦难深重,战争贩子自绝于农民,扩大内战,是自掘坟墓。柳倩、李子济都希望长期全面停战。

(《晋察冀日报》1946年6月27日)

为纪念"七一"

延安新华电台播送音乐节目

并由张市电台转播

【新华社延安二十四日电】为纪念中共诞生二十五周年,延安新华广播电台 XNCR 将于七月一日下午一时（上海时间）开始播送音乐。主要节目有《纪念"七一"打花鼓》（男女对唱）、《露营歌》（李兆麟将军遗作）、大提琴等器乐独奏、陕北道情及陕甘民歌等独唱及《胜利进行曲》等器乐合奏。除由延安播送外，还由张家口广播电台 XGNC 转播。

按：延安电台波长四二·五公尺，七〇四八千周。张家口电台波长三一·一七公尺，九六二五千周及波长二三一公尺，一三〇〇千周。

（《晋察冀日报》1946 年 6 月 27 日）

二区召开七月节筹备会

决定动员一切力量到这宣传运动中来！

志光

【本市二十七日讯】为了迎接"七一""七七"两大节日，二区特于二十六日晚七时召开七月节筹备会，届时有区政权、团体、学校及民教一分馆、军区政治部、艺曲协会等各单位派代表出席。会上根据市府纪念七月节指示的精神展开热烈讨论，决定七月七日前以七月节为主，结合目前形势与卫生工作开展群众宣传活动，对象以工人妇女为主，并定出初步工作计划：（一）工会、妇联、小商及各街政权于七月节前普遍组织座谈会，内容以宣传七月节意义，联系时局开展回忆等。并经各组织系统动员群众听广播，到联大、民教馆参观展览品，并参加张市七月节纪念大会。（二）以民教馆为中心，从"七一"到"七七"连续组织工人、妇女、市民儿童、干部及军民联欢等晚会，会上邀请军政首长讲话，游艺节目。除分馆儿童剧团外，特拟聘请群众剧社、军区政治部、印刷局剧团、艺术协会、五小等各单位表演精彩节目。(三)黑板报以七月节、目前形势与卫生工作为宣传报道重点,街头普遍张贴漫画、标语繁荣街道,市场可搭牌楼。文字宣传与口头宣传结合进行,动员一切力量到这一宣传运动中来。除文娱宣传队街头活动外,加强深入广泛的挨户宣传。为了加强这一工作的领导,会上有各单位推代表七人组成七月节筹委会,当即推选王区长与民教分馆李馆长为正副主任,会议至深夜十时方散。

(《晋察冀日报》1946年6月28日)

陕甘宁绥德分区加强通讯工作

【新华社延安二十五日电】绥德分区各县中共县委宣传部长会议于六月五日闭会。关于如何加强今后的通讯工作,提出下面几种办法:(一)负责同志亲自多写,对鼓励一般干部积极写稿作用很大,对工作的指导上作用更大,如没时间写出长文时,写短文章登在报上影响也大。县长、县委书记最好能够经常检查县的通讯工作,督促大家写稿。(二)县级干部写稿由宣传部长负责组织,每月至少要写一篇。宣传干事负责管理区乡通讯工作,县委应很好地培养宣传干事或通讯干事,给他有了解全面工作的机会,如参加会议等。(三)发动各级各部门干部写稿,提倡有什么写什么,做什么写什么,觉得写文章拘束就用写信的形式,把事实写出来就好了,不必一定写成文章。加强区乡通讯工作的领导,并发动学生写稿,但应着重在干部方面。宣传部干事主要负责管理区乡干部的稿件,并亲自下乡采访和组织写稿。一般稿件最好经区委审察,在区上了解实际情况,免得有不真实的报道。区委宣传科长要经常组织写稿,区乡干部每月至少要写两篇。米脂十里铺区的办法很好，他们耐心地向通讯员要稿，缺什么材料写信叫补充，另外再专门写信向通迅员要稿。（四）着重培养基干通迅员，各县在每个区选择一两个或在全县范围内选择几个积极写稿的人，作为基干通迅员，使经常有系统地、全面地报道一个地区的工作或其他方面的情况。（五）做好回信工作。各县经验证明，回信工作做好了通讯工作就有开展。稿子登不登关系还不大，只要给他很好地修改一下，将原稿退回，再写一封详细的信指出缺点，提出写稿方法，他们是非常高兴的。如米脂一些通讯员把报社和县委写的回信贴在墙上，有的当宝贝似的保存起来。（六）报社、县宣传部对通讯员每年应进行一两次奖励，买一些书、笔、纸送给他们，年节时寄贺年片。如米脂、吴堡去年就这样做了，对通讯员的情绪有很大的鼓励。

（《晋察冀日报》1946 年 6 月 28 日）

张家口文化界电慰马叙伦等代表呼吁严惩惨案凶手

【本市二十八日讯】此间文化界名流顷发表通电，慰问马叙伦等反内战赴京请愿被殴受伤诸代表，对南京国民党特务暴行提出严重抗议，原电如下：
政协会诸位代表先生、各报社、各通讯社暨全国同胞公鉴：
　　沪市十万群众代表马叙伦等诸先生晋京请愿，竟遭国民党特务凶殴，我等闻讯无任悲愤。当兹全国人民渴望和平，而国民党蒋介石独裁政府好战成性，置国家民族利益于不顾，一时制造内战，丧权辱国，勾结美国反动分子，屠杀中国人民，时局之危急莫过于今日。马叙伦等诸先生赴京请愿,不仅代表上海广大同胞之要求,抑亦代表全国人民之要求。我们除向负伤诸先生遥致慰问外,更望全国同胞一致奋起,用实际行动抗议国民党之滔天罪行,要求严惩特务凶手,停止内战,实现民主,不达目的誓不休止。谨此电达,诸希共勉。

丁里、丁玲、于力、王久晨、王血波、古元、成仿吾、艾青、江丰、沙可夫、沙飞、李焕之、周扬、周巍峙、陈企霞、康濯、舒强、冯宿海、邓拓、钟敬之、韩塞、萧三同启。

六月二十八日

(《晋察冀日报》1946年6月29日)

丁玲等致电美文化界　反对美政府助蒋内战

【又讯】中国女作家丁玲等致电美国文化界,请其反对美国政府援助蒋介石内战,原电如下:

辛克莱、斯坦伯格、赛珍珠、休士、果尔德、斯莱德利、斯诺、爱金生、福尔曼,并请转美国文化界、文学、艺术界、新闻界诸位先生:

我们,中国解放城市——张家口文化界的工作者,向你们紧急呼吁,请你们,中国人民的好朋友,起来制止美国反动分子帮助中国反动派屠杀中国人民的暴行。

美国供给蒋介石政府的军火,一向就被用来对付中国解放区的人民和他们的军队。驻在中国久不撤回的美国军队,一向就直接间接地帮助蒋介石维持独裁,进行内战和法西斯蒂恐怖。最近美国国防卿向美国国会提出延长租借法案,继续以军事援助中国这个坚持内战与独裁的蒋介石国民政府,这更加大大地鼓励着中国的好战分子,使其爆发全面的和长期的内战。中国人民何辜,要在经受了日本帝国主义者长期残酷的屠杀之后,又要经受美国造的飞机、坦克、火箭炮的杀伤?!中国人民在打退了日本"奴隶主"之后,决不肯再做任何人的奴隶!美国反动分子有意要使中国变为美国殖民地或保护国,中国人民决不能忍受,誓死反对!

为了中美两国以及全世界的和平与民主,为了中美两国人民传统的友谊,为了中美两国文化交流的长进,我们要求你们说公道话,号召美国广大人民和爱好和平民主的人士,一致起来,反对美国政府通过那个继续以军事援华(事实上只是援蒋)的法案!收回美国一切对蒋介石的军事援助!停止美国反动分子对中国内政的干涉!立即撤回驻华美军!

丁玲、萧三、成仿吾
一九四六年六月二十八日

(《晋察冀日报》1946年6月29日)

张市万余商户通电全国商胞　呼吁力争和平民主 剧影界号召全国同行反内战

【本市二十八日讯】张市万数千商户通电全国商民,力争和平民主,反对美国军事援蒋,原电如下:

全国商界同人公鉴:

我们张家口三千余户大中商、万数千户小商,一向拥护和平,拥护民主,拥护团结,拥护新中国早日实现。但时至今日,国民党统治地区血案迭起,和平危如累卵,此责究应谁负,我们根据事实证明,国民党反动派应负此责。

且看四项诺言竟成撒谎,三大协定变为戏言,出尔反尔,政信何

在。值此千钧一发之际,吁请全国商胞紧急动员起来,团结一致,力争全面和平,力争实现民主,否则,生民涂炭,将不知延至何时!

美国既同意三外长会议于前,复干涉中国内政于后,这种两面政策,我们是坚决反对的。

我们同意毛主席的声明,中国内战的渐次扩大,实为美国助蒋所致。因此我们要求美国立即撤退驻华美军,立即停止并收回对蒋介石独裁政府之军事上经济上的一切援助,我们愿与全国商胞一起,为实现上述目标而坚决奋斗到底。

【本市二十八日讯】本市旧剧界、影业界于本日上午假庆丰戏院提前举行七月节纪念大会,除旧剧界联合会贾克、王久晨、何迟等报告"七一""七七"的伟大意义外,并请市教育局蔺副局长作时事报告。后有艺曲界联合会吴先生讲话,他号召到会的全体会员宣传"七一""七七"的意义及中国共产党为人民坚持抗战的光荣事迹,使之深入民间,并号召大家起来制止内战,保卫和平,保卫已得的幸福生活。会上并通过提案,通电全国各城市梨园行、影业界同人,呼吁一同起来制止国民党反动派发动大规模的内战阴谋,反对美帝国主义分子延长军事租借法案援助蒋介石国民党打内战,要求美国政府立即撤退在华美军,以免中国人民再遭战争灾难。

(《晋察冀日报》1946年6月29日)

庆祝七月节张市各商号承搭彩牌楼

伯川

【本市二十八日讯】为纪念胜利后第一个七月节——中共诞生二十五周年暨军区成立九周年,本市商民鉴于中共及民主政府解放张市后,商业发展,各街商号将分别在各街口通衢搭彩牌楼,以资庆贺。

(《晋察冀日报》1946年6月29日)

张家口广播电台组织七月节广播

河岸

【本市二十七日讯】张家口新华广播电台日前邀请本市各文娱团体代表,商讨七月节文娱广播节目。决定联大文工团和音乐系各广播音乐晚会一次,内蒙古文工团广播新编歌剧《血泪》,抗敌剧社广播《眼睛亮了》(秧歌),平绥路广播《苏州城》。名票友俞珊亦准备作一次平剧广播,各中小学校现正在准备歌咏广播。

【又讯】张家口新华广播电台为庆祝七月节,特举行广播宣传周,请各负责同志各界人士轮流广播。

(《晋察冀日报》1946年6月29日)

七区各街黑板报反映本街新闻效果好

形式美观群众喜欢看

贾风

【本市二十四日讯】七区自十日开过街宣教委员会以后,半月来黑板报得到很大进步。特别是一些原来落了后的街村,经过竞赛突击,很快纠正了不重视黑板报的观点;在旗杆院街和朝阳洞表现得最明显,过去他们半月不一定换一次,现在却换到七次到八次,平均隔一天换一次;花巷街过去很少登本街消息,这一次却有力地配合了挖

街、营业税等工作；城店巷街过去从来不画漫画，现在却首先登出两幅卫生漫画，使卫生工作得到很大帮助。过去较好的街现在办得更好了，营城子街不仅剪报、总合报、编辑本街消息，而且自己还创作各种漫画，发现技术人才，经常改进，因此，内容不但活泼，形式也美观，看的人非常多。根据昨日召开的宣教委员联席会的统计，仅七块黑板报半月中登出稿件五十四篇，里面有二十七篇剪报、十三篇本街消息和十幅漫画。许多市民都说："这回可办美啦！以后常看咱们的黑板报吧！"税收时蘑菇评议员看到登出鼓励他们的消息，心里高兴得不行，一见区干部就说："可得认真评议，不然多丢人！"从以上情形可以看出，七区黑板报开始加强了群众基础，并为群众所关心。

（《晋察冀日报》1946年6月29日）

七区办黑板报的几个经验

贾风

六月二十三日，七区召开了各街宣教委员的联席会，总结了近半月来黑板报的经验，现在择要介绍如下：

一、要想使黑板报真正起教育群众、团结群众的作用，除有一定的丰富内容外，还要改进其形式。这里黑板报的读者有两种，一种是本街市民，一种是过路人。如果黑板报上只是平平板板地写些白字，那么后一种读者就抓不住，前一种读者即使抓住了也仅限于少数知识分子，起作用很小。因此，使黑板报办得非常美观活泼，是在城市中办黑板报很重要的一点。根据七区的经验是粉笔颜色要多（至少要有红的），标题要写得醒目，内容的字体不要潦草，附上标点，根据不同内容经常画些报头、地图、漫画之类。在七区开始这样做以后，营城子街黑板报刚写后就要挤一群人，识字的连看画带念字，不识字的看着画听别人念，收效很好。与此同时，在牌坊的那一块，因为没有这样做，看的人就寥寥无几。

二、内容力求丰富生动。这样做起来最难，因此不能心急，只有在工作中经常改进。七区黑板报在登国内外大事方面，开始是抄报，后来剪报，最后进步到总合改写。在数量上开始登一篇，以后登两篇，最后改进为排版，同时登几种。在街村工作的批评与表扬上应特别慎重，写报人不要唱独角戏，必须和大家多商量。如是当登到某一部门的消息时，最好经过其同意，不然很容易发生矛盾。七区七街登贫民贷款时因为没有和合作社商量，弄得人家都有意见。在批评某人某一工作时，办报人的言辞要十分恰当，要时时注意它登出去的影响和效果。

三、黑板报一旦办好之后，很自然地会引起群众的更加关心和注意，向它提意见。因此办黑板报的人必须经常和群众联系，听一听群众的反应，并不断改进它，使它更切合群众的口味。

七区有些街写报人经常征求读者意见，好不好？对不对？读者有时指给他标题应该写大些，或者漫画画得不通俗，他们便当场修改。

四、要想使黑板报坚持下去，并继续得到发展，必须有强有力的组织和健全的会议检查制度。七区在此次整理黑板报开始时，先在每街成立了一个宣教委员会，里面包括会编的、会画的、会写的，甚至会念的，具体分工，互相帮助。黑板报原则上三天一换（临时大事除外），接头会一星期一开，每街黑板报登稿留底，一月终了开全区宣教会议，当场报告，进行批评和表扬，并总结经验，布置新工作。这样领导上抓得紧，办报者加强了责任心，自己会想出许多新办法。

五、试办口头宣传和流动黑板报。黑板报办好以后，写报时看的人就会很多，如果能利用这一机会，进行口头宣传，效果亦会大。在前些时时局有新的变化时，七区曾做了几次，群众反映说很好。为集中各街办黑板报的精华，交流经验，还可组织参观和办流动黑板报，不必太多，有一块两块即可。它的作用，除起一般的黑板报的作用外，还必须办得更好，起技术上的指导作用。

(《晋察冀日报》1946年6月29日)

张家口新华广播电台七月节广播要目预告

一、七月节中特请中共张市市委书记刘秀峰同志、边区参议会于力副议长、编委会宋主任、边区总工会陈用文同志、杨春甫市长、军区政治部潘自力主任、边区文协主任沙可夫同志等人讲演。

二、请模范共产党员韩玉同志、模范工作者（人尚未定）、工人徐炳炎、青年——联大同学陶平、妇女丁秀兰（女工）、农民杨万库讲演。

三、八路军介绍节目为：七一，战场上的共产党员；七二，战斗英雄邓世军；七三，民兵英雄神枪手李殿冰；七四，百团大战；七五，战士讲演；七六，北岳区一九四三年秋季反"扫荡"；七七，狼牙山五壮士。

四、每日广播各种有关纪念的重要文章。

五、游艺节目，除每日原规定之一七：五五——一八：一〇及二〇：四〇—二一：〇〇两个游艺时间请各大中小学同学及工人歌咏或唱大鼓外，从七月一日至七日，每夜加播大游艺节目：七一，联大文工团音乐演奏；七二，平绥铁路局工人俱乐部播演《苏州城》（平剧）；七三，内蒙古文工团播演歌剧《血案》；七四，新新剧院播演《四进士》（平剧）；七五，联大业余剧团播演话剧；七六，俞珊女士主演《宇宙锋》（平剧）；七七，抗敌剧社播演话剧《眼睛亮了》。此外，七一从下午一时开始，转播延安广播电台 XNCR 音乐。希望各界听众注意。

（《晋察冀日报》1946 年 6 月 30 日）

热河新闻界电慰南京被殴记者

【新华社承德二十七日电】蒋介石二十三日晚在南京制造之大血案中，《大公报》记者高集、《新民报》记者浦熙修均被暴徒打伤，《冀热辽日报》与冀热辽新华分社转电慰问。内称："先生宣扬正义，奔走和平民主，竟遭蒋介石打手殴伤。热河新闻界同人闻讯异常愤慨，转电慰问，祝先生早日恢复健康，再接再厉，为和平民主的神圣事业奋斗到底！热河新闻界同人誓作后盾。"

（《晋察冀日报》1946 年 6 月 30 日）

张市各界今日开始热烈纪念七月节

秧歌戏剧在各地演出　各工厂开展回忆运动

铁路、工厂

【本市三十日讯】明日"七一"，今日全市各工会及工厂中均将纪念节日筹妥。边府印刷局已排好歌剧《四十一号桥》《庆祝中共过生日，反对国民党打内战》，定明日在市立民教馆第二分馆出演。该厂女童工正在练习《叮铃舞》，亦将同时出演。平绥铁路工会所属各单位，亦已充实准备，除街头秧歌剧外，另出《"七一"纪念专刊》供该部工人阅读。民生电业公司张市各厂，于明日共同举行一座谈会，全体职工参加。会中除有公司负责同志报告中国共产党历史外，并着重发动全体职工发表个人对共产党的认识和意见，或提出批评；与此同时，该公司全体职工将开展热烈的回忆运动，预期从"七一"到"七七"一周间，提高大家的思想水平，加强对当前时局的深刻理解。

商 学 各 界

【本市二十九日讯】解放后第一个七月节的前夜，张市各机关学校已卷入热烈紧张的筹备工作中，今日街头，有些商号已搭起彩牌楼。市立第二小学民主少年团的高跷队已开始在明德北大街一带化装预演，一个个天真活泼的小学生，遮不住脸上的笑纹，他们一面忙着宣传卫生运动，一面兴奋地告诉别人：到"七一"那天，他们不但有高跷，还有话剧出演。华北联大也将有三四个秧歌队出现街头。市商会发出通知，准备在七月节里召开商民时事座谈会，并举行其他游艺节目。边区银行正为了纪念"七一"和"七七"，在全体工作人员中征求"一百封慰问信"，慰问把守边防的子弟兵。

【又讯】联大外国语学院为了庆祝七月节，正在抓紧筹备中。日来该院锣鼓喧天，男女同学百余人齐集操场，练习扭秧歌。在戏剧系四位女同志指导之下，进步极速，参加者无不兴高采烈。同时，该院歌咏团亦在加紧练习中。现宣传委员会已告成立，下设秧歌队、歌咏团与报刊组，决定演出二个秧歌剧，于张市街头作歌咏宣传，并出七月节墙报特刊，黑板报亦将随时反映张市庆祝七月节盛况。（李霆）

四 区

【又讯】四区再次召集该区各机关、团体、学校十余单位讨论七月节筹备工作，具体进行分两步骤：七月节前着重内部宣教，街间干部训练班改讲"七一""七七"史迹,各单位分别开七月节座谈会开展回忆,黑板报、墙报出七月节专刊。"七一"至"七七"深入群众宣传,有各种歌剧、快板剧、街头话剧、霸王鞭、双簧等文娱节目配合,并组织街头演讲、家庭访问,在佛教会与瓦盆窑建立广播站,组织广大群众听广播。(梅青)

(《晋察冀日报》1946 年 7 月 1 日)

文娱活动

本市各机关秧歌队均继续出动宣传。联大三百余人大秧歌队为了演出方便,乃分成两队,一队以文艺、法政、教育学院同学组成,由文艺学院过桥,至明德北大街,过解放桥,至解放大街沿途演出;一队以外语学院政治班组成,由东安大街宣化大道,过清河桥,到武城街等地演出。

军区司令部政治部、医大秧歌队今日继续出动演出,直到晚九时医大秧歌队仍在怡安街演出,同学们热情终始如一。第五小学学生秧歌队高跷队亦至各地演出。沿途群众对秧歌队为纪念"七一",不避伏暑,汗流浃背,至各地宣传,备致赞扬。

工专同学已于今日开始学习"七一""七七"历史文献三天,并由该校学生会发起成立四个宣传队,分赴各区,进行拜门宣传。闻已得同学热烈响应,宣传队亦已组成,将于本星期六正式出动宣传。

(《晋察冀日报》1946 年 7 月 3 日)

冀中文艺界通电拥护周恩来同志声明

【新华社河间三日电】冀中文艺界崔嵬、王林、孙犁、路一、梁斌、远千里、李湘州、秦兆阳、傅铎、胡丹佛、邓康、商展思等为坚决支持周恩来同志六月二十八日庄严声明，特发出通电，指出"国民党当局的无理要求，充分说明他们决心发动全面内战"。继称，"解放区人民战胜了强大的日本强盗，今天有充分信心战胜胆敢进犯的任何反动派"。电文最后宣称："冀中所有文艺界人士，均热烈支持周恩来将军的声明，坚决反对国民党的无理要求。"

(《晋察冀日报》1946年7月5日)

张垣七月节联大、医大秧歌活跃

【本市讯】为庆祝中共诞生二十五周年，医大秧歌宣传队于一、二两日连续在张市街头演出，百余队员，个个愉快而紧张。第一日在新民大街、草厂巷、至善街等地演出，第二日在堡子里、南武城街、宣化大街、东安大街、解放大街等地续演。演出节目有《四十一号桥》《问路》《神神怕打》等。《四十一号桥》是说国民党反动派借口"查汉奸""防私货"而打骂抢劫老百姓，并企图进攻解放区。此剧很受群众欢迎，一个常去北平办货的商贩看后说："我上北平办货，让中央军扣了一百多斤棉花去，说是'私货'。打骂的事更是常有的。"一般群众对该秧歌队亦甚感兴趣，每日观众均在万人以上。（王鸿志、林凯）

【又讯】七月二日傍晚，联大秧歌队出现在人民剧院前广场，演出时观众挤得水泄不通，土坡上、石堆上、自行车上都站着人，收工的缝鞋匠放下挑子，站在家具箱上看，卖冰棍的小贩也停做生意，立在冰棍箱子上。第一个节目是《蒋介石打内战》，当剧中人蒋介石向美国反动分子要求军火援助时，人丛里有人痛恨地说："反正老蒋和美国反动派一鼻孔出气！"卖冰棍的说："不是蒋介石，中国怎会这么糟呢！好容易把日本鬼子打走了，他又要引别人进来！中国人打中国人，叫外国人占便宜，这是多么混蛋的事呀！"第二场《一八四师起义》演出时，全场欢腾若狂，掌声雷动。一个商人说："中国人打中国人不叫事，有良心的中国人，都得反对内战，不然人民受不了。"缝鞋匠站在家具箱上，眯缝着眼，抱着肩，聚精会神地注视着剧情。他一会皱眉，一会欢笑。第三场开始，他静听着剧中人东北老百姓的道白："十四年牛马和奴隶，压得我出不来气，自从来了共产党，帮助我们翻了身，家家户户有田地，现在蒋介石要打内仗，军民联合把他打出去。"他听到这里，气愤地说："真的，张家口也是一样，自从共产党来了以后，每天挣来够吃的，人民日子刚好过点，蒋介石又要打内战，想叫我们还受罪，那谁不反对呀！他真要打，急了我也当八路去。"（杨觉）

（《晋察冀日报》1946年7月5日）

《抗战日报》改名《晋绥日报》

【新华社兴县四日电】晋绥边区人民的喉舌——《抗战日报》，于"七一"中共诞生纪念日改名为《晋绥日报》。该报创刊于民二十九年，至今已有六年战斗历史。

（《晋察冀日报》1946年7月6日）

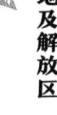

女中七月节秧歌队昨日积极出动宣传

观众达一万二千余人

【新华社本市八日讯】为了纪念七月节,女中百余人的秧歌队特于本日出发市街,进行宣传,上下午共演出五场,观众达一万二千余人。曾在解放大街、河套街、露天市场等地演出,节目有大秧歌、《八月十五》歌表演、花鼓等,反映极佳。每场演罢临去时,观众均以热烈掌声相送,而对于女孩子跳秧歌,扮演老头、青年及打锣鼓等,极表惊异。

(《晋察冀日报》1946年7月9日)

冀中创办《平原杂志》

【新华社河间四日电】冀中区创办了《平原杂志》,由孙犁主编,为三十二开版本,第一期确定于七月七日出版。内容主要分为"平原论坛""问题研究""农村通讯""科学历史故事""乡村文艺""青年儿童读物""家庭座谈会""百科小辞典"等栏,对象为广大农民、区村级干部、中学高小学生、小学教师。另辟"读者园地""问题解答""服务"等栏,征集读者意见,并代解答。

(《晋察冀日报》1946年7月9日)

我国数学家华罗庚先生在苏联

西南联大教授华罗庚先生,是我国勤苦自学成功的数学家。前应苏联之聘，赴苏讲学。五月八日在苏联对外文化联络协会发表公开演讲，题为《中国之数学》。由苏联科学院数学研究院院长文诺格拉多夫任临时主席。文氏首向听众对华氏之成就略作介绍，中称，华氏是今日世界上第一流的数学家，他的数学著作即将在苏联出版。中国青年科学家华先生的成功，表明中国人士之能获有科学成就，并不亚于西方国家。

(《晋察冀日报》1946年7月11日，《副刊》第44期)

晋冀鲁豫解放区交通、文教建设概况

【新华社邯郸五日电】今年纪念"七七"，晋冀鲁豫边区人民带来了和平交通建设的巨大成绩：(一) 全区现有铁路六条，计：德石路（德州至石家庄）、平汉路安石段（安阳至石家庄）、同蒲南段（闻喜南五十里之水头至洪洞）、道清路（道口至汲县之陈阳庄）、兖济路（兖州至济宁）及平汉路西马支线（磁县西佐至马头），全长共二千余里，早已修复通车者有三百余里。后因蒋、阎军在同蒲、平汉以及白晋线等地，一再进攻破坏，未能继续修复。(二) 全区共有五十余条公路，计长一万二千余里，现已通车者有八千余里，各路均有长途电话，四通八达，使山货与平原货物交流，商客往来甚盛。(三) 边区邮政建设，现有各级局三百三十六个，干线一万三千五百二十里，乡村邮路四万余里，遍布所有县、区、村，人民莫不称便。自与中华邮局实施联络后，本区与全国邮务已经畅达，仅济宁市局在四月份内共收进口信十四万一千八百余件，出口信十三万一千七百余件。并与沪、宁、津、筑、桂各地通邮。(四) 自日寇投降后，全区电话已大部修竣，共长约三万四千八百余里，各县均能够互相通话。

（五）边区内河航运已通邮达千余里，从济宁至德山湖东岸夏镇，长四百余里之河道，已有三百余只商船航行，南运河之商船均云集于此。平汉线重镇道口至冀南名镇××长六百余里之卫河水道，现有大船百余艘，来往运送货物。长达七八百里之滏阳河经邯郸、永年、曲周等十余县的水路已通行无阻，百余艘商船航行，使山货与平原杂货来往交流。

【新华社邯郸八日电】晋冀鲁豫边区每一个儿童和青年已都有受到各种不同形式的教育的机会。现有万余青年在受大学或专门的教育，中学生有二万五千余人，进入小学的儿童在一百五十五万以上，而很多成年文盲及终年忙碌的劳动者，则有遍及各村的冬学、民校和黑板报等学习的补救。这里教育的特点就是完全打破了金钱和阶级的限制。学校教育方面，全区有大学两座：军政大学培养军事、政治干部，建设人才，现有学生二千五百名；北方大学培养和平时期各项建设人才，现有学生两千人。培养农林、商业、纺织、邮政、铁路、艺术、师范等各项专门人才的专科学校三十余座，学生在五千人以上。中学校十八所，学生共二万五千八百八十五人。高小（大部包括完小在内）计八百五十七所，学生共七万四千五百三十名；初小共十万六千二百六十二所，学生一百四十八万九千三百九十三人。高初小学生半数以上为中贫农子弟，全区平均入学儿童占学龄儿童的百分之五十五点一。现全区正到处普及小学教育，做到每个学龄儿童都有入学的机会。

社会教育方面，群众经过减租翻身后，文化教育要求普遍提高。冬学在老解放区普及到每个村庄。仅就太岳、冀南两区的不完全统计，现有冬学学生六十四万六千六百九十六人。人民文娱生活亦倍加活跃，如人民剧团、农村剧社、秧歌队、大众黑板报、成人识字班、读报组、翻身诗歌等，各街各村都有群众自编、自演、自唱。就太岳一区，农村剧团有二百四十六个，演员十万九千五百五十一人，皆不脱离生产，白天在地里劳动，黑夜里打起锣鼓，欢乐地唱起来。老百姓创造的口号是"群众翻身，自唱自乐"。据元氏县二十一个村统计，有大众黑板报三十八处，读报识字班已达一千五百人以上。文化出版方面，边区各地出版报纸计有《人民日报》，太行、太岳《新华日报》，《冀南日报》，《冀鲁豫日报》，《济宁日报》，《太（岳）北人民报》，《人民的军队》报，《前锋报》等四十二种，每日销行数量约十五万份。定期刊物计有《北方杂志》《文艺杂志》《新大众》《大众科学》《儿童杂志》《新文艺刊》等二十八种。书籍出版自去年七月至现在，有冬学课本二百万册，小学课本一期三十万册，干部读物八十余万册。书店有新华书店、韬奋书店、冀鲁豫书店、西北书店、平原书店等二十七家。分散于各地的大小印刷厂有五十二家。

（《晋察冀日报》1946 年 7 月 12 日）

承德新华广播电台开始试播中波

【新华社承德九日电】承德新华广播电台试验成功，于本月七日晚六时至十时开始试播中波，波长二百五十公尺，周率一二〇〇千周。

（《晋察冀日报》1946 年 7 月 12 日）

内蒙古文工团将赴多伦演出

【本市十日讯】内蒙古文工团为开展内蒙古新文艺运动，将于日内出发多伦、东盟等地演出，现正积极准备出发前各种有关演出工作。内蒙古自治运动联合会云泽主席，对内蒙古文工团此举即表欣慰，特于今日宴请文工团同志，并给以指示与鼓励。闻联大文艺学院吴晓邦、尹瘦石二同志及舞蹈组全体同学，亦随同内蒙古文工团赴各地演出。

（《晋察冀日报》1946年7月12日）

编者的话（《副刊》第四十五期）

立高同志的创作《忍让》于本刊二十五期发表后，引起很大的争论。这是一种研究创作、开展文艺批评的蓬勃气象。今后应继续发扬这种风气，以利互相观摩与提高学术研究的兴趣。

自伍延秀同志的《略谈忍让》（第三十期）与晨耕同志的《评〈略谈忍让〉》（第三十七期）发表后，我们继续收到不少关于《忍让》批评之批评的文章。但可惜，来稿都嫌太表面、太单调，思想深度不够。且大部分来稿，都离开文艺创作问题，专争论政策问题去了，这是一个大缺点。凡内容重复的，我们都割爱了。幸作者原谅！

今天，我们选了三篇文章，一起刊登出来。各篇论点、方法、态度都各不相同，饶有趣味。希望读者比较研究，谁是谁非，大概可以了然了。

因此，我们认为，《忍让》争论可告结束，以后有关《忍让》来稿，一律不再采用。

（《晋察冀日报》1946年7月12日）

苏联的大学教育

——华罗庚教授在云大讲演

昆明通讯,新近从苏联归来的华罗庚教授,应联大云大学生自治会的邀请,五日晚上在云大至公堂讲演,题目是《苏联的大学教育》。

当晚天色还未全黑,至公堂早就黑压压地挤满了许多青年男女,在昏暗的灯光下,带着一种羡慕与好奇的心情,纷纷议论着今晚所要讲的题目。

约莫七点二十分,三十岁左右的华教授,便在热烈的掌声中,出现在大家的面前。当时主席便代他宣布:为了避免无谓的纠纷,他不谈政治问题,也不谈原子弹问题。

华先生开始他的演讲时,首先便说:"在现在的世界上,由于地理及政治上的关系,苏联这个国家,不管你喜欢它或是讨厌它,都是值得我们了解的。"

"在我还没有到大学里去的时候,"华先生跟着叙述他对苏联大学的第一个印象,"我住在一家离莫斯科大学很近的旅馆里。那时正在下雪,我第一天出外便看见许多青年男女在扫雪,后来才知道他们就是莫斯科大学的学生,扫雪是他们每周为社会服务的一种工作。"

"当我进到莫斯科大学,首先就看见一个抱着书本的列宁像,愈进去像也愈多,但这些却不是什么部长之类的像,而是许多大科学家、诗人的,像大家所知道的托尔斯泰……"华先生列举了许多人名,然后便转到苏联的教育概况:

"说到大学,先要知道他们的中小教育。他们的中小学都是五年,大学是六年。苏联的大学也可以说是高等教育,在大学之上还有研究院和更高的学府。他们进大学的年龄大约是十七岁至三十五岁，同时，他们进大学之先也需要经过考试。"当时全场变得静悄悄的，只听到华先生慢慢的说话声音，"不过比较合理。数理科的就只考数、理、化、俄文及一门外国语（英、法、德）；工科化学免考；文科就不考理化；音乐、戏剧、电影等艺术学校，就只考俄文、史地及特长的技能。"

"苏联的中小学是完全免费的，大学要不要学费呢？在莫斯科和列宁格勒，每学期要四百卢布，其他小城市要三百，而艺术学校则要五百。"

"但是，"华先生跟着便说，"学生们可以在学校得到奖学金。奖学金的数目是多少呢？在列宁格勒一九四三年付出的奖学金总数是六百一十万卢布，一九四五年是一千三百万卢布；在莫斯科一九四四年支出共一千七百七十万。每个学生每月可拿二百一十到三百的奖学金。所以每个学生如果每学期交三百卢布，在一个月内便可把本钱拿回来了。"台下哄起一阵笑声。"这些奖学金足够一月用，而这项经济占全校预算的三分之一。另外在一九三二年十二月二十日斯大林的生日那天，政府又在各大学中设立了四千名奖学金，每名每年一千卢布，叫作斯大林奖金。此外还有莫洛托夫、伏罗希洛夫奖金。"

"他们的教育机构是怎样的呢？每校有一个 Director，可以称作校长，管理教务、收支及校务。另外还有两个副校长。他们的大学只分系，不分院，有的学校有七系，大的学校还不止此数，系由各系系主任组织委员会来管理事务。另外，国家还设有讲座。大学毕业后可进研究院，研究院三年，每月领七百卢布，毕业后一年可做博士，每月可领一千五百卢布。"

"革命前，苏联只有九十个大学，而现在已有七百二十个。学生由十一万二千人增加到五十六万人了。上课时间白天晚上都有。工科高等学校有一百二十八个，短期艺术学校有二十三个，农、医、药科有八十七个，大学有二十九所，师范学校有一百一十个……教授和讲师在战前将近五万人，现在只有四万多，因为有的去参加了战争。"

"苏联和外国的文化是联系得非常紧密的。我个人在美国发表的论文，在中国当然看不到，即使在外国也不能马上见到，可是到苏联，他们早已陈列在图书馆了。还记得有一天我在一所研究院里，又看见一位同学拿着一篇希腊的东西说要找文化协会的人译成俄文，虽然那篇东西是不大重要，而那个同学说要把它译成俄文供作参考，他们对外国文化的重视，也就可见于此了。"

华先生在最后叙述了一桩给他印象很深的事情。

"当我到莫斯科大学去时，遇见一位我素来景仰的大数学家，他原来是一个瞎子。我非常奇怪，一个瞎子如何能学数学呢？在其他的国家，就说在中国吧，一个从五岁便瞎了眼睛的人，哪里还能有受教育的机会？哪里还能有受高等教育的机会？以至于得以继续深造，而能成为大学教授？这件事给我的印象十分深刻。"

在一阵热烈的掌声中，华先生结束了他的演讲。

随后华先生回答同学的问题：

问：奖学金领取资格如何？

答：大概每人都有资格，因为我曾经除过一下。

问：大学生的出路如何？

答：很简单，在毕业前早分配在五年计划的各部门中去了。

问：他们战时通货是否膨胀？

答：由于人民的生活及外汇价格说，外汇是官价六个卢布一元美金，这个价格从来没有变过，战时物价涨了百分之五十，战后跌了百分之二十，我去时又跌了百分之二十，也许再过不久还会跌得比战前还贱些。（笑）

问：他们的复员情形如何？

答：似乎他们没有不复员的情形。（笑）

问：五一劳动节的情形如何？

答：五一劳动节除检阅红军外，还有民众的大游行，由十二时一直过到六点钟，其中给我印象最深的是一个标语说"本厂尚未完成五年计划的百分之一百四十二"，这点我们要学习人家。

问：他们男女受教育的机会如何？

答：不但受教育的机会是均等的，而且坐电车的机会也是平等的。现在他们鼓励生育，能生十个小孩以上的称母亲英雄，而且还有奖章呢！（笑）

问：他们人民的生活如何？

答：吃的不成问题，穿的无英美的好。

问：苏联人民的精神如何？

答：就以列宁格勒工厂来说，战时敌人的大炮可以轰到厂里，他们天天死人，但是他们从未停过一天工。

于六月七日

（《晋察冀日报》1946年7月13日）

李公朴氏遭国特暗杀

延安各界电慰李氏家属并抗议国民党当局纵容特务罪恶行为

【新华社延安十三日电】渝讯：抗日救国运动七君子之一李公朴氏，前晚在昆明突遭国民党特务暗杀殒命。十一日晚十时许李氏偕其夫人张曼筠女士暨公子在昆乘公共汽车回北门街寓所，至学院坤脚车站下车后，步行至学院坤时，突遇预伏该处之蒋记特务开枪射击，李氏猝不及防，弹中腹部，项前血流如注，倒地不省人事，特务遂从容逃逸。李氏则由其夫人车送云南大学附属医院医治，卒因弹中要害，流血过多，延至昨晨五时三十分不治身死。

按：李公朴氏江苏武进人，今年四十六岁，救国会的领袖之一。一九三六年李氏与邹韬奋、沈钧儒、章乃器、史良、沙千里、王造时等七人以组织抗日救亡运动，呼吁停止内战一致对外，被国民党当局逮捕入狱，是为中国历史上有名之七君子事件，直到抗战后才被释放出狱。在抗战中及抗战结束后，李氏一贯为爱国民主运动积极努力而成为中国各界群众爱戴的领袖之一。今年二月十日的较场口血案中，李氏被国民党特务暴徒以铁棍殴打重伤，李氏在医院中对前来慰问的各界表示："为民主运动而牺牲，死而无怨。"李氏并为中国的名教育家，抗战前任"量才补习学校"校长，抗战初为山西民族革命大学校长（按：当时该校是抗日的进步学校），抗战结束后协助陶行知氏创办社会大学并担负副校长。

【新华社延安十三日电】李公朴氏十一日在昆明被国民党特务暗杀殒命的噩耗传来，延安各界不胜震悼。陕甘宁边区参议会、边区政府、边区文协及李氏生前友好今日致电李氏家属吊唁。原电如下：
曼筠夫人诸位家属礼鉴：

惊闻公朴先生噩耗，不胜震悼。国民党内反动派阴谋破坏中国独立、和平、民主事业，竟至以特务恐怖手段杀害群众领袖，他们的这种罪恶行为将遭受全国人民的严重抗议；他们的阴谋，将在全国人民的反对之下遭受最后失败。谨代表区一百五十万人民向你们致吊唁之意。

陕甘宁边区参议会议长高岗，副议长谢觉哉、安文钦
陕甘宁边区政府主席林伯渠，副主席李鼎铭、刘景范

七月十三日

曼筠夫人及公朴先生诸位家属礼鉴：

公朴先生的不幸消息传来，延安文化界深为震悼，并对国民党当局纵容法西斯特务的罪恶行为表示无限愤慨。先生一生致力于中国的独立、和平、民主事业，他的牺牲将号召全国人民和文化界更进一步向前奋斗，以完成先生的遗志，谨此吊唁并盼努力节哀。

陕甘宁边区文化协会
七月十三日

曼筠夫人如晤：

听到公朴兄的不幸消息，在延故友深为哀悼。公朴兄为中国独立、和平、民主事业奋斗至死，广大人民和他的故友们都将不会忘记他光荣的功劳，并共同为继承他的遗志而奋斗。

柳湜、钱俊瑞、何思敬、艾思奇、张仲实、贺绿汀、江隆基及在延全体友人

七月十三日

（《晋察冀日报》1946年7月14日）

徐水各村剧团偏向很多　好演大戏开支繁重

群众说："这样可看不起戏啊！"

李灿

【新华社宣化四日讯】自去冬以来，徐水的村剧团运动已有普遍开展，在全县三百个村庄中，即有九十九个村的村剧团能够演出。但由于领导上抓得不紧，未能深入下去予以及时的帮助，因而产生许多偏向：第一，由于开始组织时比较松懈马虎，以致许多特务分子乘机打入村剧团，进行破坏工作。如三区××村（新解放村庄），即有特

务分子多人混入了村剧团。五区×村村剧团团长（特务分子）自打入剧团以后，即故意大批开支村款，以增加群众负担，并借此乱造谣言进行破坏。第二，各剧团普遍存在着演大戏的思想，由此更造成了严重的浪费现象。如五区××村为了购买旧戏衣，竟从群众身上摊派了十万元。一区××村的剧团，在十个月当中即开支了七万元左右。据全县八个区七十七个村剧团的统计，共开支了二百四十九万九千一百元。许多群众都反映道："这样下去，可看不起戏啊！"第三，个别演员的作风不好，在群众中造成了极恶劣的影响。第四，各村剧团都存在着严重的风头主义，彼此间互相排斥互相轻视，而影响了剧团的发展。这些偏向，亟应立即纠正。

（《晋察冀日报》1946年7月14日）

沪文化界二百六十人发表反内战宣言

不是"反内乱"而是"反内战"

【新华社延安十三日电】沪讯：上海文艺、戏剧、电影、音乐、美术、漫画、木刻各界人士二百六十二人，联名发表长达四千余言之《上海文化界反内战争自由宣言》，向当局提出三项要求：（一）立即停止内战，我们人民要安居乐业，要和平建设，断然不要"民族自杀"的内战。明白地说，我们不是"反内乱"而是"反内战"。（二）有效保障人民自由，立即颁布侵犯人民基本自由犯的惩罚条例，为使此项要求不成空言及民主中国早日实现，我们要求提早组织真能代表人民利益的联合政府。（三）保卫民族工业，改善人民生活，立即取消外国税务局，收回内河航行权，节制非必要入口，保护民族工业，停止一切自杀性的战争消费，中止恶性通货膨胀，严惩贪

污囤积,压平物价。宣言继向中国共产党要求用一切努力争取永久和平的实现。最后要求美国朝野倾听中国人民的声音,修正今日的有害的对华政策,不以军事及财政援助内战的任何一方,庶免于中国问题愈益纷乱,以保持中美人民间最良之友谊。

署名者有茅盾、郑振铎、田汉、许广平、巴金、林汉达、马思聪、史东山、石啸冲、吴晗、司徒慧敏、沈志远、曹靖华、胡风、章乃器、叶圣陶、钱君匋、孙起孟、翦伯赞、顾仲彝、李健吾、熊佛西、林淡秋、柯灵、周信芳、焦菊隐、安娥、金焰、赵丹、叶浅予、张文元、张乐平、张正宇、陈烟桥、叶以群、傅彬然、戈宝权、陈鲤庭、骆宾基等二百六十二人。

(《晋察冀日报》1946年7月15日)

英国的报纸杂志

英国的新闻事业很发达,报纸杂志很多。这里介绍的,只限于重要的与常见的。

在英国报纸中,以保守党及在保守党影响下的报纸的势力最大,因为它们有英国统治阶级的雄厚经济力量做依靠。而英国的大报阀,也大致都与保守党有关联。现将常见各报分别介绍如下:

(一)进步报纸

《工人日报》。伦敦出版,每日发行十一万份,是英共中央机关报,进步工人运动的喉舌。

《雷诺新闻》。合作党的机关报,主张进步。

(二)工党的报纸

《每日先驱报》(或译《每日先锋报》或《每日导报》)。一九一二年创刊，伦敦出版，每日发行二百万份，销路在英国报纸中占第二位，是工党的中央机关报。

（三）保守党及其影响的报纸

《泰晤士报》。一七八五年创刊，伦敦出版，每日发行十八万五千份。名义上不是保守党的报纸，但有浓厚的保守主义色彩，一般拥护任何当权的政府，反映官方的态度。它的言论，对政府的政策有很大的影响。阿斯特为该报的最大股东，是英国最大的报阀。

《每日快报》。一九〇〇年创刊，伦敦出版，每日发行二百五十万份，是世界上销路最大的报纸。该报编排活泼，以新闻照片丰富著称。

《标准晚报》。每日发行四十万份，黄色新闻的色彩浓厚。以上两报属保守党的报阀卑维布鲁克，他曾几度出任丘吉尔内阁的重要部长。

《每日邮报》。一八九六年创刊，伦敦出版，每日发行一百七十七万份。

《伦敦晚报》。每日发行八十万份。

《星期快报》。以上三报，属保守党的报阀罗瑟米尔。几年以前这些报纸的言论，很受德意法西斯欢迎。

《每日电讯报》。一八五五年创刊，伦敦出版，每日发行三十五万四千份，属保守党的倍利系。

《晨报》。一七七二年创刊，伦敦出版，每日发行十三万四千份，右翼保守党的机关报。

《约克郡邮报》。约克城出版，保守党的重要地方报纸。

（四）自由党系统报纸

自由党（自由党包括国民自由党、独立自由党及自由党）系统的报纸，在政治上多少具有一些自由主义色彩。他们的言论立场，要看问题看时间，因之，它有些主张是保守的，有些主张是较开明的。

《新闻纪事报》。一八八四年创刊,伦敦出版,每日发行一百六十万份。该报系以前四个自由党报纸的合并体,属于独立自由党(前此以劳合·乔治为首)。

《曼彻斯特卫报》(亦译《曼彻斯特导报》)。一八二一年创刊,曼彻斯特出版。该报以外交消息详细著称。

《明星报》。晚报,每日发行五十二万份。

(五)杂志

《劳动月刊》。英共中央机关杂志。

《世界新闻与评论周刊》。英共中央机关杂志。

《经济学家周刊》。世界有名的资产阶级经济杂志的权威,在英国的影响极大,国际上重要的经济与政治问题,它都有评论,一贯地为保守的资产阶级说话。每期载有详细的经济统计数字,为世界各处所引用。一九二八年,该刊出售予伦敦之银行与书店辛迪加,前英情报部长布拉肯(丘吉尔之亲信),即该辛迪加董事之一。每期的销数并不多,国内只八千份,国外仅两千份。创刊以来,迄今已逾百年。

《观察家周刊》。在英国影响颇大,保守党的喉舌。

《新政治家与民族周刊》。自由主义的言论立场,政治上倾向工党。

《论坛周刊》。由工党政府现任燃料部长比万所主持,比万一般比较进步。

《新领袖》。独立工党机关报。

《国际时事两月刊》。皇家国际关系研究会刊行,在英国颇受重视。

(《晋察冀日报》1946年7月15日)

俞珊女士领衔组织张家口实验平剧团

现正赶排延安名剧《逼上梁山》

羽山

【新华社本市十五日讯】全国知名的南国社女演员与平剧名票友俞珊女士,自来张后,即积极从事旧剧活动,近又以原新新剧院全体演员为基础组织张家口市实验平剧团。现该团已组织就绪,方针为研究和改造旧剧,并长期做实验性的演出,地址为新张家口剧院,内部组织,由俞珊女士任团长,张仁第、何迟任副团长,下属编导主任与编导小组,及前后台主任等。该团纯为民办性质,现有团员一百零二人,新近从平来张之北平名票友穆菲、鸣春社主角陶鸣芳及留张之富连成、名青衣刘元彤等亦将参加该团工作与演出。连日来实验平剧团已赶排曾经轰动延安的新观点历史剧《逼上梁山》,现新张家口剧院正积极修整,不日即将开幕并公演,实验平剧团的成立,将对今后张市旧剧的研究与改造有莫大贡献。

(《晋察冀日报》1946年7月16日)

渝文教经济界反对蒋介石卖国

要求当局放下屠刀永久停战

【新华社延安十五日电】渝讯:此间"九三学社"顷发表对时局的意见,要求当局为人民着想,立即放下屠刀,实行全面永久停战,并表示誓死反对蒋介石的卖国罪行称:"中国抗日目的为求民族独立与平等。政府近来措施,如允许外国在华驻军权、内河航行权、

公海捕鱼权、放弃关税自主权、坚持国共谈判美国有最后决定权等等，都与民族独立背道而驰，绝非人民所能容忍。本社同人誓死反对。"又重庆中等学校教职员联谊会及重庆大学暑期留校师生近亦相继发表宣言，呼吁和平，要求永远停止内战，把用于战争的人力物力，用于生产建设与文化建设，并要求当局提高教职员待遇。

按："九三学社"，系文教经济界名流褚辅成、许德珩、王卓然等发起组织，成立于今年五四节。

（《晋察冀日报》1946年7月17日）

零 讯

熔

列宁格勒音乐界曾于三月廿二日举行亚历山大·米诺夫的逝世十周年的纪念。

伟大的俄罗斯作曲家曾当圣彼得堡音乐传习所主任整整二十年。在由传习所科学会所举行的群众大会上，苏联科学院记者奥斯梭夫斯基朗诵关于格式在音乐上的成就的论文。

（《晋察冀日报》1946年7月17日，《副刊》第50期）

本 刊 启 事

一、本刊六月份稿费已算竣，请作者携带私章到本社会计科领取，为盼。

二、本刊为适应读者需要，特别欢迎短篇小说、报告、散文及切合当时当地之卫生常识和科学常识等稿件,来稿最好不超出三千字,并用稿纸按格缮写清楚。

副刊编辑科

(《晋察冀日报》1946年7月18日,《副刊》第51期)

蒋家特务又一滔天大罪　名教授闻一多惨遭暗杀

其子闻立鹤同时受狙性命垂危

【新华社延安十七日电】渝讯:全国著名文学家、西南联大教授闻一多氏,前日在昆明惨遭国民党特务暗杀。此事与李公朴氏遇害相隔只有三天。闻氏生平尽瘁救国事业与进步文化事业,致为国民党法西斯派所忌。十五日下午五时三十分,闻氏偕其公子闻立鹤由昆市府甬道十四号民主周刊社外出北向行进之际,突被预伏该处之蒋记特务数人包围,开枪狙击,弹如联珠,闻氏父子当场受伤倒地,血流如注,登时不省人事。行凶特务悠然逸去。闻氏父子后经人送往云南大学医院救治。闻氏因腹部中弹多发,于送医院途中即气绝身死。其子闻立鹤也身中五弹,计胸部左右各一,两脚中弹三发,一脚已断,性命垂危。据悉,闻一多父子与李公朴之相继被刺,系法西斯匪徒大规模恐怖行动的开端。蒋介石特务机关近已拟定一广泛黑名单,将全国著名进步民主人士列入,以期镇压弥漫全国的和平民主运动。渝昆民主人士对此类法西斯恐怖罪行,均不胜愤慨。

闻氏略历

【新华社延安十七日电】闻一多现年四十九岁,湖北人,毕业于清华大学,留学美国芝加哥艺术学院,专攻文学及西洋画,得芝加哥大学文学士学位。回国后历任国立北京艺术专门学校教授兼教务长，武汉大学文学院长，南京中大文学院外文系主任，青岛大学教授兼文学院长，国立政治学校教授，清华大学中国文学系教授，北大、燕大讲师，西南联大文学系教授等职。闻氏为全国著名文学家、中国古代文学权威研究家，生平著作甚丰，对新诗创作尤多，其《死水诗集》传诵全国，并曾将许多中国诗译成英文，将莎士比亚诗篇译成中文，对中外文化交流贡献甚大，许多文学批评家公认闻氏为中国第一个新诗人。抗战期间，闻氏任教西南联大，致力救国运动，在学生中威信极高，为昆明民主运动领导者之一。闻氏对蒋介石的独裁专制深表不满，一九四四年湘桂沦陷后抨击当局粉饰太平，号召青年奋起救国，为此一度被当局下令解聘。抗战结束后，闻氏为中国的独立、和平、民主继续奋斗，奔走呼号，致遭国民党法西斯派毒手。

李公朴遗言

【新华社延安十七日电】莫斯科今日广播、塔斯社上海讯：中国民主界领袖李公朴于七月十三日在昆明被特务刺死，此事在民主同盟方面与上海文化界人士中间引起极大痛恨。上海民主界领导人举行非常会议，在会议上通过决议，要求政府严惩凶手，并保障人民生命安全。据《文汇报》消息，李公朴临死时遗言友好为中国民主化而斗争。《大公报》及其他国民党报纸对李公朴之死，则闭口不言。

（《晋察冀日报》1946年7月19日）

张家口全市十七万人民电唁闻一多教授家属

【新华社本市十七日讯】继李公朴先生被害之后，闻一多教授父子又遭蒋记特务杀害,此项消息传抵此间,各界人士愤慨达于极点,张家口市参议会、市政府及市总工会、农民会、学联会、青联会、教联会、妇联会、回律会代表张市十七万人民,特申吊唁闻一多先生家属,并向蒋介石国民党提出严正的抗议,电文如下:

张家口市政府、参议会电

昆明闻一多先生家属礼鉴:

我们正在悲愤李公朴先生突遭反动派暗杀之际,又复惊悉昆市联大名教授、主持正义主持民主的闻一多先生,亦遭蒋家特务杀害殒命,立鹤公子命在垂危,这是蒋介石及其法西斯党羽有计划、有布置地杀害爱国民主人士的又一滔天罪行。先生为正义、为中国独立和平民主事业而牺牲,虽死犹荣。我全市十七万人民将和全国人民一样,必须警惕并坚决要求制止反动派这一极残忍和阴毒的罪行,决为完成先生等未竟事业奋斗到底,继续为中国和平、民主、独立事业而努力。谨此电唁,并望节哀。

晋察冀边区张家口市参议会、市政府代表全市十七万人民吊

七月十七日

张市各团体电

昆明闻一多教授家属礼鉴:

惊悉闻教授紧继李公朴先生之后牺牲于反动派之毒手,张市人民悲愤莫名!闻教授历年来主持正义,疾恨黑暗,举国敬仰。今为和平民主竟以身殉,全国人民痛悼何如!昆明一连串的血案,说明了法西斯独裁者,在疯狂的内战野心中,杀红了眼,像一条疯狗似的想咬死一切爱国人士。李、闻两先生之死,是蒋介石发动全国大规模恐怖统治的挑战书,它将会更加激起中国人民为求独立、和平、民主而奋起

自救的怒火,让我们在死者鲜血面前,更紧密地团结起来,共同奋斗。肃电致唁,并祈节哀。

张家口市总工会、农民会、学联会、青联会、教联会、妇联会、回建会

七月十七日

(《晋察冀日报》1946年7月19日)

北平文化界名流一四八人联名通电反对内战

并号召全民起来发动反内战运动

【新华社延安十九日电】北平讯:此间张东荪、陈瑾昆等一百四十八人,本月七日联名通电反对内战,要求美国勿助中国纷乱,号召全国人民发动反内战运动。原电如下:

国共商谈这样拖延老百姓实在受不了!大家都知道,中国在八年艰苦抗战之后,无论如何决不堪再开内战!当事的两党屡次声明,都以人民国家为念,目睹当前的经济危机,不愿先启战端,仍在继续和平商谈。现在这样一面商谈,一面却又调兵遣将,最苦的是老百姓。站在老百姓的立场,我们再作痛哭流涕的呼吁:

第一,商谈只许成功不许失败,但是也不能拖下去。第二,我们主张友邦的一切援助限于中国复兴的建设事业,其足以陷中国于纷乱的,务必避免。第三,我们主张军事与政治不可分,军事问题必须以政治方式解决,且须迅速实现民主政治,成立由中央至地方的各党各派与无党无派的联合政府。

除以上所呼吁的三点外,我们更希望全国人民应有广大的反战运动,以人民的力量促进中国的全面的永久和平!

签名者计有张东荪、周鲸文、陈瑾昆、刘清扬、符亭懿、江绍原、光未然、孟拱辰、周叔迦、周荫人、徐寿轩、徐陬航、马彦祥、陈北鸥、艾芜等共一百四十八人。

(《晋察冀日报》1946年7月20日)

边区及张市文化界筹备追悼闻李二氏

边区各团体、张市文协发出沉痛唁电

【又讯】张市文艺界昨闻爱国诗人闻一多先生继李公朴先生被刺身死后三天,亦遭蒋家特务暗杀,十分震惊。本日中华文协张家口分会特电昆明闻一多先生家属吊唁。原电略谓:

闻先生是中国的爱国诗人,他的作品深刻地表现了对封建中国的嫌恶。这些年来,闻先生为了中国的独立和民主,付出了最大的热情,闻先生成了中国进步青年的最尊敬和拥护的人物之一,因此引起了专制魔王的嫉视。闻先生的被杀,是中国法西斯分子向人民的挑战,我们人民将在为和平、民主、独立的斗争中更加团结起来。为人民的事业而牺牲的闻一多先生永垂不朽!

【又讯】李公朴、闻一多两先生被蒋记特务暗杀,此间文化界悲痛之余,拟于日内举行追悼会,以追悼两位民主爱国的战士。

【又讯】边区各团体今日致电闻一多先生家属。原电如下:
新华社转昆明闻一多先生家属礼鉴:

惊悉闻先生被蒋介石特务杀害,公子立鹤亦伤势垂危,我们莫不悲痛至极,愤慨莫名。闻先生为中国之独立、和平、民主事业奋斗不遗余力,为中国新文化建设创著卓著丰功;而闻先生数十年来奔走教育事业,更完成了我中华民族优秀的斗争导师之一的光荣贡献。闻先生为国为民有功，为什么要被暗害?！我们知道，这是蒋介石反动派全国规模屠杀的开始，我们也知道，这不过是他们垂死的挣扎而已。今天，中国是人民的中国，世界是人民的世界，人民将决定一切，人民的力量无穷，任何反动者的挣扎，都不能逃出人民的手掌。李公朴先生被害了，闻一多先生又被害了，我们悲痛接着悲痛，斗争接着斗争，我们一定要继续闻先生的未竟事业，与全国人民一起，誓死要战胜独夫民贼、杀害闻李两先生的刽子手。谨此电唁，并望节哀。

晋察冀边区总工会、农民会、青联会、妇联会、回联会、学联会

七月十九日

(《晋察冀日报》1946年7月20日)

宣化市解放后十个月文教事业突飞猛进

学龄儿童增加一倍　教学管理多有改进

谭天铎

【新华社宣化十七日电】宣化市解放十个月来，文教事业突飞猛进，尤以小学教育方面最为显著。战前宣市完小五处，初小十七处。敌伪统治时期完小减少到四处，初小减到九处。去年九月我军解放宣化后，至十二月底，除四处完小全部恢复外，初小由九处增到十一处，上学人数达二千零四十人，占全部学龄儿童百分之三十三。今年市政府为了进一步开展新民主主义的教育事业，计划全年建设小学三十五处。到目前为止，完小已由四处增至七处，初小增至二十六处，入学儿童达四千三百二十四人，占全部学龄儿童的百分之六十八点三。各校教师大都转变了打骂统治学生的教学方法，对二年级以下的小学生采取了启发式的教育，根据课程用问答法、提示法、直观法进行，增强其思考力与兴趣。如三完小王教员给小学生讲孵小鸡就用

直观法，拿两个鸡蛋，一面讲一面问，吸引了儿童的注意力。三年以上的学生则采取了自学辅导方式，尊重学生自己组织的学生会、儿童团及学生自己订立公约。如一完小学生自订了请假制度、不迟到、学习互助、爱惜公物、保持清洁卫生等。第一、二扶轮各完小学生自己出黑板报、揭示牌，用来进行批评、建议、时事问答，并按小组经常开讨论会、批评会，生活学习都很紧张。在每个纪念节日，他们的小宣传队、霸王鞭队、秧歌队都分赴街头小巷配合活动，颇得群众好评。在社会教育方面，群众经过清算复仇运动，经过减租增资斗争，生活日益改善，文化教育要求普遍提高。去冬冬学即达四十一座，男女学员共七千七百六十一人。课堂都是根据群众需要，有日用杂字、时事、生产知识、珠算等。三个月内取得不少成绩。人民的文娱生活亦倍加活跃，二、三区现有街剧团四个，后府街回民妇女剧团最好，七月节她们演出了话剧《童养媳》。三区剧团也演出了《母老虎》，因为都是本街的真事，群众都很乐意看。黑板报在每个胡同里都可以看见，全市总计有六十余处，由群众自己掌握，自己编写，配合实际工作，又登出了国内外大事。但还有着死板、内容贫乏的缺点，亟须改进。民教馆已成为市民们文化生活中的主要场所，在阅览室里每天阅读报纸书籍者不下一百七十人，星期六和星期日约在四百人左右。游戏室里打乒乓球的、研究旧戏的都挤得满满的。为大家盼望很久的民教馆举办的业余公学也于七月十二日正式开学，有学生一百二十名，分高、初两班，课程暂定国文、数学、政治常识、自然常识，最近并拟设会计班，培养在职的会计人员。新华书店察哈尔支店、文教合作社等销书很多，仅新华书店察哈尔支店到现在发售的书籍有一百八十种，毛主席的《论联合政府》销售达一千三百七十九本，每日《晋察冀日报》发行达一千二百份之多。各工厂工人的文教生活也空前地活跃起来了，大部工厂都有了自己的墙报，自由地发表意见。建国冶炼公司的墙报最好，它已成为工人必读的刊物，因为它不仅反映工人生活，更重要的是能介绍模范工人事迹与批评落后分子，起了很大作用。各工厂工人都自愿地成立了通讯小组，涌现了不少积极的工人通讯员，他们常为《工人报》《晋察冀日报》写稿。工人们对报纸都有很大兴趣，每次重大政治事件他们都开展热烈的小组讨论。

(《晋察冀日报》1946年7月20日)

陕甘宁边区参议会、政府唁电

【新华社延安十九日电】陕甘宁边区参议会及边区政府昨电唁闻一多氏家属，原电如下：

昆明探转闻一多教授诸位家属礼鉴：

惊闻闻一多先生遭特务狙击遇难，公子立鹤性命垂危，噩耗传来，不胜悲愤。国民党内反动派妄图扑灭广大人民的斗争之火，竟不惜明目张胆，枪杀群众领袖，实行暴力血腥统治，此种法西斯罪行，为全世界民主人士和全国人民同声反对。先生的光荣牺牲，将号召全中国人民更坚决地为独立民主和平而斗争，一直走向胜利。谨代表陕甘宁一百五十万人民敬致唁慰之意。

　　陕甘宁边区参议会议长高岗，副议长谢觉哉、安文钦
　　陕甘宁边区政府主席林伯渠，副主席李鼎铭、刘景范
　　　　　　　　　　　　　　　　　　　　七月十八日

(《晋察冀日报》1946年7月21日)

陕甘宁边区文化协会、中国全国文协延安分会唁电

【新华社延安十九日电】陕甘宁边区文化协会及中华全国文协延

安分会,顷电唁闻氏家属,内称:"先生文章事业对中国文化与民主贡献宏伟,抗战以来,领导青年对中华民族的独立和平民主奔走呼号,不屈不挠,终于遭反动派的毒手,先生为正义而牺牲之精神,永垂不朽。"

(《晋察冀日报》1946年7月21日)

留张清华同学唁电

【本市二十日讯】留张清华大学同学今日致电闻一多先生家属吊唁。

昆明闻一多先生家属礼鉴:

惊悉一多先生为国民党法西斯派所暗杀,此地同学莫不悲愤填膺。先生教诲后学,尽瘁进步文化事业,特别是为祖国独立、民主、和平之努力遐迩矜服,不意竟为法西斯分子所忌,狠下此卑鄙残暴之毒手!法西斯派欲以此恐怖罪行镇压全国人民的和平民主运动,进行内战独裁卖国之罪恶勾当,实属徒然。我们誓将继承先生遗志,坚决反对法西斯独夫统治,为祖国的独立民主而奋斗到底。谨此电唁,并祈节哀。

清华大学留张同学姚克广、郝感、雷峻隧、马恩渐、蒋宪端、戴新民、傅英豪、唐旦、郁钟正、胡笃亮、张韵芝、赵继昌、郑继侨

七月二十日

(《晋察冀日报》1946年7月21日)

闻一多氏遗体火葬

【新华社延安十九日电】中央社昆明讯:闻一多氏遗体已于十八

日上午十一时在昆明云大附属医院火葬，参加葬礼者有梅贻琦、查良钊等。

（《晋察冀日报》1946年7月21日）

梁漱溟氏谈话要求取消特务

我们要看看国民党特务能不能把要求民主的人都杀光

【新华社南京二十日电】民主同盟中常委梁漱溟氏顷为李公朴、闻一多暗杀案发表谈话称：在当前政治斗争上，的确他们是被国民党特务杀了的。他说：当李公朴暗杀案发生时，社会上或者还有些人不完全相信他会牺牲。现在闻一多暗杀案继之再发生，恐怕任何人也都可以明白了。李先生是民主同盟中执委，兼民主教育运动委员会副主委。闻先生亦为民主同盟中执委，兼云南支部常委会宣传部主任。两位都是站在民主阵线最前面的。试问这不是政治上的斗争，是什么呢？即使在国民党方面，恐亦无以自解。如若有抵赖推诿，亦适成笑话而已。梁氏继称：在李案发生时，我们曾说过只向社会申诉，不向政府抗议的话。现在闻案继之再发生，我们认为非向政府抗议不可了。我们抗议政府：允许不允许人民在政治轨道内有其政治活动之自由？梁氏愤慨地说，李、闻两先生都是文人学者，手无寸铁，除以言论号召外，无其他行动。假如这样的人都要斩尽杀绝，就请早收起民主宪政的话不要再说，不要再以此欺骗国人！如其还有意实施宪政，那么对于合法的政治活动为何不予保障？假如保障不了，何必高踞政府之位？如其承认还实行宪政，并承认还要负保障之责，那就从眼前的事来负责起。我们要从眼前的事情上来看政府的诚意：一方面要从眼前的事情上看政府负责不负责，另方面还要督促他取消这种特务机关。梁氏谴责说：政府口口声声要各党派参加到政府里来，但同时却拿特务机关监视我们，威胁我们，试问我们怎样能参加呢？至此，梁氏正告国民党当局称：特务机关不取消，民主同盟断不参加政府。会后梁氏表示：我个人本想要退出现实政治，致力文化工作。但是像今天这样，我却无法退出，我不能躲避这颗枪弹。我连喊一百声"取消特务"！我们要看看国民党特务能不能把要求民主的人都杀光，我在这里等待着他。

（《晋察冀日报》1946年7月21日）

沪《文汇报》揭露警政黑幕被罚停刊一周

【中央社沪十七日电】《文汇报》十七日受停刊处分，兹据警察局方面称：《文汇报》平时屡刊攻击治安机关文字，造谣中伤不一而足。前日又登载《一个警察》《一个巡官》来件两则，内多捏造事实，意图离间员警感情，破坏公共秩序。本局便派员索阅原稿，该报馆始终不能指出何人所投，显系假借警察名义捏造新闻，淆惑观听，扰乱时局，治安可虞。为了不容挑拨离间，分散军警力量，致碍治安，本局不得已乃遵奉警备司令部命令，依据出版法，予该报以停业一星期之处分。

（《晋察冀日报》1946年7月21日）

察省及宣市文化界集会　痛斥蒋家杀害闻李二氏

察热文化界致电闻李家属吊唁

【新华社宣化二十日讯】继李公朴先生被害之后，名教授闻一多氏又遭蒋家特务暗杀。此间各界闻讯后莫不愤慨万分，察省及宣市文化界，特于今日下午在民教馆召开座谈会，到会三十六人，一致痛斥蒋介石统治集团的滔天罪行。蓝公武先生热泪满眶，而又激昂地说："闻一多是我的朋友，他的死使我非常悲痛，他的死证明了一切有思想的人，在蒋介石统治区已没有生存的余地了。因此，今天蒋介石统治区的文化界人士只有两条路可走，一条是死路，就是屈服，给蒋介石做奴才。另一条是生路，就是坚持和平民主的目标不怕死，顽强斗争直到胜利。"刘仁术先生继起沉痛发言，他说："蒋介石内战卖国，闻李两先生的死，唤醒了一切'不偏不倚'站在中间的人。今天不是左右问题，是好坏问题，是中国人民生死存亡的问题，是做奴才还是做主人的问题。"闻一多先生的死，将教育与唤醒一切幻想观望的人，起来为中国的独立、和平、民主而奋斗！察省干部职业学校李达先生说："我是五月十日才从北平跑出来的，在北平教书，天天受三青团特务压迫、监视，连做人的权利都没有。"他对闻一多氏之被暗杀愤慨地说："秦始皇焚书坑儒，蒋介石就是第二个秦始皇。但是压力愈大，反抗亦愈大，我们文化界要和全国人民团结起来反对秦始皇第二。"市立第二完小教员郭秀兰女士说："闻李二先生是为争取和平而死的。但民主分子是不怕死的，更是杀不完的，中国老百姓的要求，一定要成功。"接着各代表纷纷发言后，一致通过致电闻一多先生家属慰问，并由刘仁术厅长提议，用座谈会名义发起联合省市各界，联名通电三国外长会议及全国同胞，要求切实保证实行莫斯科外长会议关于中国问题的决议，实现停战、政协、整军三大协定，严惩杀人凶犯，严惩祸首，保障人权。大会并决定在宣化市内广泛宣传蒋家特务罪行，动员市民一致起来粉碎蒋介石统治集团的血腥暴行。（王遵良、李玉峰）

【新华社承德十七日电】热河暨本市文化新闻界顷致电李公朴家

属吊唁，并要求国民党政府解散特务组织，严惩凶手，并抚恤李氏家属。

(《晋察冀日报》1946年7月21日)

纪念聂耳逝世十一周年　本市音乐界举行座谈会

边军

本月十七日是中国伟大的人民音乐家、新音乐运动的开路先锋聂耳同志逝世第十一周年纪念日，张家口文协分会与晋察冀音乐社特发起组织座谈会，以资纪念。因十七日晚由联大文工团音乐队在电台广播关于聂耳同志生平的历史，介绍并演唱遗作多首，故纪念会改于十八日晚，假文艺学院举行，到本市音乐工作者及联大音乐系同学三十余人。首由周巍峙同志介绍聂耳同志生平，谈到他虽在生活的逼迫下及统治者摧残下，绝不屈服，创作了几十首反映当时中国广大人民要求的救亡歌曲，特别是许多工人歌曲，充分说明聂耳同志的艺术生活，一开始就在思想情感上和劳动人民结合在一起。因此他的歌曲立刻为中国广大人民所欢迎，对当时救亡运动的开展帮助颇大。可惜聂耳同志在二十三岁时就死于日本，这是中国人民的重大损失。他号召音乐工作者要学习他在人民解放事业中高度的工作热情与严肃的创作态度，学习他如何在歌曲中表现劳动人民的思想感情。在当前全民族性的爱国主义的斗争中，进一步开展歌咏运动。继由李焕之同志发言，他说在抗战前初次接触到聂耳作品，首先就在情感上发生共鸣，后来逐渐认识到聂耳同志的创作，不但有健壮的情绪，而且有很好的技巧。他能接受西洋的东西，加以中国化，和语言密切结合。甚至一些强调西洋技巧、表现个人情感的音乐家们，后来也不能不承认聂耳同志的作品，对中国解放事业的伟大贡献。他希望大家以后多多研究聂耳作品，以丰富我们的创作能力。李元庆同志指出聂耳同志的作品为何这样流行，就因为他能代表广大人民的要求，并谈到他的学习态度严肃刻苦，待人接物和蔼可亲，和其他艺术工作者也很接近。刘沛同志补充说，聂耳作品是与话剧电影密切结合着的，这是开展歌咏工作最有力的用具，聂耳同志的做法是为新音乐运动开辟了宽阔的道路。以后很多人都发言，特别来张不久的平津同学感到从聂耳同志生平创作及工作态度上学得很多东西，愿意在这次下乡工作中多向群众学习，改造自己，为进一步开展解放区新音乐运动努力。最后并座谈音乐工作者如何下乡，如何与群众结合。

（《晋察冀日报》1946年7月21日）

实验平剧团赶排《逼上梁山》

羽山

【本市讯】张市实验平剧团正加紧排练《逼上梁山》，现新新剧院的演员每日唱完晚场戏后，继续排至深夜，团长俞珊女士亦常到场指导。北平名票友穆菲、鸣春社名角陶鸣芳已加入平剧团，并在《逼上梁山》中担任重要角色。据该团负责人谈，平剧团至迟将在二十四日上演《逼上梁山》，地点为新张家口剧院，第一日演出将举行成立开幕典礼，招待各界。二十五日正式售票，届时当有一番盛况。

（《晋察冀日报》1946年7月21日）

联大美术系欢送同学下乡

卫北

【本市讯】华北联大文艺学院美术系全体教员,于十九日晚召开联欢晚会欢送同学下乡,会上副院长及系主任给下乡同志许多鼓励。嘱咐同学们要在工作中多研究实际问题,争取工作模范,积极工作,虚心学习,要走群众路线,向群众学习,向地方干部学习,不要死背教条,要把理论与工作很好地结合起来。

(《晋察冀日报》1946 年 7 月 21 日)

文 艺 零 讯

光

一、奥大利 Wontoon 夫人,来华五六年,在重庆内地会工作。近将艾青、力扬、何其芳、臧克家、庄涌、鲁藜、徐迟等人的诗十余首译成德文,夫人已于六月间由渝赴沪,不日返欧,亲携译稿,回国后,即行出版。此将为第一个德文本的中国新诗。

二、名画家司徒乔和他的夫人冯伊湄在灾区旅行了四个月,穿过五个受灾严重的省份,他自己说:"寸寸山河,寸寸血泪!"他削竹为笔,蘸水墨画在宣纸上,用最简的工具绘出灾情实况,共绘成八十余幅,七月间在上海展览。据说不久或将去美国作救灾宣传。

(《晋察冀日报》1946 年 7 月 21 日,《副刊》第 54 期)

留延燕大学生致电司徒雷登

吁请转陈美政府停止援蒋内战

【新华社延安二十日电】在延前燕京大学学生陆振南、王龙宝、林德常、张宗娴、钱淑诚等，以师生之谊，顷致电美驻华大使司徒雷登氏，请其转陈美国政府，撤回军事援华法案，停止援蒋扩大中国内战政策。

(《晋察冀日报》1946年7月22日)

边区群众剧社深入工业区演出
文艺学院同学准备下乡

【新华社宣化二十一日讯】边区群众剧社应工人的要求，并为开展张家口、宣化、下花园各大工厂的文化娱乐生活，进行反内战宣传，自本月五日起即先后与下花园发电厂、宝兴煤矿，宣化之龙烟铁矿、冶炼公司、新华铁工厂等六处，进行轮回演出共达十三次之多，颇得工人同志的欢迎和赞扬。宝兴煤矿工人家属一老太太说："八路军共产党处处照管咱们受苦人，连演戏也是叫人们学好。"有的工人说："看这戏不光是高兴，还能学习好多东西呢。"在工人同志热情欢迎鼓舞下，剧社同志亦倍加努力。在宝兴煤矿演出时，天下着雨工人不散，演员也不停演，有时一天演两场。演出节目计有《二乾鬼回头》《保卫和平秧歌舞》《侦察》等六剧，其中特别受欢迎的是《二乾鬼回头》《保卫和平秧歌舞》两剧。闻该社此次在各工厂矿山的轮回演出将于本月二十日结束，不日将赴农村，配合发动群众工作云。

（林明）

【本市讯】联大文艺学院戏剧系全体同学在积极学习的民主检定终了后，现在与音乐系美术系一部同学正在进行下乡实习工作的准备。其中一部同学，每日奔走街头，在购买一些舞台演出的需用品，而在最近几日内就要着手排戏，并定于本月末出发，巡回出演于平绥铁路西线各县城村。（丁番）

（《晋察冀日报》1946年7月22日）

察省召开通讯会议

决普遍发展通讯网加强报道　《新察哈尔报》指导重点在农村

辉

【新华社宣化二十日讯】中共察哈尔省委宣传部召集之全省通讯工作会议，开始于本月十日，历时一周，已于本月十七日结束。

全省通讯员已二千余名，县级干部写稿渐踊跃

此次会议首先检讨与总结了反攻以来的察省新闻工作。关于通讯工作方面，反攻以来十一个月当中，基本上贯彻了为工农兵服务、为政治斗争服务的方针，组织上得到大量发展，分社支社机构已较健全，各县通讯干事已大部配备，全省已有通讯员二〇六二名，骨干通讯员二三二名。九、十、十一三个月中来稿仅九七九件，至二、三、四、五、六五个月中，已达三八四七件，许多县级干部（如易县、涿县、徐水、怀来、昌平、龙关、宣化、万全、天镇、阳原、化德、张北、康保等）写稿亦渐踊跃。工作缺点则表现在某些负责干部对报纸还不够关心与重视，新闻干部本身为群众服务、为通讯员服务的方针还执行得不彻底，深入群众、深入实际的精神不够，培养工农通讯

员的工作没有引起普遍注意。而报道上，由于以上缺点及与领导结合差，致报道显得零碎无系统、无计划，许多稿件内容比较空洞，指导性不大。

《新察哈尔报》销行近万份，群众欢迎

关于《新察哈尔报》自创刊以来已出版七十三期，销行近万份，在反映群众生活、指导群众斗争上起了一定作用，深得中小城镇与农村区村干部、群众之欢迎。许多村庄因此曾把工作推动起来，如天镇东沙河村发动群众工作，在报上发表后，曾推动附近十余村的工作开展起来。缺点则在于报纸与群众、与实际工作结合不够密切，内容与形式不够群众化、通俗化，没有充分发挥报纸应有的作用。

根据为群众服务的方针及以上工作情况，经大家热烈讨论后，省委宣传部在结论中关于今后工作，明确提出贯彻"全党办报""群众办报"的方针，教育全党并动员群众关心与爱护报纸，大家动手办好报纸。在新闻干部方面，则强调面向群众、面向农村，与实际工作、与群众密切结合，切实贯彻为群众服务、为报纸服务、为通讯员服务的方针。关于《新察哈尔报》则重新明确指出，其性质为省委直接领导的群众报；其任务为在总的政治任务之下，反映群众实际生活，指导群众斗争，提高群众阶级觉悟与政治文化水平；其对象为村区干部及广大群众，指导重点放在农村，放在新解放区；内容形式则要求通俗化，为群众所看懂与听懂。

今后更多培养工农通讯员，培养骨干

关于通讯工作方面，提出开展群众性通讯运动，强调思想领导与组织领导结合，确定各级通讯社之机构与任务，普遍大胆放手发展通讯网，培养骨干，培养工农通讯员，加强农村报道，开展城市报道工作；要求报道与实际、与群众、与领导密切配合，走群众路线，加强

报道工作的计划性、系统性与典型性，真正使报道发挥反映群众生活、指导实际工作的作用。

最后省委毛铎同志号召全体新闻工作干部提高自己，加强工作，加强政策学习与时事学习，加强向实际向群众学习；要求党的新闻工作者有明确的阶级立场，依靠群众，加强工作责任心，兢兢业业，小心谨慎完成自己重大艰苦的工作任务。

（《晋察冀日报》1946年7月22日）

杨成文的歌

周巍峙

热河围场二区大西沟十家村有个唱影戏的老人，名叫杨成文，今年五十六岁，从十七岁起就开始捏着嗓子唱一些古旧的故事，直到如今。孙殿英在的时候，伪满洲在的时候，他年年累，月月穷，一家五口人，找不到一半儿吃粮，每年都要拉饥荒，原有的四十亩山坡地就不顶用，但就连这也出了文书倒给别人了。解放后由于民主政府的帮助，不久以前山坡地才收回来。他没有想过死，就在他熬瞎了左眼的时候，他仍然在盼好日子。是的，好日子来了，正如在他的《八路军大免十条》歌里所说的："日本亡，满洲破，中国恢复，八路军进承德，大免十条，第一条大烟分厘不要，第二条苛杂捐不要丝毫，第三条街村费一笔打倒，贫苦人大翻身渐渐长高，从今后良善人有路有道，该坏种无回路大把殃遭，从今后中华国政治上道。"

他不认字，心里想了歌词自己就记下。在以往受气的三十七年中，他没有唱过旧中国，他更没有编过鬼满洲，只是到去年秋天以后他编新歌了。为什么要编新歌，他说："我多时都忘不了八路军，我叫我的儿子孙子也忘不了八路军。"他和他的大儿子一同唱着："八路军进满洲杀败日本，拨云雾见青天黑白分明，减租粮得胜利有吃用，八路军是穷人救命神灵。"在各村里穷人们都在叙述八路军的故事，他们常常用"神灵"来象征他们心爱的八路军。

今春杨成文参加了群众运动，他积极负责地帮助傍青户算账，现在他被众人选为村长了。听吧，每逢开会这位村长就唱他编的歌子："到穷了无生路佣工诉苦，再不然托保人去傍青，他自想去傍青是个好，再不想比扛活苦上三层，每顷地要马料三斗五斗，每顷地还要你多少官工，每顷地还要官柴官水，有一时做不对砍你头青，吃吃米到秋天一米三倍，吃杂粮七分利还算看情，到秋天剩粮食难剩一粒，又无吃又无穿无法过冬。"人们听了谁都说杨村长的歌句句道出每个人心里的话。

但流血流泪的日子过去了，贫苦的农民立了会，大家翻了身，杨成文在农会里高歌起来：

"减租得胜利，贫人有吃穿，贫人有吃的，好好种庄田，国正天下顺，官清民自安。"有时他歌唱《主席毛泽东》，他歌唱《领袖却三军》，他歌唱《铁桶江山》的新热河。杨成文憎恨挑动内战的国民党军，今天他正在到处唱着《四方灭贼人》。

(《晋察冀日报》1946年7月22日，《副刊》第55期)

京民主人士要求政协代表赴昆彻查李闻两案

蒋方派复兴特务头子唐纵去调查等于以强盗捉强盗

【新华社延安二十一日电】南京讯：此间民主人士对闻一多、李公朴两氏惨遭国民党特务暗杀均表愤慨，并要求由政协会各党派及无党派代表中组织一调查团，前赴昆明彻查全案真相，严惩凶手。对国民党当局于十七日派遣警察总署署长唐纵赴昆调查两案一事，一般人士认为暗杀闻李两氏者为国民党特务，而唐纵又为臭名昭著的国民党复兴特务头子，已故戴笠手下的大红人，今派唐调查两案，死者冤屈永无昭雪。

(《晋察冀日报》1946年7月23日)

致全国同胞电

新华社转全国各界同胞及民主人士公鉴：

本月二十二日，晋察冀边区暨张市各界举行时事座谈，到会同人咸认目前时局万分严重，国民党反动派一面大打，一面大杀，企图扩大内战。同人等一致认为中共中央为"七七"九周年纪念所发表之宣言实为代表广大人民共同意志，为挽救我国之独立和平与民主所必需。四项紧急呼吁尤为最切要之主张，同人等誓愿拥护为其实现而努力。至国民党反动派蓄意扩大国内战争，肆行杀害民主人士，贾国人之怨毒，作垂死之挣扎，回光返照，心劳日拙，行见鱼腐内溃，终必玩火自焚。我全国同胞必须紧密团结动员起来，应以各种可能方法扑灭内战火焰，借以争取和平民主独立，并抗议国民党反动分子之种种倒行逆施，要求国民党政府限期逮捕凶手，公葬被害烈士，对被害家属给予抚恤，更应令行各地政府军队与警察官吏，负责保护各党派与各党派民主人士之安危。同人等誓愿尽一切力量为全国民主运动之后盾，期于消灭法西斯恐怖。抱诚电陈，诸维亮言。

晋察冀边区暨张家口市各界于力、于德海、王承周、王九荃、王子野、王辉、王荣仁、田受、平静民、成仿吾、朱晟、艾毅根、安宅仁、何乃发、何大妈、沈鸿、李连升、李希庚、李新波、李秋圃、李复生、宋子纯、吴之聘、沙可夫、林子明、林华、孟鉴泉、周其、周明、洪子良、屈伯传、马天绶、胡开明、胡东樵、南宪周、勇夫、姜杰、徐韫辉、孙华堂、张良、张海、张善臣、张通、张孟旭、阎一清、阎力宣、陈颖、陈福来、崔觉初、许炳炎、富凯平、杨春圃、靳文华、刘秀峰、刘世杰、刘奠基、刘皑风、刘璞、邓拓、樊廷荫、黎亮、冀耀庭、萧清海、萧万明、萧英、丛维之、关西村、魏伯、权哲民。

七月二十二日

致闻一多、李公朴家属唁电

昆明探转闻李两先生家属礼席：

惊悉两先生猝遭狙击，莫名悲愤！鬼蜮横行，殒我忠贞！此等暴力血腥统治，此种法西斯滔天罪行，海内与嗟，国人共怒！同人等誓将追随两先生芳□，为争取和平、民主、独立而奋斗到底，期借民主之怒潮，灭内战之积火。谨电奉唁，惟愿善继先志，节哀自玉！（衔名同前）

（《晋察冀日报》1946年7月23日）

文艺月刊《长城》出版

【本市讯】中华全国文艺协会张家口分会主编之《长城》文艺月刊，业已出版。本期创刊号约十万字，内有周扬之《论赵树理的创作》，艾青之《释新民主主义的文学》，丁玲之《海燕行》，古元之木刻，刘白羽之通讯等。在该刊《编后记》中曾提到该刊取名《长城》，是中国人民在和平、民主、独立的目标上团结起来，保护革命的胜利的意思。"这期发表熟人的作品比较多"，但该刊"希望以后尽可能多发表新人的作品"。该刊二期正在集稿。

(《晋察冀日报》1946 年 7 月 24 日)

聂耳逝世十一周年延音乐界集会纪念

【新华社延安二十一日电】前日中央办公厅集会纪念聂耳逝世十一周年，及举行延安中央管弦乐团的成立典礼，到文化音乐界八十余人。朱总司令致词称："音乐要表达社会的现实，我们的音乐工作者应贯彻群众路线，把我们的歌声能够为广大人民所赏识。"徐老号召大家学习"聂耳综合群众之歌，提高一步"的精神。会后由乐团演唱聂耳遗作《大路歌》《码头工人》《铁蹄下的歌女》及《义勇军进行曲》等八首。该乐团由邓洁、李伯钊、刘仰侨任行政委员会正、副主任，贺绿汀、张贞黻、金紫光为正、副团长，设弦乐、管乐、合唱三队。是日《解放日报》并出纪念特刊，介绍聂耳遗作及其生平事迹等。

(《晋察冀日报》1946 年 7 月 24 日)

边区暨张市各界反内战、反特务、
追悼李闻诸烈士大会筹委会启事

兹订于本月二十九日上午九时假人民剧院召开边区暨张市各界反内战、反特务、追悼李闻诸烈士大会，同时并举行公祭。希各机关、团体、工厂、学校届时派代表参加。如有挽联花圈等件，务祈于二十八日送到人民剧院。

(《晋察冀日报》1946 年 7 月 25 日)

解放区四学者周扬等赴美讲学

已抵京候领护照

【本报南京十三日专电】（迟到）解放区文艺、化工学者周扬、欧阳山尊、李苏、聂春荣四氏，应美国务院之邀，赴美讲学、考察，为期一年，现正候发护照，准备出国。他们已于今晨抵南京。

(《晋察冀日报》1946年7月25日)

沪文化界名流饯别费正清博士

【新华社延安二十三日电】沪讯：本月六日沪文化界名流在红绵酒家，饯别美国务院文化代表费正清博士。郭沫若氏首致欢送词谓："今后中美两国的人民必能好好团结，但此种团结只有在中国更趋自由和进步的条件之下才能巩固。"费正清博士致答称："我们正面着战争与残杀的危机，今日吾人之政府犯了许多错误，舆论受到许多蒙蔽，我的任务在使美国了解中国人民的意见。"在费慰梅女士、罗辛格及沈钧儒、陶行知、许广平等人发言之后，美国柯强先生说："以我在中国数月来的亲见亲闻，相信今日中国从事于民主运动者，都是代表中国人民的意见，我们必须唤起美国舆论，声援中国反独裁运动。"会议经四小时宾主尽欢而散。

(《晋察冀日报》1946年7月25日)

上海中外文化界人士发起羊枣纪念基金

【新华社延安二十二日电】沪讯：为纪念惨遭国民党当局迫害冤

死狱中的羊枣（杨潮）先生，此间文化界人士柳亚子、郭沫若、金仲华、夏衍及美国务院文化代表费正清等特发起筹备"杨潮先生纪念基金"，作安葬杨氏、赡养家属及"新闻自由基金"之用。据悉"新闻自由基金"，系杨氏之妹杨刚女士及美新闻界著名人士华慈兰德等所发起，拟筹一较大数目之基金，每年以三百至五百美元奖金给予中国新闻界有特殊贡献之编辑或记者。

（《晋察冀日报》1946年7月25日）

边区暨张市各界筹开反内战、反特务大会追悼李闻诸烈士

【本市二十四日讯】本日下午六时，张市各界代表假张市文协集会，商讨筹备晋察冀边区暨张市各界反内战、反特务、追悼李闻诸烈士大会。当即推出沙可夫、林子明等同志负责筹备，并决定本月二十九日假人民剧院举行追悼大会，举行公祭。

（《晋察冀日报》1946年7月25日）

民盟负责人之一陶行知病逝

【新华社南京二十五日下午急电】民主同盟负责人之一、名教育家陶行知先生，于今日中午因脑出血症在沪逝世。

（《晋察冀日报》1946年7月26日）

李闻被刺案民盟发表宣言

决不怕暗杀而退却

【新华社延安二十四日电】据上海外国通讯社报道：中国民主同盟顷为李公朴、闻一多两中委被刺一事，发表宣言，特别表示民主同盟是不会因暗杀的恐怖而退却，绝不会害怕这种野蛮的行为，且将以更大的勇气向前迈进。宣言并向全国及全世界人民呼吁，支持正义及和平的事业。

(《晋察冀日报》1946年7月26日)

闻一多先生二子控诉杀父凶手

【新华社延安二十四日电】渝讯：此间《民主报》《新华日报》《时事新报》等九家报纸，十八日同时发表闻一多氏之次子闻立雕、三子闻立鹏二人所作《七一五杀死了我的爸爸》一文，中称："我们要向社会人士和全世界人士控诉，请主持正义，要求政府立即控拿凶手和幕后主持者。"闻氏长子立鹤与父同时遇刺，身中五弹，现在昆明医治，闻已脱离危险。立雕、立鹏均在渝某中学肄业，立鹏年才十三岁，他流着泪告记者说："爸爸反正是死了，不过这种手段是多么无耻卑鄙！爸爸是为民主而死的。"又说："爸爸原定十三日来渝，候机飞平，因重庆天热，没有飞机，所以去信，说不必早来，等二十日再来，可是十五日就死了。"闻氏在昆尚有二女及其夫人。

(《晋察冀日报》1946年7月26日)

沪文化界名流联衔致电美哥伦比亚历史学院

要求派员调查闻李被刺案

【新华社延安二十四日电】据外国通讯社报道，中国文化界著名代表郭沫若、陶行知、马叙伦、茅盾、田汉、郑振铎等三十余人，顷致电哥伦比亚历史学院，要求他们派遣代表，调查中国民主运动著名领袖李公朴、闻一多二氏惨遭国民党特务暗杀的事件，该电称：李闻二氏之被刺，证明中国反动派野蛮罪行的加剧。电中列举李闻二氏在抗日战争时期的功勋，并指出中国文化界许多代表们的生命正处在危险的情况下，因为反动派仍在坚持他们的独裁统治。

(《晋察冀日报》1946 年 7 月 26 日)

全国文艺协会电唁

【新华社延安二十四日电】沪讯：全国文艺协会顷致电闻一多氏家属吊唁，并汇去殡礼四十万元，同时决定日内召开全体会员大会，抗议国民党特务暴行。上海清华校友亦将举行追悼大会，向当局提出严重抗议，要求惩办凶手。

(《晋察冀日报》1946 年 7 月 26 日)

燕大学生会唁电

【新华社延安二十四日电】北平讯：此间燕大学生自治会，顷致电李公朴、闻一多二氏家属吊唁，并表示决继续他们的精神而奋斗到底。

(《晋察冀日报》1946年7月26日)

冀晋区成立宣教联席会

决继续开展编写创作运动，建立业余公学及商、农、医等职业学校

【新华社阜平讯】为了推动整个冀晋区文教工作，冀晋宣教联席会已正式成立，并于本月十号在冀晋行政公署召开首次会议，决定：

一、继续开展编写创作运动。我区自去冬开展编写创作运动以来，已有不少收获，但由于领导松懈，成绩还不够大，故根据文教大会决议确定今后继续开展这一运动，编写大批乡艺作品、群众读物及各种课本，并把过去已收到的作品迅速加以评定。为了加强这一工作的领导，决定成立编审委员会，除各单位宣教部门首长参加外，并设脱离生产的干部二人，专负编审责任，原有之评定委员会并入编审委员会。

二、扩大教育通讯篇幅，增加内容，改为综合性的指导刊物，并争取每月出刊一期，对象为小学教员及区级干部。

三、建立业余公学。为了加强干部教育，提高在职干部政治文化水平，决定冀晋成立业余公学一处，相当高小程度，各单位文化低的干部及勤务人员均可应试入学，由教育厅胡厅长任校长，具体计划由教育厅拟订，一俟筹措就绪即行开课。

四、建立商、农、医等职业学校，由教育厅着手计划进行。

五、准备布置冬运。为了及早布置本年冬运，并提出具体扫除文

盲计划，决定作扫盲典型调查，除各县要依行署布置按时完成外，教育厅青联亦组织一定力量进行这一工作。

(《晋察冀日报》1946 年 7 月 26 日)

实验平剧团成立　《逼上梁山》博得好评

【本市二十五日讯】新张家口实验平剧团经二十多天的筹备，业已就绪，昨日召开成立大会。本日下午六时在新张家口剧院举行开幕式，到本市各界人士千余人，剧院里挂满贺幛贺幜。边参会于副议长在开幕式上致辞，勉励该剧团为平剧开辟新的道路，服务人民。边委会王院长勉励该剧团加强团结，努力创作。该剧团团长俞珊女士答辞中，表示全体团员愿在各界帮助下，以平剧演出参加新张家口建设工作。会后，演出延安名平剧《逼上梁山》，极博各界好评。闻明日开始正式售票公演。

(《晋察冀日报》1946 年 7 月 26 日)

延安新华广播电台征求听众意见

【新华社延安二十一日电】延安新华广播电台，为总结一年来的工作，并改进业务起见，顷发表公开信，广泛征求全国及南洋各地听众之意见。信中略称：在目前播送的新闻评论、通讯、时事讲话、解放区介绍、故事、歌谣中，有哪些是你喜欢听的？哪些不喜欢听？你还希望增加些什么项目？各报馆及各通讯社对于记录新闻有何意见？你们那里收听的情况怎样？播音时间是否恰当？对播音技术有何意见？如何改进？均请提出具体意见。解放区听众之意见，可径寄各该地或附近地区的新华分社，电转总社。国民党统治区及南洋听众之意见，可寄重庆新华日报馆，或南京新华分社转交，或径寄延安新华广播电台。

按：该台于去年九月五日成立，呼号为 XNCR，播音时间每日十一点三十分至十三点，十九点至二十点三十分。波长四二·五公尺，七○四八千周；三一·一七公尺，九六二五千周；二三一公尺，一三○○千周。

张家口新华广播电台征求意见启事

张市解放快将一周年了，张家口新华广播电台建立亦将近一年。一年来，本台热诚为中国的和平、民主、独立事业奋斗，深蒙各界人士爱护，至为欣幸。现在本台为了改进工作，特向各界听众征求意见，举凡节目多少、内容、时间排列、播音技术等各方面，均请提出批评。在解放区者，请交各地新华分社，东北解放区请交新华分社转齐齐哈尔新华广播电台，以便直接与本台联络。在国民党地区者，请交重庆新华日报社，或南京新华分社。华南、南洋及国外各地，均请寄交南京新华分社。平津等地请直接寄来。

各地各界听众，国内外热爱本台的先生们，如蒙赐教，无任感谢。

七月二十七日

（《晋察冀日报》1946 年 7 月 27 日）

陶行知先生略历

【新华社延安二十六日电】陶行知原名知行，安徽歙县（徽州）人，享年五十四。毕生致力于人民大众教育事业，为生活教育学说的创造人，先后手创晓庄师范、山海工学团、育才学校及社会大学，并毕生致力于中国独立民主运动，为中国人民救国会的著名领袖，中国民主同盟中央常委兼民主教育委员会主任委员，上海人民团体联合会常务理事。早年留美，为哥伦比亚大学教育硕士，返国后任国立东南大学教育科主任，南京安徽公学校长。一九二四年参加中华平民教育改进社，在南京燕子矶创办晓庄师范学校，提倡生活教育，旋遭国民党当局封闭。嗣后创办生活教育社，出版《生活教育》杂志，并在沪创办工学团，提倡小先生制，教学做合一，即知即传人之主张，以此为普及大众教育之方法。一九三五年创办国难教育社，发表国难教育方案，并为全国各界抗日救国会的发起人及领导人之一。曾于一九三六年与沈钧儒、邹韬奋、章乃器联名发表著名的关于团结御侮的几个基本条件与最低要求。七君子事件时，陶氏适在美国讲学，并参加华侨反日运动，曾遭国民党当局通缉。一九三九年回国，被聘为第一、二届参政员。自第三届起即被撤销。抗战期间在渝创办育才学校，今年二月又创办社会大学，自任校长，陶氏到沪后即成为上海民主运动领导人之一。最近对国民党当局镇压和平民主运动，一手制造下关惨案，在美国当局鼓励下进行内战，痛予驳斥。今年七月二十五日患脑出血在沪逝世。

（《晋察冀日报》1946 年 7 月 27 日）

河间、新保安、阳高各界纷纷抗议李闻被刺 宣化掀起签名运动

【本报讯】自李公朴、闻一多两民主战士三天之内先后在昆明被特务分子暗杀的消息传到河间、宣化、新保安、阳高等地后,当地各界除深致哀悼外,并掀起了反特务的巨流,一致支持南京中央代表团对此事所作之抗议与要求。七月二十七日河间《冀中导报》以第二版全页刊登关于闻一多教授被刺的追悼文字,冀中新华分社、冀中导报、前线报社、平原杂志社、教兴学社、平原文艺编委会、火线剧社、抗战八年写作运动编委会等八团体联合发表抗议宣言。冀中第九专区的文化教育界亦在座谈会中一致谴责蒋介石,认为"蒋介石今天的统治已较秦始皇焚书坑儒为尤甚"。在宣化则以掀起了三万一千人的签名运动抗议这一罪行。

当时市民互相劝告:"这是取消特务、要求和平的事,你赞成你就签一个名!"市场买卖东西与听大鼓的说书的人、戏院里看戏的人,听到要反对特务、要求和平,都暂停其他活动纷纷签名!一个刚从北平回来的店员说:"我亲眼看到国民党闹得太不像玩意,我得签名。"挑担小贩路过市场也把担子放下赶去签名,许多人在自己名字下面还写明了个人对时局的意见。外新华工厂工人张维品说:"我要用黑墨签名,一是表示我哀悼死了的好人,二是说明我心里很沉重,担心眼下国内时局的严重,三是表示决心反特务、反内战!"签名运动,截至二十七日下午,不及一天半中,签名者已达四百六十四家商号,市民三万一千九百一十五名。三百多户的炸子市街,签名者即达一千零三十名,宣化名教育家程熙哉老先生、民主街十一岁儿童康玉林都签了名。

(《晋察冀日报》1946年7月29日)

阳高召开首次文教大会

赵务本

【阳高讯】七月二十五日,阳高文教大会开幕,到会文教工作者有各级教师、各区教助和青联主任共三百余人。会议内容主要是贯彻冀晋文教大会精神,更具体地在阳高贯彻民办公助的教育方针和发展"穷人乐"的乡村文艺方向。在这新解放区阳高首次文教大会上,文教工作者热烈交流经验,改造工作。

(《晋察冀日报》1946年7月29日)

张市人民的喉舌《张垣晚报》即将出版 全市决加强通讯工作

罗伟

【本市二十五日讯】市委为适应张市十七万人民文化政治生活之需要,决定出版《张垣晚报》。该报之性质不仅为市委机关报,且为带有浓厚地方性、社会性之新闻报。其办报方针:以贯彻"全党办报""全市办报"为总方向,以交换工作经验、反映情况、指导工作为目的。其对象为一般市民、店员、公务人员、工人、农民、士兵、学生及街以上之干部。其内容包括国内外新闻、地方新闻、社会新闻、经济新闻等,副刊版包括各种文艺形式稿件,社会服务版解答各界人士各方面之一切疑难,并廉价招登广告。此报将于最近期间与读者晤面,预计此报出版后,对张市和平民主生活将大为增色。

【又讯】张市中共市委宣传部于本月二十四日召开通讯会议,对贯彻全党办报方针、加强张市通讯工作讨论了具体办法，决定建立通讯网，加强培养通讯员，并号召各负责干部具体领导与帮助通讯工作。

（《晋察冀日报》1946年7月29日）

边区张垣各界悲愤集会　痛悼李闻陶诸烈士

反对内战！反对特务！

【新华社本市二十九日讯】晋察冀边区暨张市各界，今日上午假人民剧院举行反内战、反特务，追悼李、闻、陶诸烈士大会。九时许，戴白花挂黑纱的各界代表含愤步入会场，人们记得很清楚，从春天到夏天，仅仅几个月时间，在这儿就举行过三次沉痛的追悼会，李兆麟将军、"四八"殉难烈士和此次追悼的三位烈士。他们都为着祖国的和平、民主，而遇难了。

十时，在哀乐声中，挽歌随之而起，代表着边区四千万人民的各界代表静默致哀。哀乐声中，主祭人成仿吾，陪祭人于力、马辉之、刘皑风、萧三上台致祭，林子明恭读祭文。首由成仿吾同志致词，他代表晋察冀边区参议会和边区四千万人民，向牺牲了的民主领袖们致沉痛的吊唁，同时他代表中共晋察冀中央局和边区数十万共产党员向中国民主运动伟大的殉难者们致战友的哀悼。他指出这几位民主领袖的牺牲，不单是民主同盟的巨大损失，而且是全国人民的重大损失。他盛赞陶李二先生二十年来为抗日与民主的斗争以及他们在教育民主化方面的巨大贡献，对于闻一多教授在中国新文艺上的成就，特别闻先生多年来为民主的斗争，表示热诚的钦佩。他说：李闻二先生固然是被法西斯特务卑鄙地暗杀的，就是陶先生也是被国民党反动派逼迫而死的。他在痛斥国民党反动派特务罪行和揭露反动派扩大内战与维持独裁的阴谋之后，号召边区各界给敢于进攻边区的敌人以严重的回击，加紧民主建设，巩固与壮大民主力量并加强全国的民主团结，援助全国各地的民主斗争与民主人士，用实际工作来纪念牺牲了的民主领袖们，完成他们的伟大事业。

宋劭文主任以沉重的语气读着他的讲演词，他说：诸先生死于争独立、争和平、争民主，追悼诸先生不是单纯地流几点同情泪，而是爆发着内心中无止境的怒恨，与誓死争取实现独立、和平、民主新中国的决心。为此，他谨向边区人民号召：

（一）加紧生产，发展民族工业，抵制外货，使用国货，予国民党反动派的卖国政策以有效的打击。

（二）实行孙中山先生的"耕者有其田"政策，使边区广大农民从封建制度之下得到彻底的解放，巩固边区民主政治，肃清混进边区的国民党特务分子。

（三）广泛武装群众，地方机关团体，应坚持抗战中艰苦奋斗、廉洁奉公的优良作风，节衣缩食，爱护军队，深入群众，国民党反动分子从哪里进攻就把它消灭在哪里。

（四）实行并发扬陶行知先生的"教学做合一""学以致用"的新教育学说，培养成千成万的干部，进一步建设边区。他并着重号召边区人民用我们的实际行动制止内战，清洗法西斯特务分子，粉碎国民党反动派的卖国政策。

边区总工会主任马辉之激愤地说：今天我们为什么要追悼牺牲的烈士？因为反动派不顾一切大打大杀，欲继续其独裁专制，特务杀害了李、闻二先生，便是扩大内战的先声。今天我们要把追悼当作宣誓，全国人民团结起来，誓死继承烈士为中国和平民主事业而奋斗的遗志，向反动派、向黑暗统治进行坚决而顽强的斗争，只有这样，和平、民主、独立才能实现。军区政治部代表张致祥讲话时指出，解放区因有人民武装，谁都有一切自由，而国民党统治区却连生存自由都失掉了。反动派特务的猖狂肆虐，正是证明他们是垂死挣扎，是回光返照。联大文艺学院副院长、名诗人艾青讲话，他介绍三烈士的事迹后希望全国文化界、文艺界紧密团结起来，誓死争取和平、民主、独立的实现。刚从重庆来张的艾毅根博士，走上台去，他仰望着两旁的挽联，良久不语，抑制不住的眼泪却无声地滴落下来。他认为李、闻二氏为国民党特务暗害，而陶行知先生却是被国民党反动派的倒行逆施所气死的。他认为陶行知是中国历史上最伟大的教育家，然而这样伟大的人物，在国民党黑暗统治下是不能活下去的。他对陶行知的死深抱无限愤慨。民盟盟员李章，新从联大毕业，他激昂地走上台去，首先说，他虽不是民盟驻张负责人，但他以民盟盟员资格沉痛地向三位民盟负责人的死难致哀，向国民党反动派和国民党特务严重抗议。他略为介绍了三位烈士生前事迹，最后，代表民盟向今天的大会致谢。末后社会大学学生邓毅、刘得复讲话。邓忆起他从重庆到延安时，陶行知先生曾谆谆告诫，勉励他到民主解放区，很好地为人民服务。陶行知与李公朴二氏所创办的社会大学，饱受国民党反动派肆意压制、摧残，却想不到李、闻二氏会被暗害，而陶氏在社会大学时日以继夜的工作，身体很健康，本来不至于死，突然死去这完全是国民党反动派给气的。大会至十二时许，通过致中国民主同盟与致全国同胞电文并致电向三烈士家属致唁后，在哀乐声中散会。

【又讯】张市内蒙古实业公司，今特捐洋一万五千元，请大会转李闻陶三先生家属作为子女教育金，并对三先生之死深致哀悼之忱。

（《晋察冀日报》1946 年 7 月 30 日）

闻一多氏最后遗言

——在李公朴追悼会上的演说

【新华社南京二十七日电】闻一多氏十五日被刺前三小时,曾在昆明一追悼李公朴烈士大会上发表讲演称:"这几天大家晓得在昆明出现了历史上最卑劣最无耻的事情,李公朴先生究竟犯了什么罪而遭此毒手?他只不过用笔用嘴写出与说出了千万人民心坎里的话。大家有笔有嘴有理由讲呵,为什么要打要杀?而且偷偷摸摸地杀!"(鼓掌)闻氏愤激地发问道:"今天这里有没有特务,请他站出来讲一讲,凭什么要杀死李先生?(大鼓掌)暗杀了人还要诬蔑人说什么'桃色案件',说什么共产党杀共产党,无耻呵,无耻呵!"(热烈地鼓掌)闻氏紧接着说道:"这是某集团的无耻,是李先生的光荣。李先生在昆明被暗杀,是李先生的光荣,也是昆明人的光荣。去年'一二·一'昆明青年学生为了反对内战遭受屠杀,现在李先生为了争取民主和平而遭遇反动派的暗杀,这是昆明无限的光荣。"(大鼓掌)闻氏指出:反动派暗杀李先生的消息传出后,大家听了都摇头,不知道这些无耻的东西怎样想法,他们的心是怎样长的。其实也很简单,他们这样疯狂猖獗,正是他们着慌呵。闻氏高呼:"特务们你们想想,你们还有几天的暗杀?人民是一定要胜利的!反动派的无耻,就是李先生的光荣;反动派的末日,就是我们的光明!"闻氏继称:"人民的忍耐是有限度的,李先生赔上了一条性命,我们要换来一个代价。'一二·一'战士们的血换来了政治协商会议的召开,李先生倒下了,也要换来一个政协会议的召开。(大鼓掌)我们有这个信心!"(鼓掌)闻氏说:"云南光荣的历史,远的如护国,近的如'一二·一',这些都是属于云南人民的,我们要发扬。反动派挑拨离间卑鄙无耻，他们以为联大走了学生，放暑假了，我们就没有人了。特务们，你们看看今天到会的一千多青年，又举起手来了，我们昆明青年绝不让你们这样横行下去呵！"闻氏指出："历史赋予昆明的任务是民主和平，我们昆明的青年必须完成这一任务，我们要准备和李先生一样，前脚跨出大门，后脚就不准备跨进大门。（长时的热烈鼓掌）战士们的血是不会白流的，反动派，你们见一个倒下了，马上可以看见千个万个无数个继起者。"（鼓掌持久不息）

一个李公朴倒下了，马上可以看见千个万个无数个继起者。

（《晋察冀日报》1946 年 7 月 30 日）

在蒋五十万大军围攻下苏皖边区万人集会

反内战、反特务、追悼李闻两先生

【新华社淮阴二十八日电】正在坚决抗击着蒋介石五十万大军三面围攻的苏皖边区各界，于廿六日下午在其中心地清江市叶挺公园举行追悼李公朴、闻一多两先生与反内战、反特务大会。到会有中共中央华中分局、华中军区司令部、政治部、边区政府、边区临参会、华中工联、农联、妇联、青联、文协、建设大学等数十机关团体暨各界人民共万余人，对蒋介石与大军进攻解放区，以特务进行政治暗杀的联合行动，同声愤慨。大会通过请南京周恩来先生转致梁漱溟、罗隆基、沈钧儒、章伯钧、黄炎培、张君劢诸先生，孙科、邵力子、王世杰诸先生暨马歇尔将军、司徒雷登大使，上海郭沫若、钱新之、胡政之诸先生，四川张澜先生、邵从恩先生、张群先生，平津张东荪、张申府先生、李烛尘先生，昆明缪嘉铭、傅斯年先生，并转全国各党派各团体暨各界人士通电一则。略称：以蒋介石为首的中国反动派，在美国反动分子支援下，对解放区的大规模军事进攻与在其统治地区对民主人士的政治暗杀，是他们破坏和平、反对民主、出卖民族利益同一罪行的不同手法。苏皖边区正面临着蒋介石五十万大军陆海空的配合进犯，我们正进行着坚决自卫，并有信心有力量粉碎反动派的进攻。希望全国一切爱好和平民主的人们，都能踏着李闻二先生的血迹，再接再厉，为争取独立、和平、民主而共同奋斗到底。在全国人民团结一致的打击下，反动派的一切阴谋罪行是必然会遭到惨败的。最后该电要求：（一）公葬死难烈士，抚恤遗族；（二）严惩凶犯及主使者；（三）彻底解散特务组织；（四）为切实保障人民的安全与自由免遭法西斯特务暴徒侵犯起见，必须清洗其军队中的法西斯分子，维持各大都市治安的宪警机关，均应有民主的公正人士参加组成，方可免一党独裁之弊，而遏乱源；（五）要求美国立即停止帮助蒋介石进行内战及一切侵犯中国主权的行为。

（《晋察冀日报》1946年7月30日）

渝举行李闻追悼会

【新华社延安二十九日电】中央社渝讯：李公朴、闻一多追悼会，二十八日九时在渝青年馆举行。由张群、张笃伦、吴玉章、邓初民、史良等组织主席团主持祭礼，张群主席致词后，邓初民等相继致哀词，末由闻子立鹏答词。

（《晋察冀日报》1946年7月30日）

营城子黑板报怎样办好的？

风

【本市二十八日讯】七区营城子黑板报，因能起积极教育作用，编得勤，形式好看，被全区推为黑板报的楷模。他们之所以能办好，是因为：（一）与群众的生活相结合。合作社分红、妇女缝衣服、卫生大检查等，全在黑板报上登载。正因为如此，也就使黑板报不光是宣教委员的工作，而街的其他干部，同样地关心它。（二）倾听群众意见，经常改进。黑板报旁边有个意见箱，谁对它有意见，都可提。于是，小商们提议要增加国内外大事，又有人提议要多登街的新闻，有人建议增加漫画，他们都照办了。宣传委员经常挤在群众中一起看报，谁讲一句关于黑板报的话，他就把它记下来，作为参考。夏天群众顶着太阳看报，嫌热，宣传委员就发动合作社和街干部募捐，在黑板报前搭了一个棚，以遮太阳。（三）虚心学习，不自满。营城子黑板报以前就办得很好，区上开会老表扬他们，但他们毫不自满，力求改进。（四）办报的人明确分工，编的、写的、画的，互相帮助，经常商量接头，绝不推诿，大伙拧成一股劲，一心把报办好。

（《晋察冀日报》1946年7月30日）

中苏文协滇分会横遭国民党查封

【新华社南京二十七日电】昆明讯：中苏文化协会昆明分会于十三日被国民党当局查封。该日由云南省政府民政厅长张邦翰，会同警备司令部人员等，至该会及该会举办之俄文专修班，大肆搜查，翻箱倒柜。寄居该会之音乐家赵沨，来访赵沨之友阮汪君，来访该会人员之刘君、俄文专校校友周君等，均一度遭拘禁。在深夜一时许，将中苏文协公物及赵沨全部音乐书籍、刘君寄存箱篋七件等物，全部运走。

（《晋察冀日报》1946 年 7 月 30 日）

张家口市卫戍政治部新华剧社招收社员广告

一、资　　格　凡爱好戏剧、音乐、美术、文学其中一项，具有初中以上文化水平或具有同等学力，并确实愿为人民服务者，均可投考。

二、年　　龄　十七岁以上至三十岁以下之男女均收（有特殊技术者例外）。

三、名　　额　四十名。

四、报名日期　自即日起至九月十五日止。

五、报名地点　张家口市卫戍政治部。

六、考试课目　国文、政治常识及艺术课。

七、考试日期　随到随考。

八、投考手续　具有区级以上机关或本机关之介绍信即可投考。

九、其　　他　一切具体问题可到本社面谈。

社长　程思三

（《晋察冀日报》1946 年 7 月 30 日）

揭露国防部内战实质　长沙《力报》遭停刊处分

【新华社延安三十日电】长沙讯：此间《力报》于本月六日被国民党当局勒令停刊三天，因该报于五日刊载国防部新闻局在各地设立军事通讯组的新闻，在标题上冠以加强内战宣传一语，遂被指为"严重错误"，而施以停刊处分。据闻该报过去报道较场口、沧白堂、下关惨案等事件之消息，早已为当局所不满，此次强迫停刊，尚属"聊示薄惩"云。

（《晋察冀日报》1946年7月31日）

联大东西线文工队分途出发巡回公演

【本市三十日讯】联大文艺学院戏剧、音乐、美术三系组织的西线文工队准备工作已告完毕，各系教职学员连日忙着排戏，并学习土地问题，至二十三日已有戏剧系、美术系少数教职学员，提前到孔家庄，其余同学确定在二十八日早车出发。决定在孔家庄、万全、天镇、阳高等地演出，以配合各县中心工作。

【又讯】联大文工团已于今晨出发下乡，据该团负责人谈：此次下乡先在宣化、沙城、怀来、康庄等地巡回演出《白毛女》《粮食》等剧后，即赴承德演出，并于承德附近分散下乡，为时要半年。此次下乡时间较长，预计将会给予每个团员在深入现实与艺术创造上以莫大帮助。

（《晋察冀日报》1946年7月31日）

致李闻陶家属唁电

生活教育社延安分社唁电

【新华社延安三十日电】生活教育社延安分社及陶行知先生居延学生多人,唁电陶氏家属,原电如下:

上海陶夫人吴树琴女士及公子陶宏等家属礼鉴:

行知先生病逝,噩耗转来,曷胜痛悼!先生为中国人民教育旗手,民主运动巨星,当此民族多难、人民倒悬之际,正赖先生领导奋斗,乃遽然长逝,实我民族与人民之莫大损失。同人等哀悼之余誓继承先生未竟的事业,继续奋斗,尚希节哀承志,共同努力。谨此电唁。

生活教育社延安分社
七月二十六日

上海陶师母及陶宏诸先生礼鉴:

惊闻行知师病逝,痛悼之情,难以言喻。吾师三十年来为中国人民教育及民族民主运动艰苦奋斗不屈不挠,今溘然长逝,人民遽丧前导,吾辈顿失良师,宗麟等誓遵吾师遗志,继续奋斗,以慰吾师之灵。万望师母及诸兄节哀珍重,谨此电唁。

张宗麟、宁越、丁华、徐明清、曹健培、陈一清、徐幹如、陈复君、武兆令、刘存久

七月二十八日

陆定一同志唁电

【新华社延安三十一日电】中共中央宣传部长陆定一,二十五日致电上海吕班路环龙路口胜利饭店陶行知先生家属吊唁。原电如下:

树琴夫人陶宏公子等家属礼鉴:

惊悉行知先生突患脑充血逝世,当此民族危机、人民倒悬之际,

民主巨星忽而凋谢,悲痛之情,非言可喻,并希节哀承志。

陆定一

七月二十五日

民盟东北总支部唁电

【新华社延安二十八日电】民主同盟东北总支部顷电唁李公朴、闻一多两氏家属。电称:"先生为正义而牺牲,将号召中国千千万万同胞继续努力,争取国家之独立、和平、民主,不达目的不止。我等将跟着两先烈血迹奋斗到底。"

(《晋察冀日报》1946年8月1日)

全国舆论压迫下蒋派顾祝同赴昆处理李闻暗杀案

【新华社延安三十日电】昆案发生瞬已兼旬,全国舆论哗然,蒋介石被迫又派出顾祝同等飞昆"全权处理"。据中央社昆明讯:陆军总司令顾祝同,率同副参谋长兼宪兵司令张镇,并偕卢汉(前据中央社牯岭讯误为二十四日返昆)、霍揆彰(昆明警备总司令)二十七日下午抵昆后,当即听取各方报告,详细检讨。闻顾拟俟该案处理完毕后,将顺道巡视西南驻军。

按:【中央社讯】顾等行前蒋介石在行馆约渠等晚餐,霍揆彰、张镇等在座。又前者蒋介石派往昆明调查昆案之特务头子唐纵,已于二十六日离昆飞沪。唐曾留昆三日,与滇省府警备总部及"有关机关"晤谈。

(《晋察冀日报》1946年8月1日)

宣化县小学剧团出演受群众欢迎

黎阳

【宣化讯】宣化县的小学剧团，半年来已有很大发展，各个完小里都有了剧团组织，三四个月中排演与演出达二十多个剧。郭村剧团配合着中心工作先后在各村出演，深井剧团出外三四次，进行了六七个村的公演。"六六"教师节，深井、郭村、沙岭子剧团在县公演，观众七八百人；七月节各个剧团在本区纪念大会上公演，观众达万人。郭村演出的《眼睛亮了》，深井剧团用山西梆子演出的《学纺织》《改造二狗油》，话剧《破除迷信》《斗争伪甲长》《改造懒汉懒婆》，歌剧《兄妹开荒》，秧歌剧《反对内战》，南屯剧团演出的《童养媳翻身》等，都得到观众的称赞。在深井的七月节纪念大会上，一千多观众看到《反对内战》，用群众力量打垮反动派时，都纷纷议论说："还是咱们老百姓力量大。"南屯演出了《童养媳翻身》，很生动地反映了童养媳的受气，八路军解放了这个地区，组织了妇联会，童养媳也参加了妇联会，在妇联会的帮助下进行了生产，公婆不再虐待了，童养媳翻了身。观众很受感动，几次要求他们再演。

（《晋察冀日报》1946年8月1日）

文 化 圈 内

一、吴满有将上银幕

延安文化界艺术近有新发展。最近创办了"延安电影摄影厂"，开始摄制电影。第一部有声片，《吴满有翻身》已由陈波儿、伊明编竣，由凌风扮演主角。现该厂摄影师已赴黄河边摄取外景，下月中旬，即开始摄拍情节。

二、延安将演出《升官图》

延安西北文艺工作团，最近正排演陈白尘先生剧作《升官图》，恰逢在重庆导演该剧的刘郁民先生来延，西北文工团即仍请刘先生导演，不日即可演出。

（《晋察冀日报》1946年8月2日，《副刊》第66期）

苏 联 文 讯

一

进化的心理学和高级神经活动的病理学学者巴甫洛夫研究所，位于列宁格勒附近涅瓦河东岸的考尔土西城之内，国内外人士经常到临其间。巴氏"锐敏的观察，锐敏的观察，再锐敏的观察"的名言刻在主要建筑物的前面，著名的荷兰科学家左登说："这儿是心理学者的圣地。"（静）

二

苏联作家联合会主席尼古拉·蒂柯诺夫顷致电萧伯纳，原电如下：

亲爱的萧伯纳：

请您接受我们苏联作家对您九十诞辰诚心的庆贺与祝福吧！您的伟大作品为世界文学宝藏提供了宝贵的贡献，您的尖锐的批评与高度的热情促进了人类的进步，您的作品为我们苏联读者所熟知，您的戏剧为我们苏联观众所喜爱。我们祝福您长寿！愿您能够以您永远年青的才能，创造辉煌新作给予世界，继续鼓舞使您的无数崇拜者欢快惊服。

三

近应英国皇家学会之邀，参加庆祝牛顿诞生三百年的纪念会之苏联科学院代表一行业已抵达此间，驻英代办特举行招待会。到会者计有苏联科学院会员安德哥夫·伊诺加拉多夫、维登斯基、阿姆巴尔特·古迈扬，教授苏彼尼柯夫、库尔特巨莫夫和柯诺比夫斯基等，英国外部代表、英国名流及外国科学家亦被邀与会。

（《晋察冀日报》1946 年 8 月 2 日，《副刊》第 66 期）

临沂生活教育社痛悼陶行知先生

【新华社临沂一日电】此间前生活教育社同人白桃、刘季平、汪达之等，惊闻陶行知先生病故噩耗，悲痛非常，特致电生活社诸同人共同奋勉前进。原电称："陶先生奋斗一生，委屈一世，国民党反动派虽未及杀陶先生，但陶先生之死，实与反动派之长期迫害不可分。如无反动派之反动政策，新中国可以早日实现，生活教育事业可以大踏步前进。全中国人民需要陶先生，陶先生之思想与成就必永垂不朽。弟等誓将进一步贯彻从实际出发、与实际结合、为人民服务之精神，为解放区大规模建设陶行知式的新中国教育，希全社同人更加团结一致，为继承陶先生遗志而奋斗到底。"

（《晋察冀日报》1946 年 8 月 3 日）

陶行知遗体入殓

【新华社南京二日电】陶行知先生遗体已于上月二十六日下午四时在沪大殓。入殓前，民盟、救国会、沪市人民团体联合会等机关团体及陶氏生前手创之生活教育社、育才学校、晓庄师范、社会大学、实验艺术学校、民主教育社等学校团体分别举行公祭。据陶氏生前友好谈：自李、闻被刺后，陶氏因民主人士有随时被刺之可能，且国民党特务曾前往陶氏寓所调查其行踪，故即将全部诗稿于二十三日深夜整理成十大册，由此也可知其为民主运动而视死如归之精神。

（《晋察冀日报》1946年8月4日）

延安筹备追悼陶行知先生

【新华社延安三日电】昨日上午九时延安文化界生活教育社延安分社，及陶行知先生生前友好，假交际处举行会议，筹备追悼陶行知先生事宜。到林伯渠、陆定一、徐特立、柳湜、张宗麟、何思敬、张曙时、汪雨湘、张季纯、于蕴文、黄齐生夫人、江青等二十余人。会上发言人一致指出陶先生历年来的思想活动和在教育事业中的成果，说明他不单是一个优秀的为人民服务的教育家，而且是中华民族解放斗争中一位超越的战士。对于他的死，到会人士一致认为是全中国人民的重大损失，并表示沉痛的哀念。最后决定定期举行追悼会，并推选徐特立、柳湜、李卓然、张宗麟、江隆基、柯仲平、丁华、宁越等九人为追悼会筹备委员。

（《晋察冀日报》1946年8月5日）

沪《文汇报》复刊

声明愿继续为和平民主努力

【新华社南京二日电】沪讯：此间《文汇报》已于上月二十五日复刊。该报在被罚停刊一周期间，曾受到中外新闻界与千万读者之慰问与鼓励。在复刊社论中，该报声明仍本过去民间报纸之立场，为中国之和平民主事业努力，并说明民间报决不是中立的而是独立的报纸。该报在复刊日并刊有两个整版之同业与读者慰问文章和函件。

【新华社延安二日电】沪讯：上海《文汇报》被国民党当局勒令停刊七日（自上月十八日至二十四日）。据熟谙其中内幕者谈此次事件经过，缘该报七月十二日"读者的话"栏中载两封警察投书，其一为署名"一群警察"的信，声诉其内心痛苦，如做了警察即不能参加欢送马叙伦等赴京请愿行列，如同情小贩苦况却又要奉命取缔小贩，并对南京警察对下关事件在场亦不加干涉表示愤愤。其二署名为"本市一巡官"，信中对发警察官佐夏季制服要扣钱五六万元事，要求收回成命。该两信刊出后，警局派员数次至报馆调取原稿，该报认为此事并非有关治安事件，应依法为投稿人保守秘密，拒绝交出原稿。七月十七日下午五时，警局即罚令该报停刊七日，并勒令具结。报方虽遵令停刊七日，但对具结事加以拒绝。执行命令的警员也均对报馆表示同情。据悉，该报"读者的话"栏中，接到军警来函最多，而刊出者不及什一。下关事件发生警察捐钱者不少，警局向该报调阅原件也不止一次，均被该报拒绝。

（《晋察冀日报》1946 年 8 月 5 日）

关于许广平先生的片段

王哲

一九三七年十一月国军退出上海后，上海的抗日团体仍以各种方式坚持下去，鲁迅夫人许广平先生所参加的社会科学座谈会，就是其中之一。她对于会务是认真负责的，记得有一次某群众团体请座谈会派人去讲时事，广平先生被派主讲，届时忽来狂风暴雨，朋友们劝她可以不去，她说："鲁迅先生说他如老牛，吃的是草，被挤出的是牛奶。我们是挤不出奶来的，所以必须加倍努力，以量胜质，而且信用所关，不能不去。"遂决然前往。

广平先生对人很谦虚、和蔼，善于团结人，善于调处纠纷，然而她并非那种所谓"和事佬"，她的原则性是极强极高的。当苏联和德国订立互不侵犯条约时，座谈会中有位自命不凡的先生对该问题大放厥词，大发谬论，广平先生曾挺身而出，严词义正地加以批驳。不但那位自命不凡的先生认为是受了出其不意的打击，就是其他与会的朋友，见了广平先生的这种严肃态度，也为之惊奇了。

珍珠港事件后上海的租界也全被敌寇侵占，上海的抗日团体，虽在敌寇警宪的淫威迫害下，仍是坚持着自己的岗位，继续活动下去。每个抗日分子随时都有被逮捕、被处死刑的危险。广平先生是著名的最活跃的最积极的一位抗敌分子，她是早被敌人注意，早已列入黑名单，不但是意中事，且是有了确实情报的。然而她并未胆怯，并未退缩，真是和暴风雨前夜的海燕一样，她更加勇敢地活跃起来了。朋友们预料她将要被逮捕了，让我到她家促她注意，可能的话请她躲避一下，见她的态度仍很自然而镇静，她说："大概是快被捕了，门前常有不速之客，将近一个月收不到朋友的信（预料是被检扣了），这都是征兆。告诉朋友们，我已将鲁迅先生的和秋白先生的遗稿，以及另一位革命先烈的狱中日记等妥为保存了。平常记载朋友们的门牌和电话号码手册，也已送出。至于我自己是无法移动了，等着预料的事情发生吧……"两天后预料的事情果然发生，广平先生被敌寇逮捕了。在敌人的狱中受尽了拷打杠压鞭笞，以及最残酷的电刑。一天三番五次地被拷问着，逼迫她供出共产党的组织和抗日分子的住址。最后她的生命被折磨得是奄奄一息了，然而她的态度却更加倔强起来。当敌人感觉对她无办法了，才把她放出来。各种的毒刑夺去了她的健康，鳞伤遍体，头发几乎全白，样子是完全变了。她告诉朋友们，以后的工作方式必须改变，已经出头的朋友必须从速离开上海……最后她坚决地说："我仍愿留在上海战斗下去。"

（《晋察冀日报》1946 年 8 月 5 日，《鲁迅学刊》第 1 期）

"鲁迅学会"的过去、现在与将来

萧军

过去——一九四一年——在延安我们曾经成立过"鲁迅研究会"。工作做得很少，仅仅编辑了两本《鲁迅研究丛刊》，一本出版了，另一本虽然纸型已经打好，迄今却并未能付印。

现在，我们继续那工作，在张家口又成立了"鲁迅学会"。因为刚在开始，仅仅是举行过三次"鲁迅文艺座谈"，出版了一本《鲁迅思想研究》（何幹之著），为了纪念瞿秋白同志被杀害而死的十周年纪念，翻印了他的一部遗作《乱弹》。此后准备在鲁迅先生逝世——十月十九日——十周年以前，为了纪念他，拟定如下的工作：

一、与张家口文协、业余公学联合举行一个月"暑期文艺讲谈会"。（八月中）

二、继续举行"鲁迅文艺座谈会"两次。（九至十月中）

三、出版丛刊一本，翻印鲁迅活页文选三辑，每月假《晋察冀日报》出《鲁迅学刊》两次。

为了我们自己和其他要学习和研究鲁迅先生的人们，我们希望并且决心要和一切有志于这工作的同志们，使这学会坚持并且扩展下去，一直要使中国的每一寸土地上，以至每一个人的心魂上，全插下一柄鲁迅先生的"旗"，以他的方向为方向，以他的思想为思想，以他的精神为精神……这就是"鲁迅学会"的将来。

（《晋察冀日报》1946年8月5日，《鲁迅学刊》第1期）

冀西第四师范成立

吕光明

【新华社宣化四日讯】冀西第四师范学校正式成立。察哈尔省府为了大批培养师资、培养初级教育行政干部、加强文化建设、适应目前小学教育的发展和需要，早在五月初即呈准边委会，在易县城内成立"冀西第四师范学校"。经两个月的积极准备，该校教室、宿舍、用具已全部修造完竣，新建能容二千人之大礼堂一座。各县高小学生、现职教员及贫苦抗干子弟，投考甚多。七月二十八日发榜揭晓，录取新生二百四十名（内女生三十七名），分设初级师范、短期师范、师资训练班。食宿讲义概由学校供给，衣服文具学生自备。前昌宛县长曹建章任该校校长，新聘教职员十七人已到校，本月中旬即开学授课。

（《晋察冀日报》1946年8月5日）

华北联大近讯

和恩

【本报讯】联大外国语学院英文系第一班同学毕业,于七月二十二日举行毕业典礼,到成校长、浦院长及来宾美籍教授李顿白(译音),新由重庆来张之法国留学生艾毅根博士等,聂司令员亦亲自参加。会后并举行平剧晚会,会餐。闻毕业同学均已介绍到晋察冀日报社、新华广播电台、执行小组工作,还有一部分同学下乡实习。法政学院、文艺学院、教育学院、外国语学院共三百余同学趁着暑假机会下乡实习,时间暂定为四十天,已于七月廿二三日分别出发。实习地点为平绥铁路沿线及察哈尔境内新解放区,计法政学院政法系去延庆县,财经系去万全,文艺学院文学系去涿鹿县,新闻系去天镇,教育学院去怀来,外国语学院去宣化。文艺工作团戏剧系音乐系组成文化娱乐宣传队,轮流在同学实习地区演出,并配合帮助发动群众,新排节目有《减租》《翻身》《粮食》《合作社》等。教职员为了检查与了解同学下乡实习情况,特组织教职员实习工作委员会,由教务长林子明及教育学院副院长丁浩川领导,于日内分头到各县检查指导工作。校部并出刊《实习通讯》(五日刊)交流各地实习经验,传达各地同学消息。

(《晋察冀日报》1946 年 8 月 7 日)

伊朗文讯

炉译

伊朗作家大会已于七月三日在德黑兰闭幕,苏联诗人苏尔科夫与因彼尔均在会上发表演说。伊朗作家们热烈地欢迎苏联诗人。教育部长比哈尔总结了会上的论辩,并号召为伊朗与所有民主国家特别是与苏联的文化联系而更加团结。最后,会上决定授权主席团组织委员会建立伊朗作家联盟。

(《晋察冀日报》1946年8月7日,《副刊》第70期)

内蒙古文工团抵察盟沿途演出备受欢迎

【本报讯】内蒙古文工团自七月十六日从张家口出发,到达张北时,即被柴专员所挽留,十八日在张北剧场演出《血案》《蒙古舞》《牛永贵挂彩》和蒙汉语歌咏等节目。因剧院很小,门外尚拥有数百群众,高呼:"这样的好戏我们看不上,明天把北门压了不让走!"虽经柴专员再三解释,还说:"好戏没看上,好戏没看上。"当该团进入蒙地"独海"村时,老少蒙民不分男女,都一手提上奶茶壶,一手端上奶食,相率来迎,嘴里叫着"赛团百诺"(好)。全体同志急跳下大车互相欢呼,初到蒙地的汉人同志,均感动得落泪。到太仆寺左旗情形更为热烈。当《血案》演出后许多男女青年愤不可遏,有一二十岁的青年说:"你们快回来吧,带我到张家口学些本领,好去报仇!"到盟政府不两天,就有三个女青年,一个男青年,自愿参加该团工作。据悉该团在察盟将有若干时日逗留,待工作完成后,再去东盟各地。

(《晋察冀日报》1946年8月8日)

庆祝"八一五" 民生公司职工准备节目

夏园

【本市七日讯】民生电业公司职工为了纪念"八一五"胜利一周年和庆祝人民解放,组织了秧歌队,凡是积极的职工都踊跃地参加了。职工自己创作了八首新歌,预备在表演秧歌时歌唱,此外更组织了快板、拉洋片等,决定在"八一五"出演街头。

(《晋察冀日报》1946年8月8日)

联大实习队在天镇演《清算》

杨克

【新华社天镇七日讯】联大实习队为配合本县中心工作,在"八一"演出秧歌剧《高占元回家》及《清算》。群众非常拥挤,尤其当《清算》演出时,很多身受痛苦的农民激起了义愤。一个老头说:"日本来了,老财就这样欺负穷人,咱们受的罪太多了。现在有仇报仇,有冤报冤,要不清算,穷人哪能翻身?"

(《晋察冀日报》1946年8月8日)

四区已成立七个通讯组

江帆

【本市七日讯】四区各街纷纷成立通讯小组,一周内即成立起

二、三、四、五、七、八、裕华被服厂七个通讯小组，共四十四人，其中多为有文化的街干部及知识分子。大家情绪高涨，如二街小组为了避免"开头热，过后凉"的毛病，第二天就召集了小组会，规定在职干部随时通知非在职者参加工作会议了解情况，并主动接近闾干部找典型材料，随中心工作集体布置写稿中心，每人每月至少写两篇等。第三天每个人都写了一篇，二、八两个街于两天内即写了十四篇。

(《晋察冀日报》1946年8月8日)

沪文化界名流函联合国人权委员会

请派调查团来华调查李闻案

【新华社延安六日电】沪讯：文化界名流郭沫若、茅盾、洪深、叶圣陶、周建人、许广平、郑振铎、田汉、胡风、曹靖华、巴金等十三人，于七月十九日联名，致书联合国人权委员会，请派调查团来华调查李闻惨遭国民党特务暗杀事件。函中指出："在国民党当局的恐怖统治下，中国的思想自由与言论自由正面临为暴力所灭绝的威胁。"并称："民盟的领袖是被无声手枪打死的，在中国这种手枪只有美国的战略作战部给过中国政府的特务机关。"

(《晋察冀日报》1946年8月8日)

中华文协港粤分会重申与反民主势力斗争

【新华社延安四日电】沪讯：中华全国文艺协会港粤分会，于六月二十九日，为广州国民党当局查封，兄弟图书杂志公司等数十家报刊书店同时亦遭非法封闭。除已将经过报告上海总会，请就近提交政协代表向国民党当局提出抗议：要求赔偿损失、惩办查抄人员外，并于上月中旬重申该会"⊥作决不因非法之封闭稍事停顿，当仍本初衷，联合华南作家与反民主势力作坚决之斗争"。

（《晋察冀日报》1946年8月8日）

《白毛女》将编为影戏

【新华社承德五日电】本市乐民影社认为《白毛女》是帮助农民翻身的好教育，拟就该剧改编为影戏，下乡去演。

按：影戏与陕北皮影子戏一样，流行冀东。

（《晋察冀日报》1946年8月9日）

日本艺术史创举　日共设艺术学校

【新华社延安七日电】东京讯：日本共产党创办的宣传艺术学校，第一班学生有五十余人，在完成音乐、戏剧、美术等学科后，将于八月十一日毕业。这是日本艺术史空前创举。过去日本艺术完全为天皇制服务，充作侵略的工具，而今天日本已开始有了为人民服务的艺术了。

（《晋察冀日报》1946年8月9日）

延安各界建议出版陶行知全集

【新华社延安九日电】延安各界追悼陶行知先生大会筹委会,昨日建议有关当局,设立教育研究所,搜集陶先生遗著,出版陶行知全集,研究陶先生伟大发明的生活教育,改延安中学为行知中学,并拟发起筹募纪念基金数十万元,作为今后奖励边区教育界优秀工作者之用。

(《晋察冀日报》1946 年 8 月 11 日)

三区改进黑板报

以本区为主,和群众结合

程坦

【本市三区讯】上月二十八日,三区教育委员会上检讨黑板报缺点在于全部抄报未和广大群众结合,今后改变黑板报的方针要做到三分之二本区本街的通讯,抽出三分之一写时事新闻,就确定到群众中去组织通讯员。经两星期的努力已发展通讯员五十八个。因都是新通讯员,缺乏经验,区教育股于本月六日下午七点钟召开全体通讯员大会。大会出席有四十四人,会议由主席将这一时期成绩作一初步总结,指出二街和七街已走到我们前头,组织起来后,就马上写稿,二街已出八篇,七街集体创作了七篇。特别是二街刘树堂同志,他自从参加通讯组后,在一星期内就写了七篇。还有七街教育委员季廷桢,他开会回去后就积极领导,在他努力推动之下七街通讯组组织和写稿子全打了头一炮。除这些模范者外,有些街是落了后,至今还未组织起通讯组,更没有写稿子。大会讨论中模范通讯员刘树堂同志说:

"今天大家虽然表扬了我,我不骄傲,今后还得继续努力。"

(《晋察冀日报》1946年8月12日)

淮安石塘区鹅钱乡反奸清算运动中的口号歌谣

口号是怎样提出的

在群众运动中,提出口号通常的毛病是空洞,抓不住群众的情绪,不通俗化,这就是怎样用群众自己的口语表达群众情绪的问题。这次在鹅钱乡反奸运动中,工作队同志曾采取下面五种办法,大体上解决了这个困难:(一)先提出初步口号,拿给群众修改(等于集体创作);(二)将内容告诉群众,由群众自己来编,再加以修改;(三)将内容告诉民间艺人,由他们去编;(四)以韵语口号为主,易于流传;(五)口号歌谣化,用歌谣小调补充口号之不足。

尖锐的口号战

一、关于变天思想的口号战,群众在反奸算账运动中提出了"要求政府没收汉奸土地"等口号,坏蛋企图打击群众情绪,提出"中央算总账,看看前头也要看看后头"的口号来威胁。群众说:"鬼子也不怕!"坏蛋又放谣言:"中央有飞机,八路没飞机,算了账,中央一来就倒霉。"群众马上来了反驳:"飞机怕什么,我有冲天炮。""炸得了城炸不了乡,八路军新四军乡下好打仗。"

二、有些佃富农利用逃亡的汉奸地主不回来收租想独吞斗争果实,他们的口号是"够吃就算,要多没用"。群众针对着佃富农这种自私心理,提出口号来说服:"贫农得到土地,中农分点便宜,富农也不吃亏，大家团结齐欢喜。"

三、群众为保护胜利果实，还提出"家家作主人，个个当民兵，坏蛋不敢动，好人才和平"，"组织起来力量大，不怕坏蛋与恶霸"等口号。

几点经验

一、口号韵语化最生动有力。口号的作用在于用简单有力的语言，给群众指出斗争的方向与道路，集中群众的注意力，韵语最适合担当这个任务。

二、口号歌谣化也很有力量，口号成了歌谣，最易流传，同时要使口号更具体化。比如村妇联主任李秀英用好言劝大家组织起来，提出口号："我们都在会，自然有好处。"后来改成这样的歌谣便具体多了："农民会是救星，得到好处大家分，救荒没有饿死人，算了租账有好处。家家抓住饭碗根，农民都要入农会，永远翻身作主人。"

"妇女会，好处大，男女平等不打也不骂。男人有错误，女人能讲话。男人庄稼种得好，女人也会种庄稼。"

"儿童团，好处多，会生产，会写字，会唱歌……"

三、和群众合作的口号有两个好处：（一）可以适合群众的情绪，群众不要讲什么音节之类，但他们最会用自己的语言表达自己的情绪。（二）可以将口号生动地用群众自己的语言来表达。但群众自制的口号也不是句句都好，非经过洗练不可，更主要的是与群众合作，可以从实际出发，教育群众，掌握政策保证。

（《晋察冀日报》1946年8月12日）

延安各界代表集会追悼陶行知先生

痛悼伟大的人民教育家

【新华社延安十二日电】昨日下午六时,延安各界代表二千余人,于边参会礼堂举行陶行知先生追悼大会。礼堂四壁为各界所送之题字布满,中共中央委员会主席毛泽东题字为"痛悼伟大的人民教育家"。女工李淑英写着:"你活在我们工人心里。"延市完小一群小学生写着:"我们每个人要用教好两个农民认识两百字的成绩,来纪念你。"主祭人为林伯渠、谢觉哉、陆定一、徐特立,陪祭人为李卓然、柳湜等十一人。张宗麟先生报告陶先生生平事略,林主席代表陕甘宁边区政府讲话,他说:"陶先生是在我们这个多灾多难的国家里三十年来所产生出来的一个人民教育家,这是中华民族的光荣。他的一生言行表现,他对于广大的人民大众有着深厚的爱,而对于法西斯独裁者则极端痛恨,这正是中国一代巨人所具备着的伟大精神。"林主席说:"全边区人民将永久纪念着陶行知先生,虽然他没有来过这里,但他的事业在这里得到实践,并曾为广大群众增加了福利。为纪念陶先生,边区已决定将延中改名为行知中学,设立行知奖学金。希望陶先生的教育理想,不久的将来也能在全国得到实行。"继由陆定一代表中共中央讲话(演说全文见另电)。徐特立在被邀讲话时指出,陶先生的学术思想是从中国的实际出发的,他把改造社会放在第一位,他是近代中国的思想家和优秀的人民教育家。生活教育社延安分会代表丁华,山海工学团、育才学校的代表许翰如相继讲话。许翰如说:"陶先生的死,对我们受过苦难的孩子们是一个很大的悲痛。在大后方来说,更使我们的同学失去了一个最有力的保护者。我们要号召解放区的青年起来支援他们,反对国民党反动派对于陶先生事业的摧残和破坏。"

会上最后通过组织陶行知先生纪念委员会,由林伯渠、习仲勋、徐特立、谢觉哉、李卓然、贺连城、江隆基、柯仲平、马济川、张宗麟等十人组成,通过大会通电,并决定将追悼题词十二、十三两日展览两天。

通 电 原 文

【新华社延安十二日电】延安各界追悼陶行知先生大会通电原电如下:

全国各通讯社、各报馆并转全国文化教育界人士及陶行知先生家属友好公鉴:

陶行知先生不幸逝世的消息传到此间后,党政军民万人震动。本日延安各界代表暨先生生前友好学生等二千人,举行追悼大会,于先生遗像前,庄严地接受先生的思想、学说及一切未竟事业,并号召全国扩大反内战运动,反对蒋介石进攻解放区,反对特务政治暗杀,力促实现民主和平。各解放区普遍发动学习先生为人民服务的精神,推进各解放区教育事业。陕甘宁边区政府通过设立行知先生教育奖金,并改延安中学为行知中学。大会一致决议,延安即刻成立行知先生委员会,以办理研究及其他纪念工作,以此作为人民对先生崇敬之意。会中制有巨型纪念册,万人留字以为纪念。特此布达,希为先生遗志共同奋斗,此致敬礼。

延安各界追悼陶行知先生大会叩真

(《晋察冀日报》1946 年 8 月 13 日)

陶行知先生追悼会上陆定一同志演辞全文

【新华社延安十二日电】陆定一同志代表中共中央于追悼陶行知先生会上发表演说，演辞如下：

我今天代表中国共产党中央委员会来追悼陶行知先生。中共中央对于陶行知先生之死异常悲痛，认为这是中国独立和平民主运动的重大损失，是中国人民解放事业的重大损失，因为陶先生一生致力于救国事业、民主事业与教育事业。他在教育方面对人民的贡献尤为巨大与不可磨灭，陶先生之死对于中国民主运动与新教育运动是不可补偿的损失。

我们追悼的陶行知先生是人民的教育家。在人民中进行教育可以有两种不同的目的：一种是蒙蔽人民，要人民甘心做反动派的奴隶，做帝国主义的顺民，服从命运或英雄的摆布。抱着这种目的的教育，不管它叫什么名字，绝不是为人民的教育而只能是奴隶的教育。这种教育是决计没有前途的，因为如果中国人民不从帝国主义和封建势力的压迫之下解放出来，教育事业就没有发展的前途，只有衰落的前途。

陶行知先生的教育理论与教育实践是有另外一种目的，这个目的就是唤起人民自己解放自己。他把人民看作人，而不是看作奴隶与顺民。他主张人民的解放，他又相信人民的力量、人民的智慧，所以他相信人民能够自己解放自己。在教育事业上他同样相信人民的力量、人民的智慧，这种思想充满在他的著作之中。他主张人民自己为自己办的教育才是理想的教育，他为了这个主张孜孜不倦干了一生，谁见过陶先生的就被他的艰苦卓绝的精神所感动。陶先生的这种教育思想正是新民主主义的教育思想，正是为人民服务的教育思想。以唤起人民自己解放自己为目的的教育，是有极其宽广的发展前途的，这种教育在国民党统治之下受尽了压迫,受尽了灾难,不能得到宽广的发展。这是因为在国民党统治之下的中国乃是半殖民地半封建的中国,乃是帝国主义和国民党反动派所统治着的中国。陶先生和他的事业在那里受到磨难,这种磨难乃是中华民族中国人民所受到的苦难的缩影。但是这种苦难将是暂时的,在人民已经得到解放的中国解放区,陶先生的思想得到广大的欢迎,他的理想被实现,被发扬光大,在将来的新民主主义的中国也一定如此。所以唤起人民自己解放自己的教育才是为人民服务的教育,才是人民自己的教育,才有光明的宽广的发展前途。

要为中国人民的教育事业服务,教育家不能不向政治的,而且不能不在政治上坚决站在人民的前面作坚强的奋斗。这是因为帝国主义与封建势力这两座大山重重地压在中国人民的身上,为人民的教育事业也被这些反动势力压得不能发展。陶先生从"九一八"后参加救国会起,他的政治立场就很鲜明了,在政治上他与中国共产党成为民主运动中的亲密战友。陶先生之所以如此并不是偶然的,他是从他的多年实际经验中深切了解了中国共产党是中国民主运动的中坚,了解了共产党的大公无私、共产党的主张正确、共产党在为人民和民族的利益奋斗时坚强不屈,所以不怕一切诬蔑压迫与共产党携手奋斗。陶行知先生在他的政治生活中,他的主张、他的行动、他的作风、他的与人民的密切联系、他的刻苦耐劳坚强不屈、视死如归都是人民的模范。不仅仅别人应该把它们当作模范来学习,我们二百万中国共产党员也要把它们当作模范来学习。陶先生所走的道路是正确的,这正是伟大的民族主义者像鲁迅先生、邹韬奋先生等走的同样的道路。

现在陶先生不幸死了,他的死是在为独立、为和平、为民主的奋斗中劳苦过度而死的。在他死以前国民党特务暗杀了李公朴、闻一多等先生,并且准备了黑名单要暗杀上海许多民主人士。国民党特务曾到陶先生寓所打听陶先生的行踪,显然是想加害于他。陶先生自知身处险境,一夜整理诗稿十万字,以便可以无所牵挂与敌人战斗。这里表现了陶先生为了人民解放视死如归的伟大精神。可是因为过分劳苦,次日即突患脑出血逝世。

我们中国共产党人和解放区的教育界要继承陶先生的遗志奋斗,我们要在毛泽东同志为首的中共中央领导之下团结得紧紧的来争取独立、和平、民主,争取新民主主义新中国的实现。我们解放区的教育界要研究毛泽东同志和陶行知先生的新民主主义的教育原理,并把它实现,以唤起解放区的人民更加积极地参加解放区的建设工作和自卫战争。

陶行知先生精神不死!

(《晋察冀日报》1946年8月13日)

联大文工团下乡工作紧张

《白毛女》极受农民欢迎

李冰

【新保安讯】联大文工团同志很久以前就要求下乡,深入实际,得以在政治艺术上提高一步。下乡前每个同志都进行了思想检讨,热心学习时事与政策,作了相当的思想准备。在这次下乡的十余天中,全体同志情绪极高,工作甚紧张;在忙碌的演出当中抽时间学习政策,请当地工作同志作土地问题报告,并抽空接近群众,采访材料,向群众学习。

《白毛女》首先在新保安一带公演,出现在农民观众面前。每次演出都是在广场上搭起舞台,全体动手,演员兼做布景、服装、道具、灯光等工作，克服不少困难。前后共演出四场：新保安城演出两场，东、西八里村各演一场。每次演出都有观众三四千人，非常拥挤，很多农民跑十里八里赶来看戏。在西八里演出时，场子小，房上、墙头上、大树上都挤满了人。每次演出观众大多下泪，每演到最后一场斗争黄世仁时，台下喊打声不绝，并要求当场处死黄世仁。

目前正值复仇清算退租退地的群众斗争开展，《白毛女》演出起了极大的反响，很多农民说："说了穷人的心里话，恶霸发的是昧心财，该斗争。"才入伍的新战士王德海说："过去斗争恶霸我不满意，以为他们有钱有地，穷人眼红。看了《白毛女》我反省了一下，恶霸的钱都不是好来，太可恶了，真把人气得咬牙。"有的说："我在家时以为穷人是命，这回我可明白了。"又有的说："过去我把老百姓没有看成力量，看了《白毛女》我才觉着老百姓是有力量的。"小学教员训练班看了《白毛女》开讨论会，大多认为是受了革命的阶级教育。看到地主剥削欺压佃户的情形，有的说："令人切齿痛恨，怒发冲冠。"有的说："八路军解放人民，白毛女才能重见天日，铲除封建剥削。"

《白毛女》第一阶段演出告一段落，现在文工团全体同志为进一步深入实际，分散工作，不久将继续在其他地区演出。

（《晋察冀日报》1946年8月14日）

纪念"九一"记者节　冀中选拔模范通讯员

【新华社河间十二日电】本社冀中分社及《冀中导报》为纪念"九一"记者节，发起选拔与奖励模范通讯工作者，规定各个部门凡对通讯工作组织领导有特殊成绩，或个人一贯积极坚持写稿，并能推动别人者,均在被选拔之列。此外并发动大家,把在这期间认为好的通讯选拔若干篇。被选拔的个人模范,该社即聘为特约记者。不论个人或单位的模范作品,其被大家选录者,均酌发奖金或书籍。

(《晋察冀日报》1946年8月14日)

苏联文讯

熔炉 译

莎士比亚三百三十周年忌辰,全苏各界展开广泛纪念。苏维埃研究莎士比亚著作的中心是苏联戏剧协会,它在一九三四年开设的莎士比亚研究组,这个研究组存有许多关于这位戏剧史上伟大的英国戏剧家代表作过去的材料,一万一千张以上旧的雕刻和石印的画片,展览出从前在俄国内及国外上演莎氏剧本时的服装与布景。许多杰出的科学家、批评家、翻译家与演员们都在这个研究组里工作。每月一至三次开大会讨论英国戏剧家莎氏作品的新演出和翻译,亦讨论在苏联国内外最近出版关于莎氏的书籍。根据苏联戏剧协会的通知,每一个苏维埃戏院均准备着上演莎氏的戏剧。莎士比亚研究组派遣科学家到戏院里工作,去帮助演员正确地搬演莎氏的当代人物,出版纪念特刊,并将定期召集座谈会讨论《奥赛罗》一剧。近十年来,《奥赛罗》曾在一百五十个戏院里上演过。这个悲剧曾翻译成苏联二十七种民族文字,并曾在卡萨克斯坦、塔基斯坦、达格斯坦、摩尔达维亚与其他加盟共和国及各省份上演过。每年例行的莎士比亚年会上的演说即将发表。

(《晋察冀日报》1946年8月14日,《副刊》第77期)

冀中演出白毛女　《一坛血》已改为话剧

【新华社河间十日电】名剧《白毛女》，已由九分区文工团于"七七"纪念节在安国南关举行首次公演，八月三日又到河间举行公演三次，深得各界好评。为配合当前任务，火线剧社及分区若干村剧团，亦正分别排演，不久即可在各地普遍演出。吴伯箫之《一坛血》，新八分区前哨剧社已于最近改成话剧。日前胜芳乡导剧团、安平东黄境高小分别改成梆子演出，收效极佳。冀中文联已开始征集此剧各样底本，准备编成本子铅印出版。

【又讯】为推广社会教育，饶阳民教馆现正筹备组织文化娱乐组和业余公学，准备逢星期日表演音乐歌舞话剧，并动员商民入夜校学习。胜芳市民教馆举办问题讲座，并附设职业会计班。武强民教馆已置备大批图书，开始向外借阅。

（《晋察冀日报》1946年8月15日）

加强在职干部文化学习　冀晋成立业余公学

郭珍

【新华社阜平讯】为加强在职干部文化学习，冀晋区筹设业余公学。上月十八日，各直属单位代表假行署开会进行筹备，首由各单位推出董事，成立了公学董事会，并选出行政公署韩秘书长为董事长，教育厅胡厅长担任校长，初步起草了公学设施办法。各首长亲自担任公学教师，如行政公署韩秘书长及赵秘书主任担任公学算术教员，区党委安秘书长及宣传部王部长担任政治常识及历史教员。因此，干部报名极踊跃，只行署公署、区党委、公安局、抗联四个单位报名即有一百三十八名。根据现有学员文化程度及学习要求，分设初中、高小、初小三个班次，进行教学。

(《晋察冀日报》1946年8月15日)

旧剧界零讯

羽山

庆丰戏院选举模范工作者

张市解放一周年将届，庆丰戏院在一年中，演员们都有许多进步，在旧联领导下，他们社会地位提高了，生活改善了，业务与营业均有大大进展。为了奖励这一年工作中的积极为群众服务的人，庆丰一分会特决定选举模范工作者，提出四大条件：（一）忠心耿耿，团结群众；（二）任劳任怨，不说怪话；（三）工作积极，钻研业务；（四）力求进步，始终如一。经几次委员会和会员小组会，共提出崔万春等二十七人为候选人。投票选举结果：崔万春、李砚田、吴庆兴三人为甲等模范工作者，任玉祥、石宝珍、于又泉、张国清、马凤林、姚云山、李钧、高步云、张贵兴、何金海、石永山、王长德、孙玉山为模范工作者，并于日前开全体大会发奖，各分会委员也莅临参加。甲等模范得奖旗、奖章，其余发给茶壶、毛巾、奖章等。旧联各负责人讲话时，鼓励模范们更积极为群众服务，勿骄勿躁，号召大家向他们看齐。同时，指出当前形势，号召大家做支援前线的拥军模范。分会并拟将大门外的名牌，凡模范均在名字上冠以本会模范工作者等字样。各分会亦将继庆丰之后进行模范工作者选举。

总结旧剧运动，旧联总会即将产生

张市解放一周年将届，庆丰一分会正赶着总结一年来的工作，各分会亦正总结。裕民戏院积极筹备成立四分会，待各分会总结完成时，即推选代表，进行张家口市旧剧界联合总会选举。原总会筹委会早已成立，经数月来各方面的准备，与当前旧剧运动的发展，总会的成立是正适当其时。总会的正式成立，亦将更进一步推动张市的旧剧运动，提高旧艺人的思想与技术。

（《晋察冀日报》1946年8月15日）

邹韬奋灵柩葬沪

【新华社延安十四日电】沪讯：邹韬奋先生灵柩已于上月二十二日上午七时在沪市虹桥公墓下葬，邹夫人与中共在沪人员，生前友好沈钧儒、沙千里、王造时、徐伯昕、沈志远等及沪市文化人士均亲往墓地执绋，悲痛逾恒。

（《晋察冀日报》1946年8月16日）

陶行知先生最后的一封信

为民主死了一个就要感召一万个

【新华社延安十四日电】渝讯：此间《民主报》顷发表陶行知先生最后一封信，这封信，是七月十六日给育才学校全体师生的。该信略称："下关事件发生后，接到你们慰问的信，大家，尤其是我，从这里得到了无上的鼓励，使我知道我努力的方向没有错，也不是孤军奋斗……公朴去了，昨今两日有两方面的朋友向我报告不好的消息（指蒋介石特务准备暗杀陶先生），如果消息确实，我会很快地结束我的生命。深信我的生命的结束，不会是育才和生活教育社的结束。我提议：为民主死了一个，就要加紧感召一万个来顶补，死了一百个就是一百万人，死了一千个就是一千万人。我们现在第一要事是感召一万位民主战士来补偿李公朴先生之不可补偿的损失。只有这样，才是真正的追悼。平时要以'仁者不忧，知者不惑，勇者不惧，达者不恋'的精神，培育学生和我们自己。有事则以'富贵不能淫，贫贱不能移，威武不能屈，美人不能动'相勉励。前几天女青年曾在沪江大学约我演讲《新中国之教育》，我提出五项修养：（一）为博爱而学习；（二）为独立而学习；（三）为民主而学习；（四）为和平而学习；（五）为科学创造而学习。这些也希望大家共勉，并指教。"

（《晋察冀日报》1946 年 8 月 16 日）

昆明蒋家勒令四十七种刊物停刊

【新华社延安十六日电】渝讯：昆明市府及警务处，日前勒令《民主周刊》《时代评论》《中国周报》《大公报》《人民周报》等四十七种刊物，于本月三日全部停刊。此为国民党当局继北平、广州之后，又一次查禁大批刊物发行、摧残言论出版自由的反动措施。

（《晋察冀日报》1946 年 8 月 17 日）

英名作家威尔斯逝世

【新华社延安十四日电】伦敦讯：英国著名作家威尔斯已于十三

日午后于其伦敦私邸逝世,享年七十九岁。他力主世界和平与合作,一九三四年,他曾去美国会见故总统罗斯福及去苏联会见斯大林。

(《晋察冀日报》1946年8月17日)

全市剧影院决义卖一天劳军

羽山

【本市十七日讯】本市剧影界决定于八月二十三日张市解放一周年纪念日,义卖一天两场,特演新戏新片,将义卖所得全部支援自卫前线。旧联总会决定邀请不久前由平来张之名丑,与萧长华、马富禄齐名的茹富惠与张市各戏院名角特演义务戏一天,义卖所得全部献给前线。

(《晋察冀日报》1946年8月18日)

教育阵地社编印《行知教育论文选粹》

雁星

【本市讯】教育阵地社,为纪念伟大的人民教育家陶行知先生,除在该刊七卷二期撰稿追悼外,特将陶先生平生主要著作,编成《行知教育论文选粹》一册,列入新教育丛书。全书约八万字,现已付印,不日即可出版。

(《晋察冀日报》1946年8月18日)

沪出版业、书报业联合举行座谈会

反对当局非法查禁报刊

【新华社延安十六日电】沪讯：此间出版业与书报批发业，于上月二十四日假南京路冠生园联合举行座谈会，反对当局非法取缔书报摊贩，并查禁刊物。主席吴霞明报告日来各种刊物横遭当局非法没收，损失浩大，且被没收刊物，不问曾否登记，甚至《科学画报》也均被用汽车劫走。派报业张同昌称：当局借口"整顿市容"取缔书报摊贩，使数万人生计顿告断绝，望文化界、出版界予以协助，共商对策。周报社胡馨历表示今后遇到警局没收刊物时，应向他们索取收条，以便算账，否则无异抢劫；并说出版界在呈请登记中，未得明令禁止时，仍照常出版。海光社徐善宏指出，出版界书报批发业及书报供应业，应一致团结起来对付此种非法行为，才能维持数万人之生活。出席此次座谈会者，有五洲书报社、时代出版社、中国图书公司、周报社、文华社、民主周刊社等三十余单位。

又讯：上月下旬，沪市当局曾召集各报摊业主"谈话"，禁止销售进步刊物，包括《周报》及英文《密勒氏评论报》在内。当彭学沛在沪举行记者招待会时，《密勒氏评论报》主编鲍威尔为此曾提出质问。

（《晋察冀日报》1946年8月18日）

于力、林子明等函司徒要求美军立即离华

【本市讯】燕京大学留张校友于力、林子明等，为安平事件，于

本月十七日致函司徒雷登，要求司氏转告美国政府，立即撤销援蒋军事法案，撤退各地驻华美军。函中指出："安平事件愈益证明美军无留华之必要，如美国政府仍坚持军事援蒋之错误政策，不肯立即撤退驻华之海陆军队，则国民党政府将继续利用之以造成更恶劣之后果，非独阻碍中国之和平民主事业，并且威胁世界与人类之和平。"

（《晋察冀日报》1946年8月20日）

《新张家口报》筹备就绪即将创刊

羽山

【新华社本市十九日讯】筹备多日的《新张家口报》现已筹备就绪，将于八月二十三日张市解放一周年纪念日创刊。该报为一带有浓厚社会性与地方性的群众报纸，主要反映张市人民各方面的生活，反映张市的各项工作与建设，并指导工作。它的方针是为张市人民服务，群众写，写群众，贯彻大家办报的精神。篇幅为四开四版，三分之二以上的篇幅登本市新闻，其余为国内要闻或汇集。除国内外及本市要闻外，决开"工商""社会动态""文教""副刊"等栏。副刊除文艺，将定日出"青年""妇女"等专刊。现因印刷及人力关系暂出二日刊，待上项问题一旦解决，即改日刊。该报的出版，在张市建设史上说来，是一件重大的事情，对张市各项建设亦将给以很大的推动。而这样带有浓厚社会性的城市报纸，在解放区尚为数不多，因而各界异常关切。

【又讯】本日下午六时，《新张家口报》特召集各区与市一切机关的通讯工作者会议，由报社社长沈重同志报告《新张家口报》的性质、方针、任务后，指出当前报道中心为反映各阶层人士积极支援自卫战前线与张市解放周年的一切活动,并讨论如何开展通讯工作问题。为应当前工作需要,特于各区设立专业化的住区特派记者。

(《晋察冀日报》1946年8月20日)

《新张家口报》启事

本报定于八月二十三日出版,暂定为两日刊,本报欢迎各界踊跃订阅并祈经常赐稿,稿件一经刊出,当按规定酬予稿费。又本报出版仓促,筹备不周,缺错之处在所难免,更希读者随时拨冗指教为盼。兹将发行广告登载办法列下:

一、本报现时为四开纸一张,每份订价为三〇元。

二、凡订报户直接与本社接洽,本报即按期送报,全月四〇〇元。

三、各订户均由晋察冀日报社报差代送。

四、订报户如中间停阅,请即事先通知本社,如不足半月者按份计算。

五、订阅本报者均在每月每旬一、五日为订报日期,交纳报费以边币计算。

(《晋察冀日报》1946年8月20日)

《解放日报》筹备纪念"九一"记者节

筹备会决定奖励工农兵通讯员

【新华社延安十八日电】延安青记学会、新华通讯社及解放日报社发起筹备之"九一"记者节纪念会,是日在解放日报社召开筹委会,到有中共中央宣传部、群众报社等代表十余人。决定奖励工农兵通讯员,出纪念刊,开纪念大会,为抗战中殉难同业及日本投降以后被国民党反动派杀害的新闻界先烈致哀,及部队、工厂、延属分区及本市机关、学校通讯员分组开小组座谈会等办法。据悉,为奖励工农兵通讯员,中共中央办公厅韬奋基金会等共捐赠边币五百六十万元。

(《晋察冀日报》1946年8月21日)

群众剧社在涿鹿演出《斗争白眼狼》

立人

【涿鹿讯】边区群众剧社自九月初来涿鹿县后,即深入乡村演出各种新剧。最近该社又和县区干部合作,根据清算斗争的实际情形编写了一个梆子戏《团结斗争》(又名《斗争白眼狼》),内容主要是反映恶霸用各种阴谋诡计,如造谣、威胁利诱、挑拨离间、假开明等手段来反对农民的正当要求。但这些阴谋诡计在群众的团结斗争下都被揭穿粉碎了,白眼狼终于斗倒了,群众得到了胜利,获得了土地。该剧演出后,群众都很称赞,老佃户李某说:"真是好戏,看了还能知道怎样和坏蛋斗争。"有过去受谣言影响的群众,这会才明白谣言原是恶霸和走狗们造的,他们想继续压迫穷人,叫大家不敢斗争。王德新说:"谁信谣言谁就倒霉。"该社不日即将到河南各区继续轮回演出。

(《晋察冀日报》1946年8月22日)

解放区学者应邀访美　蒋政府又拒给护照

周扬等同志昨日返张垣

【新华社本市二十二日讯】美国务院六月下旬邀请中国教授、专家等二十人访美，内有解放区之周扬（华北联合大学副校长、前延安大学校长）、欧阳山尊及聂春荣、李苏两工程师。周等之被邀系经美方慎重物色，并由马歇尔将军暨司徒大使竭力协助，良以渠等均各有专长，如周扬系文学家，欧阳山尊为戏剧家，聂、李均于解放区工业建设有贡献者。渠等被邀按照美方计划系为促进中美文化交流，增进中美友谊。七月初，周等自张家口飞沪，由美大使馆方面协助向政府请发护照，经多方折冲，迄今月余终遭拒绝。现周等已于廿二日乘机飞返张垣，并致电美方文化界人士叙述经过。

（《晋察冀日报》1946 年 8 月 23 日）

周扬致美文化界人士函

费正清博士并转赛珍珠、史沫特莱、苏威斯、史诺、爱金生、华兹施恩、史图威、白修德、史坦因、福尔曼、爱泼司坦先生：

我很遗憾地告诉你们：我和另外三人，工程师聂春荣先生、李苏先生和戏剧家欧阳山尊先生承美国务院邀请，正待赴美观光，不料我国政府竟因我们是来自解放区的关系，拒绝发给护照，虽经再三交涉，迄无结果，以致不能成行。我们很感谢而且珍视美国政府的邀请，期望此行能对促进中美两国文化交流，发展中美两国人民友谊有所助力，并视此行为向美国科学、文化、艺术等等学习之良好机会。

现在这个希望一时是不能实现了。国民党当局曾庄重地允诺过保证党派地位平等，允诺过保证人民基本自由。我们现在所受的却是非常不公平的待遇，连应邀出国的自由都没有。国民党当局最近大肆宣传中共如何如何反美，但正是他们剥夺了我们发展中美两国人民友谊的权利。对于国民党当局的这种无理行为，我们感到万分愤慨，不能不表示抗议。但是同时，我可以告诉你们，不管一切阻挠，我们仍将为交换中美两国文化经验，与发展两国人民友谊而继续努力。中美两国人民的心是永远联系在一起的，非任何反动力量所能破坏。我写这封信给你们，希望你们把我们现在的处境和心情告诉美国的人民与知识界朋友，并期待你们的同情的援助。

周扬谨启

八月十三日

（《晋察冀日报》1946年8月23日）

上海文化界人士悲愤饯别周扬同志

【上海讯】上海文化界人士郭沫若、茅盾、田汉先生等四十余人举行会餐，为周扬同志北返饯别。会上，周扬同志报告此次出国被阻经过，并对上海文化界同人之关怀表示谢意，最后提出如何加强今后上海文化界与解放区联系的问题，盼望文化界朋友对解放区多予帮助指导。新从昆明来之西南联大教授吴晗、尚钺、楚图南等先生特别被邀讲话。吴先生说政府拒给护照早在他意料中，但由此亦足以证明谁在破坏四项诺言、政协决议。吴先生等关系于李闻被害经过述说甚详，并谓闻氏家属现遭到国民党特务种种迫害压迫，已陷入求生不能、求死不得之地步，言下不胜悲愤，全场动容。讲话后，到会者并纷纷为周扬同志临别题词，以志纪念。郭沫若先生题："到了上海，事实已就等于到了美国，不必再远涉重洋了，还是自己埋头苦干的要紧。我相信，我们这一次的分手总不会是太长远的。"茅盾先生写道："盼望你把我们的敬意和热忱带给北方的朋友。"许广平先生写："远方的光芒，带来到近旁。"田汉先生即席题诗："东风不肯便周郎，却趁南风返朔方。何必镀金方灿烂，已为民主放光芒。"胡风先生题："没有礼物，把我们的怀念和期待带到北方去吧。中国已分幽明二界，在幽界中的我们，总要穿过屠刀，踩着荆棘走完这条路，直到我们在自由的阳光下面欢呼再见的一天。"名剧作家×××先生题："他不许你到美国去，他怕人知道他是刽子手，他可怜得很，他离死不远了，等他死了再去吧。"下书"于刽子手发表文告之日"。聚会至晚间十一时始散，临别犹依依不舍云。

（《晋察冀日报》1946年8月23日）

延安广播改波　邯郸电台"九一"正式播音

【新华社延安二十一日电】延安广播电台二十二日起改波长为四十公尺，七五〇〇千周，时间照旧。

【新华社邯郸二十日电】邯郸新华广播电台于九月一日正式播音，呼号为XGHT，波长四九米，时间为十时及十八时。该台除转播延安XNCR时事新闻外，并有晋冀鲁豫边区介绍、地方新闻、故事、商情、音乐等节目。

（《晋察冀日报》1946年8月23日）

上海文化圈

姚蓬子近主编《北方文丛》文艺丛书一种，大部为解放区之文艺作品，已出版者和即将出版者有五种：艾青的《吴满有》，马加的《滹沱河流域》，荒煤的《新的一代》，周而复的《子弟兵》，萧军的《八月的乡村》。

★★★★★★

新知书店近编辑社会科学读本一辑，由集体写作，条理分明，文笔浅显，为目下学习社会科学的良好读物。已出版者有《资本主义以前社会》《论资本主义》《资产阶级革命性及革命转变问题》《论社会主义革命》，尚有《论农民问题》《政党论》《中国革命的基本问题》等六册，日内即出。

★★★★★★

上海书屋印行的冼星海的《黄河大合唱》，最近已卖到第三版。

★★★★★★

轰动一时的陈白尘的名作《升官图》，在上海成为近年来卖座最佳的戏剧。截至六月底，该剧已演出八十余场，场场满座，且越来越挤。某一观众，前后已看过五次，他说："高兴时，想看这个戏，伤心时，又想看这个戏！"

沪影剧界人谈：陈白尘现正在牯岭埋头写作其《窃国大盗袁世凯》之历史剧，闻月内即可脱稿。

★★★★★★

上海影剧演员同人为了在工作、学习、生活上进一步地团结，六月二十八日正式成立了"上海市影剧演员联谊会"，大会选出赵丹、白穆、韩非、沈扬、耿震、吴茵、刘厚生、蓝马、宗由、岳路、白扬、石挥、陶金、张伐、舒绣文为理事，欧阳山尊、英郁、白沉、贺路为候补理事，陈天国、章曼苹、郑君里、唐远之、朱江为监事，夏天、穆宏为候补监事。

★★★★★

近日上海"剧协"收到检举附逆影剧人函件颇多，据统计以检举张善琨、韩兰根为最，此外即为"华影"之导演，如张石川、徐欣夫、高占非、梅熹等。现影剧界已公推司徒慧敏、凤子、葛一虹三人共同着手整理检举函件。而近日"剧协"忽收到"华影"的十二个导演的联名信一封，内中并附国民党市党部给他们的复函的照片一帧，提及他们在敌伪时代曾和吴开先、蒋伯诚取得关系。看起来，现在他们又成为影剧界的"地下工作者"了。

★★★★★

原属国民党军委会政治部之"中国电影制片厂"，现改隶国防部联合勤务总司令部的中央军教电影事业管理处，名称改为"中央军教电影制片厂"。据说以后整个重心将放在制作军事教育影片上，而目前则大部为译制翻印美国的军事教育影片，准备这样进一步来美化蒋军。

★★★★★

刻苦自学成功、举世闻名的数学家华罗庚教授在苏、美讲学，获得苏、美数学家欢迎，此次由□□回国，行装甫卸，又启程赴美。但是国民党的通讯社报纸，对华氏的来来去去，一字不提。□□志批评这些通讯社报纸说："你们心目中是'月亮也是外国的好，美国的月亮最好'。但我们则以为中国有华罗庚是中国人的荣誉，你们不提又怎样？难道你们能够抹煞他的成就吗？"

（《晋察冀日报》1946年8月24日，《副刊》第86期）

内蒙古文工团努力演出　　颇受蒙胞欢迎

【又讯】为了庆祝察盟政府的成立，并举行赛马摔角比赛，内蒙古文工团连续演出三天话剧。当蒙古话剧《血案》演到傅作义残杀蒙古族人的时候，群众均愤激填胸。吴晓邦的《蒙古三部曲》是一个大型的活报式的歌舞剧，颇得观众好评。内蒙古文工团并举行了一个小型展览会，主要是介绍老解放区人民的生活，八路军和老百姓，以及蒙古族人民清算坏人的连环画。蒙古族人对绘画异常爱好，在二十分钟之内即有一七八个观众。他们纷纷要求给一张云泽主席的彩色画像，并请美术工作者给他们也画些像。文工团还临时成立一个诊疗所，免费为患者治疗。实业公司利用大卡车设立了一个流动的门市部，由于价格比市场低，顾客异常拥挤，平均每日贸易达三十多万，有一天超过四十万。十九日黄昏，文工团又特别举行了一个大型的火炬晚会，当歌声一起，蒙古族人民即随声应和，妇女和民间艺人也带着古老的乐器，参加他们的舞蹈。辽阔的草原上，到处洋溢着人民狂欢的歌声。

(《晋察冀日报》1946年8月25日)

四万人学文化　　三县有民教馆

陈乐予

在社教方面，易、满、涞三县各设民教馆一处，现有经常的民校四三〇处，宣讲班四五〇处，识字班一千四百一十班，识字组六千五百十二组，人数共四万二千六百卅六人。识字最多者达一千字,简单的信、记账、珠算等都会用了。经常的读报组有六二三组,人数三千四百九十七人,黑板报起作用者二千四百零四块,屋顶广播八一四个,剧团五四一个,演员一万四千八百五十八人,共演出一千零八十五次,自己创作的新剧八一四个。秧歌队、霸王鞭村村都有,他们在配合各中心工作的宣传上、时事教育上,都起了极大的推动作用。

(《晋察冀日报》1946年8月25日)

沈钧儒、郭沫若等致电巴黎和会

陈述中国内战影响和平

【本报上海讯】上海各人民团体代表沈钧儒、郭沫若、茅盾、阎宝航、马叙伦、章伯钧、张纲伯等顷致电巴黎和会,略称"吾国虽有代表出席和会,但彼等所代表之国家,不幸已濒于大规模内战之危境","除非法西斯势力能从根铲除,而战争中所获得之民主成果能确实树立,则未来之和平无由保证"。"因此必须指出,中国现状之日益严重,将影响及于远东之和平。唯有恢复同盟国家间之信任与合作,及推广民主于亚洲各民族,始克确保胜利之成果,而给广大人民以机会,得以实现反法西斯侵略战争之苦难岁月中所追求之幸福与进步也。"

(《晋察冀日报》1946年8月26日)

张市剧影界义演收入一九九万全部劳军

羽山

【新华社张市二十五日讯】廿二和昨前两日，本市各剧影院为纪念张市解放周年，特分别义务公演，将一天收入全部支援前线。三天来，情绪极为热烈。剧影院都演了新剧新片子，人民剧院恐收入太少，一天演了四场，次日又演了一场，将五场收入全部劳军；民主影院同时上演两部片子，使收入增多；新张家口剧院与裕民戏院，亦为此分为两个晚场义演。现义演已告结束，共收入：人民剧院二八三六〇〇元，新华影院一七〇〇〇〇元，民主影院二〇九〇〇〇元，庆丰戏院四一五六〇〇元，同德戏院一七一〇〇〇元，裕民戏院三五五八〇〇元，新张家口剧院三九〇八〇〇元。总数为一九九五八〇〇元，仅四个戏院即一百三十余万元。以上收入全部支援前线，义演中职演员均不拿份。

【又讯】各剧影院除义演以外，又纷纷展开献金运动，现庆丰戏院已献金二十八万余元，老板赵光斗五万，高吟秋三万，花淑兰二万，崔万春、马凤林各一万，余皆三五千不等。人民剧院已献七万七千余元和二十几位同志的每人一月津贴七斤米，汪、胡二院长除津贴献出外又都掏出兜里仅余的每人六七千元。民主影院十一人共献四万余元，张院长以身作则首先献出月薪百分之二十，六十七斤小米，直到自卫战胜利为止。其他各院亦正募集中。义演与献金，全市剧影院收入劳军已达二百四十余万元。

（《晋察冀日报》1946 年 8 月 26 日）

三千万"行知奖金"

延安追悼陶行知先生筹备会,致函边府,提议拨付边币三千万元,作为"行知奖学金",专门奖励边区小学教育的研究工作,并把"延安中学"改名为"行知中学"。此两项纪念行知先生的提议,已在边府第九次政务会上正式通过。

(《晋察冀日报》1946 年 8 月 27 日)

文艺界座谈当前任务

西北局宣传部召集文艺界座谈当前文艺界的具体任务,会上宣传部长李卓然说:"边区文艺界遵循毛主席在文艺座谈会上所指出的方针,开始为工农兵服务,且产生了《白毛女》《血泪仇》《抗日英雄》《洋铁桶》等优秀作品,但创作方面,仍有缺陷,今后要向一些模范作品如《李有才板话》等学习,不断提高自己,从实际生活中去吸取题材。"对于目前文艺活动,李氏提出:"在国民党反动派积极发动全面内战的严重局势下,文艺界在创作上多写鼓舞群众胜利信心的作品,同时应注意加强时事宣传的教育,使广大人民群众了解当前的政治形势,因此文艺工作者必须下乡。"

(《晋察冀日报》1946 年 8 月 27 日)

滦 州 影
——冀东民间艺术介绍

刘大为

在冀东，无论男女老幼，一提起"滦州影"来，他们是相当熟悉的，每个人都在热爱着这种民间艺术。在冀东丰玉宁南部传说着这样一个故事："妇女们正在家里做饭的时候，一个一个地往锅里贴饼子，忽听锣鼓响起，影开台了，妇女们忙把饼子贴到门框上抱起孩子跑去看影，走到影台跟前，才发现把孩子脑袋朝下抱着呢……"从这个传说里，我们可以知道群众对"滦州影"是多么喜爱呀。

群众为什么对它这样喜爱呢？首先，我觉得因为它是完完全全来自民间、来自群众的艺术，它所表现的故事多是采自群众所熟知的故事，如《天河配》、冀东的民间故事《杨三姐告状》等等。在语言上它全是被群众所了解易懂的语言。同时，编剧也大多是群众自己，在演出的组织上比较简单，随便任何的一个场所，把布篷安起来（只有一间屋子大小），前面用三张高桌，在桌子上再架起二尺上下的一面白窗户来，里面点起灯，于是所要表演的故事，就在这张窗户上借着灯光照出的影子像，在银幕上放映电影似的映演起来。

这种影戏最早发源于滦县，所以叫"滦州影"。再由于在窗户上所放映的是用驴皮刻成的半尺上下高的人形、桌椅、山水等，故又名"驴皮影"。

★★★★★★

"滦州影"在演出的组织上是相当复杂，但又非常节省人力的。一个影班有六七个人就可以组成，影里所有的一切效果、布景、乐队，以至于演唱者，都由这六七个人担任，他们的分工是这样：

耍线的：在影窗户上照出来的人物（他们叫影人），是由两个人在窗户后面拿着影人配合着剧中的唱词来做各种动作。这两人还兼任着布景（把剧里所表现的环境用大道具——也用驴皮刻成——随时更换），同时，他们也兼任着做效果的职务。

乐队：拉胡琴的人，大都是瞎子，用一种特制的"四根弦"来伴奏，至于打击乐器（锣、鼓、钹），是由耍线的人兼任，把锣吊起来，把另外一个钹放在桌上，用两只手可以同时敲奏两种乐器。

演唱者：这是"影"里面的主要成员，他们配合着窗户上的人影演唱。在唱法上值得介绍的是，咬字特别真，并且能唱出每个角色的个性，用声音来区别。通常他们用以表现女人的唱法叫作"小"，表现老头的唱法叫作"然"，表现大汉的唱法叫作"大"，表现年轻人的唱法叫作"生"。

★★★★★★

抗战期间，冀东的"影"更提高了一步，在剧本的内容上，由于很多艺人的努力，大加改变，创作出了很多现实的剧本，反映冀东军民的英勇斗争事迹，把民兵打炮楼、八路军打埋伏等等很多生动场面，都搬到影窗户上去。同时他们也改编了《血泪仇》等剧。目前，他们准备把《大家喜欢》《刘小眼大翻身》加以改编，配合目前政治任务演唱。

这里，再值得介绍的是过去在旧社会很有地位的影戏艺人，如张茂兰、苏旭等，他们对影是有着相当研究的，他们的唱词曾灌过唱片，也有的曾到国外演唱过。他们参加革命后，不但在技巧上提高，更重要的是这些旧艺人经过教育之后，在政治上有很大的进步。他们已能够自己改编和创作新的剧本，由一个旧艺人变成一个为工农兵服务的艺术工作者。

（《晋察冀日报》1946年8月30日，《副刊》第92期）

渝蒋特横行　聚众捣毁国民公报

殴人捕人畅所欲为

【新华社延安二十九日电】渝讯：此间四川地方人士创办之《国民公报》报馆十日突被百余特务暴徒全部捣毁，损失一万万元以上，并有职员多人被捕。是日下午，该报工人三人于报馆附近江边洗澡，偶尔不慎，溅水至近旁渡船上，遂即发生口角，不意此事竟为旧日仇视该报之特务暴徒作为口实，立即纠集了一百余人，手持棍棒铁尺，冲入化龙桥该报报馆内，遇人即打，遇物即毁，该报排字房、机器所、打版房、编辑部、员工宿舍及各房间均被全部捣碎。该报人员见状，制止无效，复遭凶殴。当有八人受伤，五人被拘捕，而此次行凶前后达一小时之久。现该报向当局提出严重抗议，并要求惩凶，并保证不再发生类似事件。

(《晋察冀日报》1946年8月31日)

山东省黎玉主席撰文纪念"九一"记者节

号召鲁新闻工作者献身事业与人民结合
并团结广大爱国与民主的同业

【新华社临沂二十九日电】山东民主省政府黎玉主席为"九一"节撰文，赠予山东新闻工作者，文中并号召全体新闻工作者：（一）努力向实际学习，与人民结合。有些同志认为"新闻工作不是实际工作"，这是不合事实的想法。最优秀的新闻工作者，一定是最优秀的实际工作者，否则就无法说明我们报纸过去是怎样结合了实际，和今后将如何更进一步地结合实际问题，只在新闻工作者本身如何在现在岗位上关心实际，并虚心向实际学习。也有些同志认为"办报不接近工农兵，不如做群众工作好"，这更是不实事求是的想法。殊不知我们的报纸，正是工农兵的报纸、人民的报纸。我们自己就是人民的公仆与人民忠实的代言人，报纸上每件事物必须是人民意志与愿望的代表，否则就不是为人民服务或服务得不够忠实。问题只在于自己如何克服某些好高骛远、脱离群众的作风，在目前的岗位上多接近与了解群众，研究群众的水平及其喜见乐闻的形式，以求更好地为人民服务。（二）终生献身新闻事业，埋头苦干，培养大批精通业务的新闻工作者，彻底克服地位观念、成名心思、不作长期打算等不良倾向。（三）团结广大爱国与民主的新闻同业，虚心学习他们的经验，以提高自己。在蒋介石反动集团意图恣意绞杀进步新闻事业的今天，我们更要尽量地援助他们，并与他们更好地合作。

（《晋察冀日报》1946年8月31日）

山东青记学会纪念"九一"节电贺各区新闻工作者

【新华社临沂二十九日电】"九一"记者节将届，山东青记学会分会大众报社及新华总分社，顷电东北、晋察冀、晋冀鲁豫、苏皖、晋绥等解放区全体新闻工作者致贺，并表示深望在今后自卫战争、群众运动及和平建设三大任务的报道中，与各地同业相互观摩，交流经验。

（《晋察冀日报》1946年8月31日）

哈市报纸发达　　现有中外报纸十一家

【新华社哈尔滨二十九日电】哈尔滨全市现有《东北日报》《公报》《民生日报》《大众日报》《午报》《松江商报》《民主新报》等中文报纸七家，俄、波、日、鲜文报纸各一家。在七家中文报纸中，仅《东北日报》为中共东北中央局机关报纸，余均为当地民主人士、绅商或职业记者所独立经营之私人企业。据熟悉哈市报业者称："九一八"前，本市国人经营之中文报纸，最多时曾有十四家，日寇侵入后，迭遭摧残，一年之内，即仅剩四家勉强维持。三七年后，四家之中《午报》又被日寇强迫收买（现已复刊），其余三家被迫并为《滨江日报》一家，但不久亦告停刊。当地爱国的新闻工作者，均纷纷逃亡。"八一五"后国民党接收大员采用□□□□□政策于关□□□□□新闻工作者□□□□□迄民主联军□□哈市□及当地民主政权建立后，人民获得言论出版的自由。民营新闻事业获得多方扶助，即呈蓬勃发展气象，预料不久即将超过"九一八"前之数量。

（《晋察冀日报》1946 年 8 月 31 日）

茅盾拟访苏联

【本报上海讯】中国名作家茅盾（沈雁冰），应苏联对外文化委员会之邀，即将前赴苏联游历。今年年初在重庆，苏大使彼特罗夫即曾与沈氏商谈，最近复函请沈氏夫妇准备动身。据沈氏表示，如能赴苏，将搜集中国最佳作品带往，并将在游历期间，对苏联战后各方面特别是文化方面之建设多加观摩。苏联各名作家亦拟一一拜访，尤盼能与渠曾翻译过其作品的作家晤面。

(《晋察冀日报》1946年8月31日,《副刊》第93期)

编 者 的 话 (《副刊》第九十三期)

最近收到不少关于反映土地问题的稿件,其中很大的比重犯了公式化和简单化的毛病。这些稿件大部分都是写清算大会,开头总是农民讲话揭露地主罪恶,其次就是地主在农民斗争下被迫屈服,最后即大吃翻身饼以示庆祝。

其实,我们并不是反对写大会,问题是作品中是否生动地反映了目前的斗争。

譬如写农民控诉地主的罪恶,这当然是很重要的,不尖锐无情地揭露地主的罪恶,便无从说明我们斗争的正义性。但是,这种揭露,应该是从各个方面下手的。诚如我们所知道,地主不但有一套封建的较为明显的剥削方法,而且更有许多笑里藏刀的阴谋诡计。地主的目的虽然一样,但他们所实行的方法却各有不同。我们的作者常常将地主的面貌、腔调、方法,写成千篇一律,因此使读者得不到一个深刻的印象。

譬如写农民斗争的过程,这是最重要的一部分,藉此可以窥视农民对于我党土地政策执行与了解的情形。更重要的是可以写出经验,推动旁处的工作。有一篇写天镇县三十里铺执行土地政策的稿件,是犯了最典型的毛病的。这一稿件开始写三十里铺的农民对于清算斗争如何不感兴趣,但这一次却"迅速地发动起来了"。这里面到底经过了一些什么过程?农民的态度怎样转变的?我们的工作改换了什么新的方式?还有地主的反应,作者一点儿没有说明白。

譬如写翻身后农民的欢喜情形,大部是抽象的概述,不是大吃翻身饼,就是"欢喜若狂"。然而事实上农民由于庆祝翻身,就以一个家庭的男女老少来说,他们欢喜的情绪也是不同的。最可惜的,是农民由于被翻身鼓舞而出现的具体行动,却为我们的作者所忽视。

关于这方面的意见说到这里为止,希望大家共同研究,加以克服。

其次,我们再一次吁请投稿同志注意下列数点:(一)希望来稿用稿纸按格誊写清楚,不要写草字与简笔字。有些投稿人常常把两个字连在一起写,有的又把一个字写成两个字,使编者与排字工友都平添了不少困难。如无稿纸也希望分格分行缮写清楚,标明确切字数,并留下修改空格。(二)凡歌曲,希望把谱子用黑墨水誊写清楚,以便制锌版,否则一律不用。(三)来稿不附足退稿邮票者,一律不退,也不代保存原稿,请原谅!

(《晋察冀日报》1946年8月31日)

边区新闻界昨纪念"九一"记者节

决加强业务联系群众

【本报讯】边区新闻界于三十一日假联大礼堂举行"九一"记者节纪念会,到晋察冀日报社、新华社晋察冀总分社、子弟兵报社、工人报社、新察哈尔报社、新华社察哈尔分社、新张家口报社、新华社张家口分社、晋察冀画报社等单位编辑记者及各界来宾二百余人,到会诸同志对八年敌后抗战中为开展新闻工作而英勇牺牲的先烈深致哀悼。主席邱溪映同志号召边区新闻界战友,把现在边区人民正义的自卫战争从各方面报道给全国,和全边区人民紧密地团结在一起,粉碎蒋介石对边区的疯狂进攻,争取自卫战的胜利。华北联大副校长周扬同志被邀讲话,他着重说明新闻工作是很实际的工作,我们新闻工作者应坚定地站在这个岗位上为人民服务。美国友人、美援华委会秘书李敦白先生很兴奋地希望边区新闻界把中国和解放区人民的要求亲切生动地也能报道给美国人民,因他们对中国人民真实的生活和斗争情形都很隔膜。晋察冀日报社社长邓拓同志号召发挥边区新闻界八年敌后抗战中的光荣传统,在目前紧张的自卫战争中以最大的决心和勇气,忠诚地为人民服务。接着,在座谈新闻工作时,到会同志踊跃发言,愿加强新闻报道,密切联系边区的群众,立志钻研业务,把边区的新闻工作提高一步。并一致表示,对山东同业提出的"在解放区自卫战争、群众运动及和平建设三大任务的报道中,互相观摩交流经验"完全赞同,并愿与其他解放区同业共同努力。会上决定出一不定期的《新闻工作》刊物,以加强学习,交流经验。

【又讯】边区新闻界"九一"纪念节纪念会致电全国新闻界,反对蒋介石卖国独裁、内战、摧残舆论、剥夺言论出版自由,对国民党统治区新闻工作者不屈不挠的争民主运动表示敬意并愿以全力支援,作他们的后盾。

(《晋察冀日报》1946年9月1日)

平绥铁路裕民运输公司业余剧团演戏两天劳军

秦□明

【本市讯】平绥铁路工人俱乐部、裕民运输公司职工会合组业余剧团,并有抗敌剧社、张垣烟草公司职工会的帮助,决在九月二、三日，假人民剧院演义务戏两天，所得票价全部慰劳前线。

（《晋察冀日报》1946年9月1日）

国民党区新闻界所受的迫害

廖盖隆

【新华社延安三十日电】蒋介石反动派违背历次诺言，特别是今年一月的四项诺言，一年来对新闻界、言论界实行一连串的迫害。

一、查封言论机关。仅据报道揭露的不完全材料，过去一年中蒋介石政府查封及迫停言论机关达二百七十四家，其中上海《建国日报》等十一家报纸于去年十月被封。此外，二百六十三家言论机关均于今年一月政协会后被封。举其大者如今年五月二十九日一次，在北平即查封报纸、杂志、通讯社七十七家。六月五日及二十九日两次在广州封闭杂志报纸及出版社近五十家。六月二十八日一次在天津封闭杂志二十一家。八月三日一次在昆明封闭杂志四十七家。八月八日一次在上海封闭广播电台五十四家。

二、派遣特务捣毁报馆。自今年二月到七月五个月之内，特务捣毁报馆及戏院事件达十七起，共有二十一家报馆报纸销售处和两家戏院被捣毁，资财的损失，仅《新华日报》一家即达一万万元以上。此外，人民的言论机关还受到各种非法骚扰，例如今年三月二十七日一夜之间，西安《秦风·工商日报》，连遭蒋介石特务放火三次。四月十五日广州的蒋介石特务用布袋装大蛇三条、黄蜂两窝投入《正报》报社内。（漏三十二字）

三、禁售和停邮。二月十五日起，重庆《新华日报》曾有十分之九被邮局内特务机关所检扣，《民主报》及《民主星期刊》等亦被检扣。以后同样事件更不断发生。密令各地禁售是第二关。今年三月二十日广州市警局即分令颁发《禁售书刊第一号通知》，列举书刊达十九种，连《政治协商会议文汇》也在禁售之列。七月下旬，上海国民党当局一次禁售杂志达数十种，此外又拨派特务对报童、报摊、书店抢劫书报，北平《解放》报出版不久即遭特务抢劫，最多时平均每日损失达千多份。六月五日，广州特务组成五十个暴动队，遍摊正大、国光等十余个大小书店，在惠爱路、汉民路一带二十多个报摊抢劫民主刊物三十余种十多万册，而兄弟图书公司则连一切生财用具也被劫去。七月中旬起，上海大批的民主刊物一律横遭当局非法没收，不问曾否登记，甚至连科学正报也被用汽车劫走。

四、摧残新闻言论界的人身自由。据不完全统计，从今年一月到六月五个月内，蒋介石特务殴打新闻界人员事件共有十四起，殴伤新闻记者、编辑、经理十多人，逮捕新闻界人员事件共计十三起，使七十人以上陷于缧绁或无故被押。

从今年一月到五月四个月之内，新闻界人员被惨杀事件达六×起。正月十三日在政协开会期间，名记者羊枣惨死于杭州蒋介石监狱之中。三月二十八日参加南通欢迎执行组游行之国民党日报记者孙平天，被蒋介石特务逮捕后遭惨杀，并将尸首抛入河中。四月十日衡阳《大华晚报》记者李某被国民党军捕去，用棉絮塞口装入麻袋中，乱刀刺死。四月二十五日西安《秦风·工商日报》义务律师王任，被以莫须有之"烟犯"罪名执行枪决。五月一日西安蒋介石特务将《民众导报》主编李敷仁绑架至咸阳郊外暗杀，幸未殒命。甚至那些希望中国和平民主的美国记者与其言论机关，在中国以内亦同样受到蒋介石政府的迫害。去年十二月美国名记者史诺、爱金生、斯蒂威、瓦斯特及加因等被国民党政府列入黑名单，禁止入境。直到现在，这一黑名单还未撤销。今年四月北平中山公园国大问题讲演会上，美新闻处北平分处处长福斯特遭到特务的殴打。蒋介石反动派自己所做的是卖国、内战、独裁和反人民的勾当，因此非常惧怕言论自由，一定要封住人民的嘴巴，可是这也表现了其统治的脆弱，经不起人民的批评，同时也表现了蒋介石诺言与信用的全部破产，自己取消了人民对于他们的信念。全国新闻言论界与全国人民正在奋力进行斗争。

（《晋察冀日报》1946年9月1日）

记者到自卫前线去！

逸人

我从前方回到张家口，正赶上我们纪念记者节。

在自卫战场上，四十天间，我随着部队为保卫我晋察冀边区的和平民主而战斗，我看见听见许多惊天动地的事情。今天国民党反动派公开声称要进犯延安、承德、张家口，热东的国民党军已经动起来了。应当有更多专业记者开上前线！他们的任务，是从那里及时报道反动派在我边区破坏和平的罪行、战争的情况、战士们的勇敢以及前线的需要。这些报道可以振奋人心，激励士气，也会使后方支援前线工作做得更好。

在前线，战士们勇敢保卫人民利益，保卫解放区的和平，流血牺牲的事实深切感动并且教育了我：他们以一个营的兵力，粉碎三千七百多阎日伪联军的进攻，负伤不下火线是平凡而又平凡的事情。应县讨逆战中，战士张文斌身上负伤八处，下来时还指着城上高呼："乔日成狗日的！这次你没有打死我，我就有报仇的一天！"副班长刘菊敬，参加奋勇队冲锋，刚上去就负了伤，但他坚持作战，直到二次冲锋。敌人的滚雷炸断他两只腿，他才停止前进，别人要背他下火线反遭他拒绝："你们这里，多一个人就多一分力量，我自己可以爬回去！"

这仅仅是随手写出的几个零碎的印象，不及前方现实的千分之一。这些坚决保卫和平的事迹，太值得报道，太应当报道了。

记者、通讯员同志们，到自卫前线去。除开采访，那里还有许多工作等待着：组织帮助一切能写的同志（从高级指挥员到每个战士，从部队到地方）写出伟大的自卫战争，为战士们读报、讲时事，帮助开展前线政治宣传，争取敌军放下武器。任何一件琐碎具体的工作都需要我们做（例如组织担架、领带民兵、教育俘虏等）。

这样，不但可以丰富我们报道的内容，并且会使自卫前线直接增加一份力量，而对于我们自己，也是一个极好的实际的锻炼。

八月三十日

（《晋察冀日报》1946年9月1日，《"九一"记者节特刊》）

我怎样和工友们联系

萧也牧

我是《工人报》驻张家口市的特派记者。去年，当我一接受这个工作，我就设法多认识一些工友。这倒并不难，一有工友集会，就赶去参加，趁着工友们不休息，就和他们随便闲谈，不久就认识了不少工友。在我的日记本上，记满了个别工友和各级工会负责人的姓名、工厂地址、电话号码等；但仅仅是认识而已！所了解的也只是一些表面现象，甚至有些工友的名字，早已记在我的日记本上了，但第二次见面，往往又会请问人家尊姓大名。最好笑的，有这么一回事儿：三区洋车工会主任南宪周，在我的"人名录"上曾经记过好几次了,有一次我又问他姓名,他笑了:"不是早写在你的小本本上了吗?"我觉得老是这样下去,真会变成名副其实的"克里空",必须改变方针,在工友里边真正结识几个知心朋友。到现在为止,像洋车工人南宪周、皮毛工人刘全发、圆车工人郄丙荣、橡皮厂工人许丙炎、鞋工唐福全、店员张世绍、盲眼老工友朱永春等几位,都可以做到比较随意畅谈,彼此毫无拘束。

这样做,结果是很好的,不但使自己得到了更多的新闻材料,知道了一些工友们的日常琐事,更重要的是开始了解工友们的思想、感情,从而能够体会到他们的要求。

在和工友们交往里,可以算作经验的有这么几点:

一、开始当我和工友们谈话的时候,常常是谈不了一忽儿,就没说的了,只好默默相对,弄得彼此都很拘束。原因是自己太枯燥:开口"国内外形势",闭口"你们厂里的生产运动是怎样开展的",要不就"你给《工人报》写篇稿子吧",不知不觉就充满了严肃的空气!有一次我去访问圆车工人郄丙荣,我还没开口,他就抢着说:"唉哟哟!真对不起!你让我写的那篇稿子还没有写呢!这几天实在太忙了!"因为我一去,不是和他谈"政治",就是要稿子,真是"有事就来,无事不去",给他增加一种负担,好像是一个要账的!因而,我们的交往,变成仅仅为了我要搜集新闻材料的便利。

后来,我逐渐学会和工友谈话,米价、布价、老婆、孩子⋯⋯什么也谈,彼此间显得比较调和。从此,街头、澡堂、戏院⋯⋯到处都成了我们谈话的场所。开头,我主动地去访工友,后来工友也就不断地来访我,联系也就比较经常了。

二、既然是交朋友,彼此之间的关系,就不应该仅仅是闲谈,应该在学习上、生活上、工作上彼此关心,这样才能使友谊深厚,真正成为知心朋友。在这上面我有一些失败的教训,也有一些经验。

五月里，远东橡皮厂的工友许丙炎，计划要搞家庭生产——组织全家合线，就只缺少本钱。我把这情形对大众合作社的胡友孟同志谈了，他就派人和许丙炎去接头，贷了五万块钱给他。于是许丙炎就组织了全家生产，生活上得到了一些改善。无疑的，我们之间的情感就更进一步了。

但在这上面，没有把握的事情，不能随便答应，既答应了必须办到。我和盲工友朱永春，后来的关系不如以前密切，主要的原因，就是答应替他办一些事情，结果没有办到。

三、每到工友们家里去访问，工友全家都非常热情。有一次我到工友朱永春的家里去，恰好他的大孩子放工回来，朱大嫂赶忙指着我对他说："这是你大叔，快施个礼！"那孩子赶忙脱帽鞠躬，叫了一声"大叔"。但自己因为住在农村，多年随便惯了，到这时弄得手忙脚乱，连炕都没下！虽然朱大嫂决不会笑话我，但也显得自己太不懂礼貌。

谈话的时候，往往只顾和工友谈，把工友的老人、孩子搁在一边，甚至去过好几次，连一句话也没说过。这是不好的，一方面显得冷淡，另一方面，和工友的家属也常交谈，了解的面就会更广，而且会更深刻一些。再说"尊长爱幼"，也是社会常情。

只要有重点先熟识了几个工友，和他们成为知心朋友，通过这几个朋友，就可以熟识得更多。所以我认为这是联系群众的必要步骤。

（《晋察冀日报》1946年9月1日，《"九一"记者节特刊》）

国民党法西斯统治下新闻事业和报人的厄运

于芜言

言论、出版自由是人民的基本权利之一，新闻事业与报人的自由是人民取得民主权利的具体标志。在国民党统治区，内容千篇一律，鼓吹独裁、内战，叫喊"蒋主席"怎样"伟大"，国民党政府怎样"救国救民"，辱骂解放区人民政党甚至主张民主的人士为"奸匪""奸党""破坏统一""封建割据"的御用报纸是占压倒优势的。比方说重庆无数难民早一顿、晚一顿，吃不饱，饿不死，他们要求还乡，国民党报纸却说因为共产党八路军"破坏交通"，弄得他们有家归不得，把这笔账算在共产党头上。其实，从重庆到上海整整一条长江，连半个八路军也找不出来，倒是他们自己贪污、舞弊、封船、运兵，把滚滚东流的长江弄得寸步难行。这就是国民党报纸的特色：造谣、扯谎、胡赖、瞎扯，真有一套青天白日说白成黑的本领。

但由于客观事实是人民生活痛苦不堪，反动统治腐败无耻，在国民党统治区，仍然不少报纸和报人报道着真实的消息，反映了人民的呼声。这种坚持真理、为人民说话的精神是值得表扬，而他们的奋斗是尤其艰苦。

国民党反动派自然看不下这些。新闻检查制度没有取消以前，他们用剪刀和红笔禁止一切报纸登载人民的声音，这也不许登，那也不许登。抗战中，重庆《新华日报》和《群众》杂志曾经连"抗战到底"四个字都不许说；"团结"不许说，要说"统一"；"民主"不许说，要说"民权"；"八路军""新四军"要说成×路军和××军；有几次"日本法西斯"也被改成了"日本帝国主义"或"日寇"；甚至连"三民主义"也不让说，理由是"你们说不得"。

检查之外就是干脆不准出版。所有报纸出版前一定要经过登记"核准"手续，国民党中央宣传部是负责"核准"的机关，"核准"的公文都这样写着："查×××报系本党党部、青年团、本党党员所办，兹经中常会核准特许出版。"因此，"核准"的实质就是非国民党员不要想办报。《新华日报》想在南京、上海发行，就交涉了一年还没有被"核准",这还是政协决议、四项诺言公布后的事情。

还有就是实行全面垄断,从房屋机器到铅字纸张都一齐统制起来。在"收复区",日寇一投降,国民党一面统制交通,不许民主人士去筹备办报,一面自己的钦差大臣满天飞,东接收,西接收。结果,在上海四五十种报纸中,除了苏联商人办的《时代日报》、和美国人有关系的《联合晚报》及地方民主人士艰辛保持的《文汇报》外,所有报馆和机器纸张全部都国民党化了。北平、天津更可怜,二十多种报纸中不是公开以国民党面目出现的只有那么一两家。

在这种种限制下国民党统治区的新闻事业已经喘不过气了,可是除开这些比较"文雅"的老爷式的办法外,还有一套全武行,也可以叫作流氓式。

流氓手段之一是威胁。检查制度取消后,重庆许多报纸编辑部每天晚上东来一个电话,西来一个手谕,这个机关说这种消息不许登,那个要人说那种消息不许登。自然是不敢登了,登了就得受警告。有些自由主义的记者常因为多说了些老百姓生活痛苦的情形,就被警告为有"异党嫌疑"。今年六月,南京下关特务殴打上海人民请愿代表马叙伦诸先生时,记者高集和浦熙修都挨了打。一个特务对高集说:"我认得你是《大公报》记者,你在重庆就是吊儿郎当的。"另一个特务对浦熙修说:"我八年前在南京就认得你《新民报》浦小姐了。"这充分表明了国民党特务对新闻记者的蓄意迫害。

其次就是公开禁止、捣毁以至暗杀。今年以来,国民党反动派在重庆捣毁《新华日报》营业部,打伤该报职员杨黎原、徐君曼等四人;在成都捣毁《民众时报》(民盟主席张澜办的)和《华西晚报》;在西安数度捣毁《秦风·工商日报》(均为民盟报纸)、《黄河晚报》(进步青年所办);在广州捣毁香港《华商日报》(进步知识分子办的)营业部;在北平拘捕《解放》报工作人员,和一天内禁止《解放》报、新华社等七十七家报社、通讯社出刊；在上海，《文汇周报》、《昌言》杂志、《周报》、《消息半周刊》、《新华英文周刊》均被迫停刊，《文汇报》也遭受停刊一周的处罚；广州、昆明更迫令大批报纸杂志停刊；西安《秦风·工商日报》《黄河晚报》也被迫停刊。更赤裸裸的血腥恐怖也可以列举出不少：西安《秦风·工商日报》记者杨宾青的被殴，该报法律顾问王任的被害，西安《民众导报》主编李敷仁的被暗杀——后遇救逃往延安，南通《民国日报》记者孙平天的被暗杀，再加上以前虐杀记者羊枣等惨剧，真说得上"罄竹难书"。

再次就是殴打报贩、威胁读者。重庆《新华日报》几十个报丁、报童，没有一个不曾挨过打，北平的特务也时常撕毁《解放》报，殴打报童。《新华日报》读者常常被警告、监视，目为"异党分子"，甚至失踪。工厂工人、机关公务员、学校学生常常因此被开除。国民党反动派对于代表人民的新闻事业的迫害，达到了"无微不至"的地步。

国民党反动派以为经过了这一连串的阴谋压迫，就可以把人民压迫得无声无息。然而，人民的新闻事业和报人仍然屹立在反动派面前，英勇奋斗着，直至独立、和平、民主中国的实现。

(《晋察冀日报》1946年9月1日，《"九一"记者节特刊》)

各解放区主要报纸

《解放日报》	日　刊	对开四版	陕甘宁边区，延安	一般
《边区群众报》	周　刊	四开四版	同上	通俗
《晋绥（抗战）日报》	日　刊	四开四版	晋绥区，兴县	一般

《绥蒙日报》	三日刊	八开二版	晋绥区，集宁	一般
《晋绥大众报》	五日刊	四开四版	晋绥吕梁分区	通俗
《战斗报》	周刊	八开二版	晋绥政治部	部队
《晋察冀日报》	日刊	对开四版	晋察冀区，张家口	一般
《新张家口报》	隔日刊	四开四版	同上	一般
《工人报》	三日刊	四开四版	同上	工人
《子弟兵》	五日刊	四开四版	晋察冀政治部	部队
《冀中导报》	日刊	四开四版	冀中区，河间	一般
《前线报》	三日刊	四开四版	冀中政治部	部队
《新察哈尔报》	三日刊	四开四版	察哈尔，宣化	一般
《前进报》	半月刊	四开四版	冀察政治部	部队
《冀晋日报》	日刊	四开四版	冀晋区，阜平	一般
《冀晋群众报》	三日刊	四开四版	同上	通俗
《冀晋子弟兵》	五日刊	四开四版	冀晋政治部	部队
《前卫报》	五日刊	四开四版	冀晋纵队政治部	部队
《冀东（长城）日报》	日刊	四开四版	冀东区，遵化	一般
《冀东子弟兵》	五日刊	四开四版	冀东政治部	部队
《冀热辽日报》	日刊	四开二版	冀热辽区	一般
《民声报》	隔日刊	四开四版	热辽区，赤峰	一般
《人民日报》	日刊	四开四版	晋冀鲁豫区，邯郸	一般
《人民的军队》	不定期	四开四版	晋冀鲁豫政治部	部队
《冀南日报》	日刊	四开四版	冀南，威县	一般
《团结报》	周刊	四开四版	冀南政治部	部队
《新华日报》（太行版）	日刊	四开四版	太行分区，长治	一般
《新华日报》（太岳版）	隔日刊	四开四版	太岳分区，阳城	一般
《济宁日报》	日刊	八开二版	山东，济宁	一般
《新威日报》	日刊	四开二版	山东，威海卫	一般
《大众日报》	日刊	四开二版	山东，临沂	一般

《前线报》	三日刊	四开四版	胶东政治部	部队
《前锋》	三日刊	八开二版	渤海政治部	部队
《拂晓报》	日刊	四开二版	边皖	一般
《江海导报》	日刊	四开二版	苏皖	一般
《新华日报》(华中版)	日刊	对开四版	苏皖，淮阴	一般
《前进报》	周刊	四开四版	苏皖二分区	部队
《战斗报》	五日刊	八开二版	华中四军分区	部队
《七七日报》	日刊	四开二版	原宣化店，现不详	一般
《人民报》		八开二版	东北，通辽	一般
《胜利报》	日刊	四开二版	法库，辽源，现不详	一般
《牡丹江日报》	日刊	八开二版	东北，牡丹江	一般
《新嫩江报》	日刊	八开二版	东北，齐齐哈尔	一般
《黑龙江日报》	日刊	四开二版	东北，北安市	一般
《东北日报》	日刊	对开二版	东北，哈尔滨	一般

注：这一资料系根据手头能找到的报纸编成，可能还有遗漏。此外重庆还有《新华日报》日刊，对开四版，是中共在国民党区的机关报。——辑者志

(《晋察冀日报》1946年9月1日，《"九一"记者节特刊》)

张北八月份通讯工作

张景春

张北的通讯工作，在八月份报道群众运动中已有显明的成绩，报道和工作密切结合，县的领导上及各部门干部对通讯工作

比较重视，报道的结果，推动了工作，也交流了经验。兹发表出来，供各地参考研究，把各地区的通讯工作大大提高一步。

——编者

【新华社张北三十一日电】张北通讯工作，是比较好的，县委对通讯工作比较重视，特约通讯员都能完成写稿任务，普通通讯员能经常写稿，整个通讯工作是在逐步向前发展着。自八月群众运动全面展开后，为了使通讯工作与群运密切结合，更加普遍发展，达到及时反映群众运动，县委于布置群运工作之后，特于八月一号干部下乡前，召开了县级中心通讯组会议。首先各负责干部更进一步地作了深刻的自我检讨，认真反省过去对通讯工作的错误认识。在反省当中，发现过去在认识上有下列几种不良思想倾向：（一）认为找不到材料，有时找到材料也无法下手写，总觉得自己写的比不上别人好，因此造成不写或少写的现象。（二）对办报的重要性虽然了解，但总以为中心工作不做不行，不写稿可无大关系，报纸出版不出版，不在于我个人的稿子。（三）认为过去费了九牛二虎之力写过几篇稿子，一篇未登，就不如干脆不写。（四）领导干部对组织推动通讯员写稿抓得还不够紧。经过检讨后，都认为过去通讯工作常发生马后炮现象，报道不及时，赶不上工作需要，这主要是领导上没有真正贯彻全党办报方针。今后应坚决克服上述缺点，进一步开展通讯工作。当场各负责同志决心亲自动手，带领一般干部，每个人并作了计划，相互提出了挑战竞赛，并决定下乡时，中心小组同志负责推动通讯工作，经常注意搜集材料，准备作综合报道。由于中心组会议的召开，负责同志就"像后娘打孩子似的，暗里加了劲"，县委书记王一心同志，在二区专门召开通讯会议，在传达中心工作时，将通讯工作又作了布置，在乡村随时督促区通讯员写稿。这样，二区通讯工作逐渐活跃，过去每月写稿三四件，本月达到十九件，有十余人写稿：戴亭山、范国梅、芸志梅等不识字的新干部,也把材料请代笔人写稿;王一心同志除自己写稿八件外,又与区干部集体写长篇通讯一件;农会主任孙泽民同志,将无通讯组织的七区也建立了通讯网,督促写稿十四件。组织部长谭英同志、县长陈博文同志、宣传部长韩臣民同志,每人均写稿二件到三件,在八月下旬,县级干部下乡回来汇报工作时,又集体讨论,总结了张北群众运动迅速开展的经验及通讯工作,成绩都超过原计划。在中心组织积极推动与模范作用影响下,八月份统计写稿达一百二十件,超过平时一倍,基本上完成了在群运中支社所予报道任务。《张北农民发动起来与纠正忽视中农偏向》这类稿,不仅对张北群众干部有很大鼓励,而且对察北其他地区运动发生了很大推动作用。张北县级主要干部从此次群运中,真正认识了通讯工作的重要性,大家写稿情绪更加高涨,决定于九月份下乡前,还要开中心小组会议研究,并准备这次下乡要着重发展培养工农通讯员,区与区要展开相互竞赛,普遍开展爱报运动。

(《晋察冀日报》1946年9月2日)

抗敌剧社在连队

□

一

抗敌剧社从五月起,业已下连队工作,和战士们长时间生活在一起,积极执行着为兵服务的方针。在东线各团连工作的两个月期间,很受战士的欢迎与爱戴,并留下了极深刻的印象。这是由于剧社入伍工作的同志们,在思想上贯彻了为兵服务的精神,在行动上确实做到了老老实实地为战士服务，而又能勤勤恳恳地向战士学习。

在入伍第一阶段的巡回演出时，曾演出秧歌剧《李长胜捉俘虏》，独幕剧《保卫咱们的好光景》，演出过后战士们有的就模仿着剧中人的行动、唱词、对话，你一句我一句地对唱、对演，在班上热闹起来。演唱的新编的歌曲《东方红》《保卫胜利果实》等，有不少战士可以片段地唱起来，这说明了在艺术的作风上，适合于战士，也为战士所喜爱。一般的干部反映说：在演出的内容上解决了战士们某些思想问题，形式上合乎战士口味。战士们的反应除了说好之外，还说："这戏咱们也可以演演，只是演不了这么好，加加油也行。"这说明了演出的节目能更进一步地与战士结合，且能由战士们自己来上演了（《李长胜促俘虏》《四十一号桥》……已由战士演出了）。

在演出的过程中，战士们就感到剧社同志没有架子，和蔼可亲。在演出前先教歌，战士们就更高兴；演完戏以后，他们又向战士们去搜集意见和批评，给战士们的印象就又深了一层。剧社同志们在听了战士们的批评的意见之后，就进行研究，根据战士的意见修改了剧本，纠正了演员，这样使演出就逐渐完善起来。同时，他们与战士们的关系就更加亲密。

二

他们在正式入伍工作时是采取了以下两种方式：一是担任一定的职务，如副教导员、副指导员等（这是少数的）；二是大多数负责健全连队俱乐部，以"穷人乐"的方法开展连队文娱工作（音乐、戏剧、墙报、通讯等）为主，以活跃连队生活，用文艺活动达到连队思想教育的目的。但同时为士兵服务——就是说战士们需要做什么就做什么，这一点的确是做得很好，如上政治课、时事课、文化教育、个别谈话（解决战士之间的问题），调整官兵关系，出席各种会议，听各种汇报，组织通讯稿，编辑墙报（改稿），教歌，给战士抄歌子，排戏，与战士集体写剧本，布置俱乐部，画伟人像，画插画，写标语，等等。这样不厌烦，不论多么细小的工作，他们都很愉快地做着，解决了连队的困难，推动了全面的工作。干部们有了得力的助手，战士们得到了不少能干的伙伴，这样他们真切地体会到剧社同志真正地为咱们办事情，而不像过去的剧社演演戏就走，或者只下来搜集搜集材料，别的什么也不干。自然战士干部都欢喜他们，什么问题什么事情就都告诉他们，要他们想办法，大家共同研究来解决问题。这样在入伍工作中，他们了解了战士们的生活，了解了战士们所存在的问题，了解了战士们对时局的反应，了解了战士们的思想感情，了解了战士们各种不同型的"人"，了解了战士们生活中的所不易"搜集"到的"材料"，也了解了战士们的优点和缺点……（这自然是一定时期的、部分的或某种程度的收获。）

此外，在文艺活动上，在入伍的时期内共教会了二十一支歌，平均每连学会了六支新歌（如《东方红》《歌唱解放区》《保卫人民胜利果实》《坚决打他不留情》《新战士王二发》都为战士所喜爱，在他们到过的部队里普遍流传）。帮助编和排演了十一个剧本（其中有五个是与战士共同讨论编写的，反映本连生活的戏），其中除一个戏中途停顿外其他都在七月节前后上演了。《××团九连的机枪三班的转变》演出之后，对领导作风及改造落后战士上起了很好的作用，干部战士们也进一步体会到了文艺活动的作用。这次活动，不仅把连队生活搞得很活跃，并为今后连队自己的文艺活动打下了一个基础，战士们对自己演剧的信心也提高了，"能人"也发现出来了，自己也摸到些门儿了。剧社帮助工作的同志，从实际工作中进一步地认识了战士们的艺术才能和创造性，同时在里边也学习了不少的东西与经验。

三

根据对连队的了解、观察体验之所得和连队的需要，他们在入伍期间先后创作了八个剧本：《哨》《四十一号桥》《一步错步步错》《龙虎斗》《警惕》《革命夫妻》《新仇旧恨》《肉不味不长蛆》等，另外集体创作了一个七场时事秧歌活报（初稿已全部完成）和五六支新的歌曲。

这些剧本的内容，是当时连队实际情况的反映，形式上除《警惕》外，其他全属于秧歌戏一类，因为这样的形式是为战士所喜爱的。其中《哨》《四十一号桥》《革命夫妻》已于入伍后期在连队上演，其中以《革命夫妻》效果最好（在晋察冀军区纪念八一干部会上上演时，亦很得赞赏，到会干部认为是剧社入伍后的新收获）。

在东线两月的期间内，除忙于连队工作之外，尚能产生以上的剧本和歌曲，这又标志着他们为兵服务的热情，从创作中也标志着艺术的作风向群众化的推进。

抗敌剧社新的思想作风，使他们在东线两个月工作得到丰厚的收获；而工作成绩更进一步培植了他们新的思想和作风，使他们饱满的情绪更加焕发。

他们从七月廿五日返张后，稍事休息即开始了对剧本的整理与积极排练，同时已将东线入伍工作进行讨论研究，并已初步地完成了总结工作。如已整理起来的《〈九连机枪三班的转变〉是怎样演出的》，这是在连队实践"穷人乐"方向的比较典型的材料，是从创作到演出的全过程的全面的介绍。其他如《三十一团五连的墙报工作》《一个月入伍期间教歌工作总结》《连队排戏经验》等都是连队文艺运动经验的汇集。此外他们个人的思想总结及创作上的新的感受及工作方式研究等也有了初步的材料。

八月十日，抗敌剧社全体同志又开赴西线下连工作了，他们继续了东线工作的经验与为兵服务的热情,又有了新近排练完的新的节目,想他们这次在西线工作,定当更为战士们所欢迎,和获得更大的成绩。

(《晋察冀日报》1946年9月3日,《副刊》第95期)

高等法院重视新闻报道

王院长发出专函

【本市讯】边区高等法院对通讯报道颇为重视。王斐然院长于八月三十日致函各级司法机关称:"报道工作为推动本部门工作最好之方法,解放区报纸为人民之喉舌,爱护报纸,供给材料,以充实与丰富其内容,亦为每个司法人员应尽之职责,如有典型事例,希从速报道。"王院长并指明报道应注意迅速,并"以群众立场,把案件如何发生、背景如何、如何审判、处理后群众反应等均详细报道,一份寄交《晋察冀日报》,一份寄交高等法院"。

(《晋察冀日报》1946年9月5日)

宣化建设起新文化　广大市民都能学习

张岱

【新华社宣化四日讯】宣化市原是座文化的古城,在敌伪的长期统治下,被严重地摧残了,我解放宣化一年来,在这个废墟上建设起了新的文化。小学教育一年来迅速发展,完小已增至七处,初小二十六处(敌伪统治时期完小只四处,初小九处)。入学儿童四千三百二十四人,占全市学龄儿童百分之六十八点三,全体教员经过了寒暑两期的讲习会,在思想上有了很大转变,认识了今天的教育是为人民服务,粉碎了过去的封建奴化教育,废除了体罚制度,采取了启发式与自学辅导方式，尊重学生自己组织的学生会、儿童团及学生订立的公约。民校五个区已有四十一座，男女学员共七千七百六十一人（工厂不在内），各街并专门成立妇女民校。课程是多样化，学习的是时事、基本政策、日用杂字、卫生常识、生产知识、珠算、笔算等老百姓需要的知识。各街并都办起黑板报来。

宣化市民众教育馆，已成为全城社教的支柱，有书籍四千余册，杂志十五种，报纸共有八种，每月有二三百人到那里去学习。市内各街都设有阅报牌，沿宣市最热闹的大街，并有二十二个喇叭，向市民转播张家口广播节目和宣市消息。为在职干部成立了业余公学，学员已有一百二十名，翻过身来的群众生活大大改善，所以文娱生活也倍加活跃。二、三区现有街剧团四个，他们演出了自己的戏，有《算账去》《童养媳》《母老虎》《斗争王文章》《地道战》《参加八路军》。全市有高跷队十三个，霸王鞭队五个，秧歌队三个，个别街还有小车会、旱船、狮子滚绣球等，广大市民有了多样的文化生活。

（《晋察冀日报》1946 年 9 月 5 日）

联大新闻系同学分赴各报社实习

长海

【新华社本市五日讯】为使同学们实地练习新闻工作，联大新闻系全体同学决定分赴晋察冀日报社、边区工人报社、新张家口报社及前线实习，时间暂定为三个月。预期此次实习，对同学们在新闻通讯采访写作与编辑等各方面将有莫大帮助。

（《晋察冀日报》1946 年 9 月 6 日）

抗议蒋府摧残新闻事业　南京各报停刊一天

【新华社南京二日电】（迟到）南京全市报纸除中央、和平两报外，于"九一"记者节之当日与翌日，分别停刊一天，表示对国民党当局摧残新闻事业抗议。缘国民党政府"调整外汇"后，物价飞涨，各报职工生活起恐慌，而各报馆无力应付突然提高之开支，尤以《南京晚报》为甚。但于此时，国民党机关报《中央日报》故意将职工薪金提高百分之一百一十，以图消灭各报之独立，使其他各报以不能负担。曾由《大刚报》发起邀集各报负责人会商，决定一面联合呈请国民党宣传部制止《中央日报》此种摧残同业之行为，一面发起组织各报联合会。在第一次筹备会上，决定各报职工增薪不得超过百分之四十，否则只有联合停刊。但中央、和平两报声明不受此种约束，致使原定八月二十六日成立之各报联合会，亦因此流产。此后各报分别与职工会商谈提高待遇问题，《南京晚报》至三十一日商谈未妥，一日发生罢工。因之除中央、和平两报外，其余各晚报于一日晚停刊，日报于二日停刊，表示对当局之抗议。停刊报纸共六十一家，为大刚、大道、大中、中国、建设、救国、新中华、朝报、南京人报、首都晚报、晚刊等，按其性质可分为纯官方者、半官方者与民营三种。

（《晋察冀日报》1946年9月7日）

宣市各界献金　剧院义卖公演

【新华社宣化六日讯】宣市公安局，决定停止一切修理建筑，取消客人招待，减少办公费和电话机一架，共可节约三百万元。在个人献金方面，每天每人节约小米一两，勤务员、炊事员等都纷纷献金。总共局方八月份献金五十万元，个人献金十四万七千元。宣化戏院与人民剧院二十九、二十两天公演，收入金七九九一〇五元献出。另外人民剧院全体职工献二三八二〇元。

一区造纸厂工友献十一万元，天主教堂及各团体会员献十万元。二区干部献四十七万元。

（《晋察冀日报》1946年9月7日）

边府改进通讯工作　程秘书长亲任组长

剑飞

【本市六日讯】边委会于五日召开通讯会议，检讨通讯工作，认为已往大家在思想上对通讯报道不够重视，因而对通过报纸指导工作、反映工作做得很不够，一般多习惯于用法令指示指导工作，而不习惯于用通讯推动工作；真正有计划、有组织地进行通讯报道也很差，对通讯工作缺乏研究。有的认为没有什么可报道的，有人想写，但眼高手低，以致报道得不主动、不及时、不经常。为加强今后的通讯报道工作，会上决定：（一）建立通讯组织，由各处指派干部七人组成。为使这一组织真正发挥作用，贯彻首长负责、亲自掌握的精神，由程宏毅同志担任组长。（二）通讯工作的分工。各部门结合本部工作进行报道（如民政处着重报道土地改革、优抗等，农林处着重报道大生产等），机关自卫动员、学习、生活、生产等情形，由秘书处负责报道。(三)今后写稿应注意问题。(1)加强指导作用，表扬好的、批评坏的，交流经验，推动工作；(2)一切报道应与自卫战争结合；(3)多选择典型生动事件进行报道；(4)报道力求迅速及时，密切与群众结合，与实际结合；（5）对于综合性的材料，要组织讨论集体研究，专人执笔；（6）发动大家多写，帮助初学写稿的修改稿件，每一通讯员一周保证写稿一篇。（五区通讯组）

（《晋察冀日报》1946年9月7日）

书　　讯

一

全国文协延安分会与边区文协顷决定印行《延安生活》丛刊，该丛刊内容包括延安社会各方面的生活，文章形式不拘，并推出李伯钊、欧阳山、张仲实、艾思奇、柯仲平等七人组成编委会，欧阳山为主编。延安文艺界筹划出版之《延安文艺》月刊（亦即全国文协延安分会与边区文协会刊）定于双十节出版。该刊由李伯钊、胡蛮、欧阳山、贺绿汀、柯仲平等十一人组成编辑委员会，由柯仲平任主编，计划每期容纳四五万字，主要对象为边区小学教师、地方剧团、中学生和干部。

二

《吴满有大合唱》已由孔厥、袁静写成，该合唱计分《逃荒》《血汗歌》《牢狱三叹》《翻身谣》《红旗飘扬》《山村小调》《花儿遍地红》《毛主席颂》《向吴满有看齐》等九曲，现已由金波、卢肃谱曲。

（《晋察冀日报》1946年9月9日，《副刊》第100期）

名画家陈淑琴女士纺织所得捐献劳军

【新华社河间八日电】名画家陈淑琴女士，闻讯国民党反动派进攻解放区，甚为愤懑，即将其近数年纺线所积之一万元全部捐出，并写慰问信一封。于痛斥蒋介石祸国殃民罪行后，又谓："琴本系妇女，有心献身国家，但因年岁已老（六十岁），无能为力，仅将数年纺线所积一万元，奉寄前方战士，略表衷心。"陈女士建国县人，其夫刘凤阁先生，系老同盟会员，现在冀中救委会整日奔波救济事业，其长子在山东解放区工作，被日寇杀害，次子及幼女均在冀中解放区工作。

【又讯】在"五一"学院（即行署干部学校）学习的三十六个不久才由平津逃来的青年学生，为支援前线，把他们做被子的工资八千七百五十元节省下来，交本报转送前方。他们的来信说："我们是从平津等国民党区域逃来的，在那儿我们受不了国民党反动派的威吓、殴打、逮捕、监禁和处死，成心苦害全国人民。蒋介石又疯狂进攻解放区，使我们万分愤怒；进攻者一批一批地被我八路军新四军缴械消灭，使我们又万分兴奋与感佩。我们没有薪金薪米，仓促逃出平津，也没带出钱来，现在我们把做被子的工资省下来，献给前方英勇自卫的战士，以略表微忱。"

（《晋察冀日报》1946 年 9 月 10 日）

新华出版社成立　向各地广泛征集作品

【本报讯】张市最近新成立"新华出版社"，由周扬同志主持负责。该社为了满足读者的需要，拟于今年下半年有计划地出版各种群众读物，特别是年节宣传文娱活动的需要，现该社已通知各地宣传机关、群众团体、文联会、民教馆、剧团、报社、文工团以及所有文化、宣教工作同志，希望负责广为收集抗战八年来解放区的文艺作品，特别是反映当前自卫战争和群众运动的作品，如秧歌、剧本、鼓词、说书、快板、唱本、小调、民歌、民谣、民间传说、故事、年画稿、壁画稿、连环画，不论形式，创作的或改写的，也不论新旧长短，均所欢迎。该社成立以后，对于边区群众文化运动的开展必将大大推进一步。

（《晋察冀日报》1946年9月13日）

张市文教零讯

【本市讯】市教育局于十一日上午十时在市府会议室召开小学校长、区教育股长联席会议，除由各校长报告各校一般情况外，并讨论学校编制、设备、教员学习、缺少教员及区教联领导诸问题。（长海）

【本市讯】民教一分馆于十二日下午七点举行一、二区各校儿童干部及模范儿童讲座，参加儿童四百余人。主讲为边青联张学书同志，除讲儿童干部及模范儿童应做的事外，并报告蒋介石在天津南口安平等地屠杀儿童无耻罪行，听讲儿童莫不愤恨蒋介石之残暴。（方会）

（《晋察冀日报》1946年9月14日）

沪杂志界联谊会抗议《周报》被迫停刊

【新华社延安十六日电】上海讯：沪市杂志界联谊会上月中旬发表宣言，抗议国民党当局迫使《周报》停刊，并呼吁各界人士声援。宣言指出，《周报》是一个真正民间的刊物，此次被迫停刊，连手续都不合，并没有说明不准出版的原因。而根据周报社屡次收到社会局的指令和训令，是已经承认了《周报》是核准刊物。

（《晋察冀日报》1946 年 9 月 19 日）

河间剧院上演《逼上梁山》

【新华社冀中十八日电】河间剧院于十三日晚首次公演名剧《逼上梁山》，观众空前之多。此剧演出深得好评。

【又讯】延安平戏院之季贺峰同志，现参加河间戏院工作，今后该团业务将有新的开展。

（《晋察冀日报》1946 年 9 月 19 日）

李济琛感慨赋诗

"纵使上清无限好，难忘忧患满人间"

【新华社延安十八日电】沪讯：李济琛氏于五日在沪接见记者，说到美国对华政策时他说，不应光看他表面上谈"调解"，而是要看其实际做法。李氏希望美国调人要忠实于杜鲁门去年十二月十五日的声明，特别要注意消除足以助长中国内战之任何行动。李氏并认为五人小组会的召开，必须在和平已获得保障之后。据悉，李氏上月曾应邀前来庐山后，在山上作诗两首，其一云："万方多难上庐山，为应隆情一往还。纵使上清无限好，难忘忧患满人间。"其二云："庐山高处最清凉，却恐消磨半热肠。自是人间庸俗骨，原来不惯住仙乡。"

(《晋察冀日报》1946年9月20日)

山东文化出版事业近半年来大力发展

【新华社临沂十八日电】山东解放区文化出版事业近半年来有很大发展。山东新华书店在此期间出版新书达一百八十一种，计七十六万余册，出售书款仅临沂总店已达五百八十四万余元（合法币一万万元以上）。读者百分之六十为知识分子，百分之四十为农民群众，门市部整天挤满了读者。该店现有印刷厂两座，职工二百四十余人，四开机六架，每月排字达二百五十万以上。由于实行了按级分红及记分制度，工人积极性大大提高。该店共有分支店八十四处，分售处遍设于各大小村镇。为更加普及起见，特委托各区文教助理员、合作社、邮务所代销书籍。总店设有邮购服务部，为读者采办外版图书，半年来已达八百六十余种，值法币一万万元以上。在营业上贯彻为人民服务的精神，日照分店经常有三个人担着书到各个乡村工厂合作社去卖，并且经常沟通各乡村小学的经验。该分店裴宗林担书到村庄时，常利用空闲向群众说书，每次总是围上好多人，买去很多书。当他到偏僻村庄卖书时，还附带给村里小学上政治课，没有钱买书的可以用鸡蛋换，这样在业务上有很大收获。

【新华社威海卫十八日电】威市民办之《新威日报》出刊二百六

十三期后,现已由八开石印之二日刊发展为四开铅印之日报,订户由八百多户增至二千五百户,每月来稿三千余件。

(《晋察冀日报》1946 年 9 月 20 日)

编 后 记(《鲁迅学刊》第四期)

《鲁迅学刊》已出四期了。

前三期出版之后,我们直接间接从读者方面得了不少的意见,根据这些意见,我们今后在编辑方针上,特别着重这两件事:(一)本刊文字,以反卖国、反独裁、反内战为主题;(二)文字方面,则力求通俗易解。至于稿子的分配,每期四篇文章,两篇是关于时事的,一篇是关于鲁迅精神的,另一篇是关于问题研究的。

还有一点,本刊筹办伊始,所以这几期的写稿者,只限于几个人,自第五期以后,我们当努力吸收各方面的来稿,希望各界热心帮助。

今年十月十九日是鲁迅先生逝世十周年,为纪念先生的忌日,我们筹备出一个专刊,希望各界人士踊跃投稿。

来稿每篇字数,以不超过一千字为限,发表后谨致薄酬。

九月十日

(《晋察冀日报》1946 年 9 月 20 日)

晋察冀解放区与蒋家统治区学校教育对比

张学书

国民党统治区教育危机严重，失学学生日增

抗战期间，日本法西斯摧毁了我们无数的学校，迫使无数的青年儿童失学，在其统治区采用奴化教育，对青年儿童实行欺骗麻醉，使多少青年无学校可入，儿童忘掉国家民族，这是多么阴毒、残酷。而今抗战胜利了学校应该恢复，教育应当发展，青年儿童应有充分受教育的机会和学习的自由，这在解放区是早就做到了，而且现在还在继续努力做着。然而在蒋家统治区仍是抗战中日本法西斯统治的时期毫无改变的模样，他们对青年儿童仍然是实行着封建、复古，提倡尊孔、读经、旧礼教、旧道德腐败倒退的教育，中国法西斯反民主、反人民的教育，给纯洁的青年儿童的思想输于污毒的血液。他们还做了些什么呢？就是对进步青年实行特务恐怖统治，限制思想、学习的自由，强占学校房舍，提高学生学费，把国家教育经费用于发动内战，因此在蒋家统治的城市每个青年儿童都时刻遭受着失学的严重威胁，很多青年儿童已陷于失学的苦境。

仅北平、天津、青岛、广州四地失学之青年儿童即达八十七万余名，素称文化都市的北平，现在竟有失学儿童四十八万之多，青岛失学儿童亦有四万二千七百余，广州有小学生十万人，失学者六万，连失学之中学生共数达十五万人。本学期入学试录取六百名，但投考之学生有三万人，可见想入学而不能者数目之大。国民党出卖驻兵权，连我们学生学习的地址也出卖给美国人了！自从去年美军在天津登陆以后，除了过去原来所有的兵营都住满了美军外还是拥挤不堪，于是

又强占了很多学校做兵营，直到现在仍有八处学校仍为美军和蒋军占领，交涉无效，致使大批学生就被迫失学。据不完全的数字，已有九千多学生被迫走出学门。天津全市失学儿童数达九万一千二百八十八人，失学民众亦甚多，现已有一百四十八座学校停办。南京很多大中学舍已为蒋军占用，下学期开学无期。在东北方面沈阳失学之大中学生五千余人，其中有千余因患霍乱死亡，上月十四日有二千多失学学生游行反对无理的入学考试，沿街张贴标语。

古今中外学费之高，莫过于蒋家统治区了。广州市每个学生每学期需学费三十万元，一般家长无力负担，同时因为转学证等手续非常复杂，入学十分困难。上海市国民党当局决定提高下学期学费，大学学费约在十五万至三十万之间，因此，失学学生竟将达全部学生的六分之一。即便是勉强地上了学的学生，也不得不在暗中经营点小生意，以应高涨的学费。例如南通学院农科学生创造了"卖菜助学办法"，同学分了地区每天按户分送；育英中学一部学生在街头叫卖冰棍、纸烟等，这都是学生们在不得已的情况下想出来的办法。全上海市的小学教员一千九百余人中，接到下学期聘书者，只有三百八十人，占全数的五分之一，这样就有五分之四的小学教员失业了。

学校被强占，学费大提高，教师大部失业，学生被迫失学，这四句话就是蒋家统治城市学校教育的总结。还有什么说的，无数青年儿童就在这垂危的"教育建设"下荒芜了黄金时代，牺牲了自己的前途，陷于饥饿失学的苦境。

解放区学校教育蓬勃发展，欣欣向荣，成绩可观

胜利后一年来，我晋察冀解放区的学校教育，贯彻着"教育为人民服务"的进步的正确的方针，掌握了学与用结合、学习与生产结合的原则，采用了民办公助的办学方法，因之有着飞速的发展，呈

现着一个欣欣向荣的新气象。

中等学校教育：为了培养更多的和平建设人才，培养大量的为人民服务的、为各种建设服务的干部，在全边区各地大量设立中等学校，许多青年男女都涌入了学校；对于贫苦的抗日军人家属与干部的子弟，或贫苦人家的子弟，则更加以优待，根据其家庭情形具体地确定公费生和半公费生，由于这样使不少贫苦的青年有了入学的机会。

在冀中，自从去年八月份日寇投降以后，第六、七、八、九、十中学及泊头中学共恢复与建立了六个中学，现有一千七百余名男女青少年入学。尚成立行政干部学校一处，有男女学生七百余人；为了培养师资，有束鹿、晋县等八个县先后成立师范学校，男女学生五百六十五名。总计有中等学校十五处，学生二千九百六十五名。冀晋区自从去年五月份开始，一个中学八个师范，都先后成立，共入学男女青年一千四百五十八名。察哈尔省立师范、中学、干部职业学校，有学生一千一百三十四人；还有冀西、察北两个师范，有学生三百七十余人；冀东有中学十四处，连建国学院共十五处。乐亭一个中学就有学生一千二百八十五名。

边区直接领导的和张家口市立的中等以上的学校共有十一处，有学生三千三百四十二名。

总计一年来我全边区共恢复与建立中等以上的学校五十五处余，新旧入校学生有一万一千多名（冀东学生数字不全）。

这些入校的青年们在新建立的新民主主义的学校里，享受新的进步的教育，他们的生活有保障，行动与思想都有充分的自由，他们都在安心地热情地学习着科学大众的知识。在这里他们根本不知道什么是失学，更没有受到过学费高涨的威胁，同时这也说明了我们晋察冀一年来学校教育发展的成绩。

小学教育：在解放区民主政府的领导下，广大农民群众得到了翻身以后，生活大大改善，于是就成了小学教育飞跃进步与发展的基本条件。更由于一年来我们执行了"大力发展与建设文化教育"的任务，所以小学教育就获得了重大的收获，整个晋察冀解放区的小学校空前普遍地增多，入学儿童亦空前扩大，总占整个学龄儿童百分之八十左右。尤其是实施了生产与学习结合，使广大的贫家子弟有学可入。去年阜平县七个区的统计，三千七百七十九个入学儿童中，有二千零二十八个贫农和雇农的子弟，占全数百分之五十四。在教学的方式上更是多种多样的，根据儿童及其家长的生产需要，灵活规定了早学、午学、夜校、隔日制、半日制，这样使广大农村的农民子弟不因受旧式的所谓"正规化"学校的限制而不能入校，学习可以与生产结合起来，而克服了农村学习与生产矛盾的毛病。

据一九四五年下学期冀晋区二十九个县的统计，原有初小学校二九三七所，现已增加到五三二二所（民办公助者一九五处），原有高级小学校一〇七所，现增到一七一所（高级组三十六所，干部高小二所）；全区学龄儿童三七八八四二名，现已经入校的儿童二九〇七三五名，占百分之七十六点七。十三个县的统计，行政村三二七二个，有初小二四三五处，占百分之七十四。

冀中安国等二十七个县的统计，今年麦假期间比去年麦假期间，增加了初小一二三二所，学生一七〇八四名。又据今年麦假期间安平等三十七个县的统计，初小六四八四所，学生四九六二九二名，高小三六七所，学生三四二五六名。

冀东：有完全小学校五八八所，初级小学校三七三一所，只乐亭一县有完小八十五处，初级小校二〇五所。

察哈尔：察北张北县等五个县完全小学增至十处，初小学校增加到二七一处，入学儿童一万二千三百名，比抗战前增加了四倍。察南教育也有很大成绩，天镇、阳原、兴和等六个县共有学龄儿童十二万六千零八十九名，已经入学的有七万四千五百九十九名，已达到百分之五十九。各县都比事变前增加了，蔚县更超过敌占时五倍之多。

张家口市解放前有小学校二十四座，解放后不到一月即全部恢复，学生六〇二六名，教员一六〇人。经过一年来的建设，现在已经有完小十六座，初级小学三十六座，共五十二座，而且有四十座已实行了民办公助，学生一一〇七二名，教师三五〇名。宣化市解放后到现在高级小学校已增加到七处，初级小学已增加到三十六处，刚解放时学生二〇四〇人，现在已有学生四二三四人。

以上这些数字还不完整，有不少县没有统计在内，不过这完全可以说明我晋察冀解放区学校教育是前进的，是发展着的。再看一下国民党统治区的学校教育，是那样的没落，那样严重的危机，恰是一个很明显的对比。

(《晋察冀日报》1946年9月21日)

生活教育社设武训学校

田汉、郭沫若任教

【本报讯】据沪新闻社消息，生活教育社主办之武训学校，将于本月二十日正式上课，教授有田汉、郭沫若等，校址在吕班路西门路口山东会馆。

(《晋察冀日报》1946年9月21日)

《纽约时报》记者写作周恩来传

【新华社延安二十日电】据北平《新民报》南京八日专电称，美国《纽约时报》记者李普曼近为周恩来写传记,每日前往梅园新村访周氏谈数小时。

(《晋察冀日报》1946年9月22日)

开展冬学运动　办一座活的社会大学

冀晋行政公署群众团体联合指示

【新华社冀晋讯】冀晋行政公署及群众团体,九月十三日联合指示各地,今冬决以大力帮助老百姓办冬学,采用识字牌、捎条子、做啥学啥等多样的形式组织群众学习,把冬学变成一座活的社会大学,使各地群众在今冬都翻过心来,自觉地参加到清算复仇、反奸反特、减租减息的斗争中去,在长期的自卫战争中发挥人民的力量。兹将该指示披露如下:

冀晋冬学运动指示

（一）今年冬运的方针和任务

蒋介石破坏政协决定,大举进攻我解放区,全国性内战已经爆发,我冀晋区已进入空前紧急的战争状态,因之,激发与动员我全区广大人民群众积极参战、参军、支援前线、争取自卫战争的胜利就成为当前群众教育的首要任务。同时我区自去年反攻以来,地区空前扩大,新解放区群众因长期受敌伪顽的封建统治与欺骗麻醉,对我各种政策认识模糊,变天思想尚相当浓厚,因之,在新解放区群众中树立民主自由思想,肃清对蒋阎幻想,加强对共产党及民主政府的认识也是当前刻不容缓的急务。为此,决定今年冬运,不论新老解放区均仍实行"政治为主、文化为辅"的方针,中心任务是普遍深入时事教育与政策教育，提高群众政治觉悟，鼓舞斗争意志，使每个群众都在自卫战争中发挥自己力量，把它贡献给为祖国的独立民主和平而战的神圣事业，并使他们都"翻过心来"，自觉地参加到清算复仇、反奸反特、减租减息的伟大"翻身"斗争中去。

但以政治为主并不是不要文化，特别在冬运已有基础的老解放区，文化教育更不能忽视；我们要求在老解放区青壮年文盲（识二百字以下的）在今年冬运中每天识两个字，半文盲（识五百字左右的）大致学会读《群众报》，已扫除的（识一千字以上的）要尽量参加读报组、通讯组……练习写通讯、应用文……以继续提高；新解放区也要吸取老解放区的经验，建立与健全文化学习的组织和制度。

（二）课程内容与比重

冬学政治课包括时事教育（参军教育应列入时事教育中，结合补军工作进行）和政策教育（主要是土地政策），文化课包括识字、应用文、科学、卫生常识、生产知识、珠算等。在比重上普遍以政治课为主，文化课为辅，但在不同地区应有不同重点，老解放区政治课占百分之五十至六十，文化课占百分之四十至五十；新解放区（去年反攻前后收复的）政治课占百分之六十至七十，文化课占百分之三十至四十；至最近解放地区及边沿区则可更着重政治课。

（三）冬学的组织形式及教学方式

冬学的组织形式和教学方式，应力求灵活多样。政治课可取用讲解、讨论、问、漫答谈、争辩、回忆、读报、广播（屋顶或山头）等方式进行，特别是回忆方式是去年冬运中最有效的方式，值得各地推广。文化课，凡能集中上课的应按程度分班，进行复式教学，提高教学效果，同时对识字牌、捎条子、见物识字、做啥学啥、小先生制等形式也要尽力提倡，还要注意与生产战斗结合，如交通站、运输站、店铺、妇女纺织地窖、担架队、慰问团等也都可进行学习活动。

文化娱乐活动当中也应抓紧学习，一个剧团就可作为一个学习单位，过去每到年节一闹文化娱乐就使冬学垮台的现象应当纠正。总之冬学要采取多种多样的形式，并发扬群众创造，把集中与分散、有形与无形统一起来，使冬学变成一座活的社会大学。

（四）领导问题

1. 首先各级主要干部对冬运要有足够的重视，要认识冬运是发动群众、使群众"翻心"的最好方式，克服孤立思想，把冬运和各种斗争与工作紧密结合起来，发挥其应有的作用，各级党、政、军、民要认真开展这一运动，严格纠正因中心工作忙把冬运置诸脑后的错误观点。领导重点一般应放在新解放区。

2. 几年来的经验已充分证明"民办公助"方针是开展冬运的最有效的办法，而且去年冬运经验告诉我们，冬运以"政治为主、文化为辅"也同样可以，而且必须贯彻这一方针（如东长店民校就是一个范例）。因此今年，一定要根据群众的需要与自愿来办冬学，任何强迫命令都是要不得的。这就需要我们对群众作深入而耐心的动员，多方的启发，细致的组织，不能只求速成。

3. 贯彻文教大会精神，开展冬运中的英模运动，及时发现与培养冬运中的英雄模范，并予以表扬与奖励，使各发挥其带头骨干与模范作用。

4. 区以上均不设冬运委员会，但要把宣教联席会健全起来，统一领导冬运。村级凡已有俱乐部或民校委员会等组织者也不必另成立冬运委员会，无此类组织者要成立冬运委员会，但均须吸收武委会干部参加，以免冬运与冬训冲突，民兵冬训在时间支配上由各县统一规定，大体上每旬有两天作冬训时间。

（五）几个具体问题

1. 冬运时间：今年冬运为了配合当前斗争与工作，提前半月，

一般自十一月一号起至明年二月底止，在阳历年前和明年二月底，各举行大检查和测验一次。

2. 教师问题：秋后村干部受政策训时，即以村为单位，抽出一至两人（要政治文化水准较高者）训后返村担任冬学政策教员，不另训练。时事及文化教员（可统一于一人）在十月底以前以县或区为单位进行训练，时间在五天以内，训练内容是时事教育、冬学布置及冬学教学经验的研究。小学教师除本身要尽量抽时间给冬学上课外，还要切实推行小先生制，使学校儿童都变成群众的小先生。机关、部队、团体、学校均应认真帮助所在村冬学，担任教师。各级干部下乡也要争取做各学教师，每到一村要讲一课。

3. 教材问题：时事课，以区党委编印之时事教材《为独立和平民主而斗争》为主要教材（各县可抓紧翻印），辅之以《群众报》或日报，各县还可搜集当地材料编补充教材；政策教材由冀晋农会编；识字课，边委会现已编就新的识字课本三册正印刷中，一俟样本发下，各县可翻印备用，此外还可发动群众自编，至初学者可自备识字本，从日常应用字起，要学啥就学啥，不必局限课本。各县翻印教材费用，可由下年度课本补助费内开支。

4. 冬学经费：仍贯彻民办精神，发动群众自己解决，不足时由村款补助，补助数额由县决定。

以上希具体研究，抓紧布置，在冬运进行当中并要及时反映报道，明年四月底以前，全面总结上报。

（《晋察冀日报》1946年9月27日）

炮火中的文化兵

吴象 文

【新华社延安二十五日电】八路军某团在陇海前线作战时出版一个油印小报叫作《火线》，它迅速地反映前方战况、英勇故事和模范人物，而且大部稿件都出自亲身作战者的手笔，很受干部和战士们的欢迎。往往当部队移动后，刚把电话架上时，便接到营教导员们的询问："喂，《火线》出来了吗？"有一次，某连缴获进犯军的地图和文件后，战士都说送给《火线》报。《火线》接到后，马上以《大大有用》为题写了篇文章，对重视缴获文件起了很大的教育作用。这个油印小报之所以成为战时鼓励士气、教育部队的核心，是与团教育股长鲁鱼的努力分不开的。他在整个陇海战役时期中，甚至连行李都不顾，亲自背着钢版、蜡纸和油墨，在战地上坚持着出小报。有一次，战斗非常激烈，流弹在低空中呼啸，炮弹在左近掀起一阵阵烟火，鲁股长却沉着地在指挥所里刻他的蜡纸。后来美制蒋机轰炸指挥所时，他偷偷移动了一下地方，又在高粱地里刻起他的蜡纸来了。《火线》报就这样一期期的和大家见面，现在已出到第八期了。

（《晋察冀日报》1946 年 9 月 27 日）

察省创刊《战斗日报》

澍

【新华社宣化二十七日讯】中共察哈尔省委决定出版战争动员性质的报纸，定名《战斗日报》，已于九月二十六日创刊。该报为八开两版，第一版内容包括国内外时事新闻，战报及重要地方新闻，第二版包括地方新闻、通讯、文艺、诗歌、短论等，深得读者们的欢迎。宣化市民到该报报社买报及订阅者络绎不绝。

(《晋察冀日报》1946 年 9 月 29 日)

李敷仁先生任延大校长

【新华社延安二十九日电】曾在西安险遭蒋介石特务暗害、现已来延之民盟西北负责人之一的李敷仁先生，业为陕甘宁边区政府聘任延安大学校长，日内即将赴校视事。

(《晋察冀日报》1946 年 9 月 30 日)